潘鸣

著

# 故乡不老

四川人民出版社

图书在版编目（CIP）数据

故乡不老／潘鸣著. -- 成都：四川人民出版社，
2024.2
　ISBN　978-7-220-13606-1

Ⅰ.①故… Ⅱ.①潘… Ⅲ.①散文集-中国-当代
Ⅳ.①I267

中国国家版本馆 CIP 数据核字（2024）第 047426 号

GUXIANG BULAO

# 故乡不老

潘鸣　著

| | |
|---|---|
| 责任编辑 | 程 川 彭 炜 |
| 责任印制 | 祝 健 |
| 出版发行 | 四川人民出版社（成都市三色路 238 号） |
| 网　址 | http://www.scpph.com |
| E-mail | scrmcbs@sina.com |
| 新浪微博 | @四川人民出版社 |
| 微信公众号 | 四川人民出版社 |
| 发行部业务电话 | （028）86361653　86361656 |
| 防盗版举报电话 | （028）86361653 |
| 印　刷 | 四川科德彩色数码科技有限公司 |
| 成品尺寸 | 145mm×210mm |
| 印　张 | 8.625 |
| 字　数 | 210 千 |
| 版　次 | 2024 年 2 月第 1 版 |
| 印　次 | 2024 年 2 月第 1 次印刷 |
| 书　号 | ISBN　978-7-220-13606-1 |
| 定　价 | 55.00 元 |

# 在诗与真的对望中打开故乡

蒋　蓝

去年的冬季，我在峨眉山七里坪住了一段时间。真是"千山鸟飞绝，万径人踪灭"，山林间只剩下冰雪从枝条上滴落的声音，因为过于空寂，逐渐放大为一场滂沱的大雨。在下午的雨梢末端，我听到几道寒冷的鸣声，那是可以滴水成雪的鸟鸣。两只鸟儿笊开松雪，在地面跳跃，雨声就被搅动了，水汽在树冠凝为雾气，鸟声将这层低云撕出裂缝……

正是在这样的境况下，我着手编辑近几期的《成都日报》"锦水"文学副刊。记得我已经编发过散文家潘鸣的不少文章了，又读到他写春天的篇章，情真意切，毫无做作，更不油滑，他是在纸上为我打开了一个湔江流域的花园。他对鸟儿、草木细心描摹，对穿过景致的人世间的喧哗侧耳聆听、辨声寻迹，往往在不到两千字的精短篇幅里，他似乎已经完成了一次从容而自足的散文式"踏青"。

近日读完潘鸣兄的散文集《故乡不老》，他似乎走不出故乡的畛域，他的感觉总是维系于乡愁的诸多细节与枝蔓上，而且，更无意步出这乡情的地界。对于一个深情的人而言，故乡就是他的全部世界。

《诗与真》是巨匠歌德于 1809—1822 年完成的回忆录，开创了近代意义上真正的"自传"之先河。歌德在本书里感叹："一个人的意义，不是在于他遗留了什么东西，而在于他有所作为和享受，而又使他人有所作为和享受。"移之于潘鸣兄的《故乡不老》，为文的宗旨与趣旨恰恰是合适的。

　　银钩铁画的细节之外，散文更需要故事，需要把这些细节编排到审美高度的独具匠心的故事中。本雅明在《讲故事的人》里指出："一切讲故事大师的共同之处，是在于他们都能自由地在自身经验的层次中上下移动，犹如在阶梯上起落升降。一条云梯往下延伸至地球脏腹，往上直冲云霄——这就是集体经验的意象。"以此来观照潘鸣兄的散文，他在故乡随手捡拾的一个微笑、一片落叶或一茎鸟羽，就构成了围绕故乡回环不已的系列故事。

　　潘鸣兄的散文不走"宏大叙事"之路，也不刻意彰显思想，他总是在细节连续转换之间呈现出生活的本真意义，并让那些感动自己，也足以感动他人的场景与故事，成为文章的高音部。在《那时爱》当中，他写到大病初愈的母亲，以及照顾母亲的父亲：

　　　　那天黄昏我去医院给二老送煲鸡汤，远远就看见父亲正陪着母亲在花园里散步。母亲走得很吃力，步子在地上一寸一寸挪移，身子像座斜塔般向右倾歪。矮个的父亲紧傍着她亦步亦趋，为她提供依靠和支撑，像一道移动的承重墙。看上去，他们的躯体几乎是合二为一的样子了。我忽然发现，原本一头花白寸发的父亲，不觉间已是银雪蓬蓬。夕阳斜照下，二老的身影被拉得很长很长……

　　　　——这是此生我所亲见的父母彼此相拥、最为亲昵的温馨画面，也是他们相依为命，留在人世上的最后一抹合欢剪影。

这样的一幕，我想很多中年人都经历过。重要的是，当一个年逾花甲的儿子目睹银发似雪的父母蹒跚而行的背影，个中况味，不得不让人一咏三叹。

与潘鸣的故乡叙事相对照，同样是对故乡的表达，但多数作家只能体现出乡情与乡音状写，并未上升到乡愁这个美学境界，而潘鸣对乡愁的抒写，则是非常值得我们去关注的。例如《乡亲影像》这一辑中的不少篇章，明显抒写了一种乡愁式的生活方式。在我看来，潘鸣客观而充满情意地叙述自己对故土的所见所闻，尽管他没有更多使用"他者"的眼光赋予乡愁一种散文性的审美距离，但他的诗与真，使得这一很不容易写出新意的故乡题材，渐次焕发出别样的、温情的韵致。

潘鸣兄的散文还有一个特色，往往通过一个普通生活场景，捕捉自己得到的另一种启示，并上升到哲理的境界。比如《天浴》：

> 我在雨中缓慢穿行，开始还觉着湿衣裹体不自在，但这点烦恼很快就被丰富奇妙的感受所取代。周遭一派烟雨迷蒙，平常咫尺可见可闻的挤搡、嘈杂、艳媚、纷争，一时都遁退消匿。大桥上伶仃的我，浑身上下全被浇透，仿佛成了茫茫世界中的一枚赤子，接受着浩浩天水的洗礼。来自云空的甘霖替我洗濯肌肤上沾染的浮尘，也清涤心灵上附着的污垢。往日郁积的小纠结与小挂碍，那一刻荡然清空，内心溢满欢愉与安宁。身子一点一点失重，整个人感觉有一种身心完全打开的通透，一种濒临融化的奇妙体验。

他没有去引述苏东坡《定风波》"莫听穿林打叶声，何妨吟啸且徐行"的老调，他体悟到了另一种"赤子"的爽朗与清新。

有时我想，比如读罢飞鸟送来的鸡毛信，而能够在梦中与飞鸟一起飞翔，是幸运的。我在漆黑的高空看见更黑的鸟影，而能够与纯黑的事物相伴，是幸运的。人与飞鸟一道下坠，则显得突兀而自然。更幸运的是，醒来一片洁白的鸟羽飘落在我的身上……

我进一步想，潘鸣兄写《天浴》之际，也会有类似的体验。

就历史而言，一个作家面对故乡进行回忆与眺望，他的沉默反而比滔滔不绝更易成功。问题在于，当一个人意识到他与历史、与故乡的某种关联之后，诗与真的态度必然会促使他胜过那些滔滔不绝的表演方式。恰如潘鸣兄所言："世事沧桑，人生坎坷，往日时光磕出的一些疮疤，就让它结痂尘封吧。生活总是一日日向新的，唯愿众生岁月静好，山河无恙。"

2023 年 6 月 22 日端午，于成都

# 目　录

## 第一辑　那时爱

## 第四辑　听　春

那 时

爱　　　／

chapter

01

# "工匠"母亲

当我下笔抒写这篇文字的时候，眼前浮现出一座庞大的人物群雕。她们是半个世纪前身为人母的川西平原村妇群体，是当年我们共同赖以依偎的母亲。我在字里行间向业已远行的她们回眸致敬，心中涌动着感恩的潮汐……

那个年代，物资极度匮乏，而川西坝子的乡村却依然人丁兴旺。普通人家都育有四五个孩子，加上有双亲老人，还有圈栏里的鸡鸭猪狗，一大家子人畜吃喝拉撒的负担格外沉重。日子必须由一个精明能干的家庭主妇来把控，这个艰巨的任务便落在了年轻的母亲们身上。她们嫁入夫家，婚后第二天就要早起，从此担负起"主内"的职责。

当时她们手中可以支配的资源是那样的稀少，油盐柴米样样短缺。一日三餐粗细怎么搭配，耗用多少柴煤，甚至炒一锅菜滴几滴油，都要精心算计把握，操持上稍不经心就会导致日子陷入"青黄不接"的境地。家里的钱匣时常空空落落，要等到年底生产队劳动结算分了红才能见到几个现钞，弄不好还要"倒找社"。巧妇难为无米之炊，这般捉襟见肘的家何其难当！

日子再难也得一天天过下去。困窘的家境迫使妇人们殚精竭智，使出浑身解数，把家院当成"作坊"，把自己变为"工匠"，在自给自足的传统农耕生活套路上努力施展各自的聪慧与才华。

大人小孩每天奔走于乡野阡陌，那脚上的横襻布鞋，一双双全出自母亲的巧手。制鞋先要从竹林里拾来笋壳，去毛，微火烘伸，再量脚剪成鞋样，夹于层叠的布壳中间，以便滤水隔湿。布壳是用旧布片抹上浆糊，一层层刷在木板上，置于阳光下暴晒而成的。最辛苦是纳鞋底，夜晚昏黄的油灯下，母亲们将剪叠成形的鞋底平置于垫了围裙的膝腿之间，先用锥子在厚实的鞋底上穿刺扎孔，再用钢针引着麻线，指箍顶着针头，一针一线铆足了劲地穿梭游走。针尖滞顿了，就往发髻上抹一点头油，直到鞋底纳满芝麻般的线结。如此扎实的用功，使得一双鞋磨破底也不会散架。那鞋帮还用木楦来定型，尽量讲究样式美观。新鞋子跟着大人小孩的脚穿出去，人们看了会指点说道，言语中是对这家主妇能巧程度的评价。

自制酱菜，更是那时做母亲的必备手艺。将地里通红的辣椒采摘回来，刀铡碓捣，碎成一大缸，加入盐粒、生姜、花椒、青油、面酱粑，讲究的还会放些紫苏、藿香之类香料用以提味。再熬了红白茶搅拌成糊状，放到露天里连日透晒，然后装入陶瓷坛，封上盖，养了坛沿水，保准一年半载不会变味。妇人做了新酱，会在邻里乡亲中相互送上一碗。这既是村居友邻间一种小小的仁义礼节，也隐含有相互秀手艺竞技巧的意思。

三尺灶台的掌勺尤其令母亲们作难。那时集体分配给农家的粮食总是不够果腹，连毛主席都忧心忡忡，提醒告诫农民要"忙时吃干，闲时吃稀"。母亲们为此绞尽了脑汁，粗粮搭上细粮，稀少的饭粒里加上各种瓜菜，小麦磨成混麸面煎"水粑馍"，把叮胃难咽的土豆熬成糊，再撒上顺气的葱花。遇上灾荒年头实在揭不开锅，只能把米糠做成窝头，或从地里采摘野菜来充饥……

随着母亲们双手永无止息地捣鼓，院子里"自产"的东西层出不穷，令人眼花缭乱：手工裁缝棉麻衣衫，圈棚里孵抱鸡崽雏鸭，自制豆腐乳，腌渍青菜萝卜卷，发豆芽，点凉粉，舂稻米，磨汤圆粉，擀做手工挂面，还有灾荒年头填嘴救命的种种"自创"食品……那些复杂细微的工艺流程和苦难逼出来的烹饪"创新"，没有专门的教科书作参照，也没有高师名匠授业解惑。母亲们能够谙熟个中机巧，凭借的是潜移默化的传承和上一辈人的言传身教，自己的耳濡目染，还有与生俱来的潜质与禀赋。生活的重压和历练使得她们的"匠艺"日臻圆熟，直至炉火纯青。那段特殊岁月，幸有那些庭院"作坊"近乎原始的汩汩产出，才维系了一座座家院最起码的温饱。妇人们不可能站在时代的高度来掂量自己行为的意义，她们竭尽一切努力，就是想让自己的家不被任何困苦压倒，一家子能好好活着，日子能够一天接一天地悠转。这样，她们持家的心绪就平宁而踏实了。

这么些琐碎的活计，要不厌其烦、持之以恒地一件接一件做好，没有隐忍担当的定力是不行的。每一项工艺流程都有精致的考究，还需经历慢时光的点滴积淀和打磨，母亲们必须具备精益求精的态度和旷日持久的耐力方能胜任。比如做一双手工鞋，光是纳鞋底，就得耗时三五个夜晚。一双鞋从剪样到纳完最后一针，历时长达半个多月。晒辣酱，每天只能晒一层，夜里退了凉才能搅拌，待次日太阳出来再晒下一层。这个递进透晒的过程足足需要一个月的艳阳天。若是性急求快，在日头下边晒边搅和，新酱入坛不久就会酸腐。做豆腐乳，得挨到小雪节气，把切开的小豆腐块放入铺着干净谷草的抽屉或竹筛，搁在湿阴处存足时日，让鲜嫩的豆腐在特定的气温和湿度条件下边发酵边冷冻，最后方能"沤"成表面一团金黄绒霉，内里藏着爽口奇香的美味珍肴。磨糯米面算是相对机械简单的一项劳作了，可是也有严格的讲究：糯米中要混入适量的饭米，先用凉水浸泡软心。上磨时只能用勺一小点一小点往磨心里舀，推磨时手把木柄绕圈的速度和节奏要不紧不慢。稍微急了快了，磨出的面粉就粗糙，裹成汤圆则涩口难咽。

是的，把那个时代的乡村母亲们称为"工匠"绝不是文学的比喻，也一点不带夸张。她们的双手是酣畅旋转的流水线，源源不断地创造出精妙奇绝的各式家常物产，滋养着一个个大大小小的家庭。其中许多产品及其工艺含纳了时代的文化、经济和更为复杂的诸多元素，饱蘸着母性的奉献、创造和牺牲精神，完全可列入"非物质文化遗产名录"。

其实，那时的乡村母亲们承担的还远不止院子里的这些劳作，她们相当一部分精力和体力还要投入到大田里，去参加集体农业生产，栽秧打谷，锄田浇粪，跟男社员一样经受日晒雨淋，风吹霜冻。如此含辛茹苦，她们却一点不事张扬。她们身上共有一种品德，那就是讷言内秀。她们把对至亲的深情厚谊和对家庭的高度责任感悄无声息、点点滴滴地渗入一坛坛腌菜、一磨磨豆腐、一缸缸红酱、一双双纳满千针万线的鞋底，和用辛勤汗水换回的一个个劳动工分之中，融化为乡村原野千门万户简朴而祥和的日子和屋顶上四季生生不息的袅袅炊烟。

仔细打量工匠一般的母亲，她们的容颜与实际年龄不大相称，看上去普遍显老。她们的双手被那一桩桩"工匠"活计磨砺得皮粗肉糙，伤痕累累；她们的脸庞被日月之光镀成麦麸一样的褐红色；她们的发际间，有缕缕银丝过早地攀爬上去，酷似冬日的晨霜……大清早起床，她们对镜梳妆时看着镜中那个人，偶尔会发一下愣。她们也许会倏然念想起相去不远的"从前"——那个出嫁的日子。那一天，艳阳高照，鸟语花香，她们身穿大红的新娘裙装，描了眉，粉了脸，浑身透溢出青春活力和洋洋喜气，比年画里的美人还水灵。迎亲的队伍挑着花花绿绿的枕被、暖瓶和脸盆，抬着油亮的土漆桌柜，吹吹打打地簇拥着她们行走在芳草萋萋的乡间小路上，一路引来无数欣羡的目光和喝彩赞叹。那真是她们身为女人一生中最为灿烂光鲜的时刻啊！可是从姑娘到新娘，从新娘到母亲，从母亲到主妇，这个转换的过程怎么如此短暂呢？像惊鸿一瞥，如昙花乍开，眨眼之间，豆蔻青春就像一片轻云被风吹走了……她们对着镜子轻轻叹一口气，无暇再往深处想。粗略地盘好头发，搓揉一下眼角的皱褶，扭转身，麻利地系上围裙，挽起袖口，又开始张罗新一天的"工匠"营生……

# 幺店子

如果说，昔年一马平川的川西坝子上那一条条土基碎石公路像盘缠在乡村胯间的腰带，那么，相隔三五里的路边坐落着的一间间幺店子，简直就像挂在那腰带上的宝葫芦。

幺店子顺路布设于田园村舍之中，功能格局大同小异，是方圆几里农家日常生活所需的供应站。当年我家居于川西什邡李家碾一所垒石为墙、茅棚木壁的简陋村小，父母都是教员，离家一里多地就有一座幺店子。店铺傍路一溜平房，独有中间盖了小青瓦顶，铺面开间也最大，足有四五米宽。这是镇供销合作社设在乡村的代销铺，理所当然是幺店子的主体构成部分。两侧附着延伸的还有两间茅草屋，分别是医疗诊所和裁缝铺。猪肉摊位一周才开一回张，没有铺面，只横竖伶仃着几根木头在那儿。还有那些游走乡野的剃头佬、补锅匠、鞋匠，都是随身一副巧担子，全套行头肩上挑。一路吆喝着来了，席地铺摊，一阵喊喳叮当的热闹之后，人走摊凉，不留丝缕痕迹。屋檐口往外撑出一顶黄竹篾箨子，用于遮阴避雨，旁边兀立着一棵茁干歪脖的高大泡桐树。暖春时节，满枝的泡桐花咕噜噜地从枝头冒出来，瓣丰朵盈，洁白里晕染着些微紫红，一如村姑的乡土之美。入夏后，一树扇形阔叶团团撑开，织成一柄偌大的绿伞。树大招风，溽暑里，平地生出三分清凉。

那年月，除了粮、油、煤、棉等事关国计民生的大宗商品由国家定点定量供应外，糖酒、盐巴、香烟、火柴、肥皂、牙膏之类大多数日常小商品也是凭票按月限量供应。幺店子虽然一身土气，却是国家唯一授权许可的乡村商业集散点。其他人也不敢另辟旁门左道，否则就是"投机倒把"。在南来北往的行路人眼中，幺店子有如一座希望的灯塔和温暖的港口。步行者在土石磕绊的漫长路途上踽踽跋涉是十分枯燥而艰辛的，一身疲乏地奔走着，远远看到一座幺店子，便知道距离要赶赴的目的地或是归家的路程又近了一筹。于是轻松地吁一口气，进店歇个脚，买杯糖精勾色的凉水喝，提提精神头，再继续往前赶。到了夜晚，幺店子又成了周邻乡亲们消闲聚会的好去处。那时没有电视，电影川戏逢年过节才看得上一场。平时乡村夜生活甚为枯燥，难耐寂寞的乡人们劳累一天，收工消夜后便不约而同来到幺店子泡桐树下，围聚在店铺里投射出来的一团昏黄光晕里，听古稀的老人悠然闲坐于店铺借给的唯一一把竹靠椅上，明明灭灭地吧着叶子烟，不紧不慢地摆些久远的龙门阵。当然还少不了一帮叽叽喳喳麻雀一样的孩子，一会儿趴在柜台上眼巴巴地盯着花花绿绿的商品，一会儿在人缝里钻进钻出地捉迷藏。晚间的幺店子生意不见得比白天兴隆多少，人气却十分的旺相……

因为幺店子具有如此这般的丰富性、重要性和包容性，便注定了它会日益积累厚实的口碑，并源源不断地滋生出酸酸甜甜的故事。

我那时正当少年，承担着打买醋、酱油之类的琐碎家务，加之喜欢凑热闹，白天黑夜常常往距家一里地之外的幺店子跑，在那儿一磨蹭就是小半天。在我眼里，那方寸之地就是一个微缩世界，释放着万花筒一般的五光十色。懵懂之间，一些鲜活的人和事点点滴滴地印记于脑海之中。

裁缝铺师傅周婶是个远近闻名的巧手女人，她用脚踏缝纫机缝制出来的衣裤，比城镇商场里挂在石膏模特身上的成衣针脚还要缜密，穿上身又耐看又经磨。周婶招了个女徒儿，一位念过初中的十八九岁的水灵姑娘。女孩不像别的村姑梳一对麻花辫子，而是剪了当时城里流行的那种齐耳短发，显示出一种特别的精神头。女孩骨子里藏着一份清高孤傲，不喜欢与寻常陌生人交流言谈。有年轻庄户男人来店里做衣服，总想找个话头跟她套一会儿近乎。她却不接话茬，勾着头，抿着嘴唇，任一脸脂红悄然晕开去。少不更事的我从那门前路过也想多看她两眼，真觉得比年画上的美人儿好看多了。后来在书里第一次读到"笑靥如花"这词儿，心里咯噔一下，就浮上那张妩媚巧致的脸蛋，好像这词是专为她而造似的。一天，我跟随母亲去裁缝铺比试做夏日白衬衫，正巧碰上媒人登门为姑娘做红。媒人在一旁嘴巴都磨出了白沫，女孩却伏在那台漆水斑驳的蝴蝶牌缝纫机上埋头踩踏走针线，嫣红着脸蛋一声不吭。周婶见媒人尴尬得下不了台，也劝说姑娘："应不应承人家你总该给句话呀！"女孩这才抬起头，目光明亮闪烁却又有些缥缈地投向门外的公路，似乎鼓了很大的勇气："我想找一个……挣工资吃商品粮的城里人！"后来，姑娘的心愿算是实现了一半。她确实嫁了个挣工资的男人，但不是城里户口，而是一位在红星煤矿下井的矿工。一月工资加下井补贴挣得不少，却是个没文化的粗人。男人一两个月才能回趟家。新媳妇不耐寂寞，喜欢打扮得漂漂亮亮的约伴儿去李家碾赶街场，还坐火车去几十里远的县城逛百货商场，挑买一些发卡、小圆镜、雪花膏之类的花哨玩意儿。女人后来生了个女娃，坐满月子出门，仍然打扮得光光鲜鲜，脸上水色更好，身条更婀娜。男人因此嫌忌漂亮妻子不安分，充满虚妄的猜度，回家来便盘三审四，搜寻蛛丝马迹，常常借酒发疯折磨女人。女人受不了这样的日子，灰心之下，曾企图自尽，幸得被人及时发现，救了回来。但那日子从此便陷入昏天暗地，女人的神光和润泽的韵华如沙地上的水渍迅速消退。年纪轻轻便已一脸皱褶，头上的青丝也早早开始飘洒白雪。后来神智就有些迷糊，学得的裁缝手艺荒废了，常常在村路上茫然地东奔西走，兀自说一些莫名其妙的话语。幼小的孩子跟跄着跟在母亲身后，啼哭声听得人揪心。

诊所的坐诊医生姓王，是个敦实的矮个儿男人，鼻梁上架一副眼镜。王医生对病人态度极为谦和友善，说一句话打一串哈哈，但因长期不做门诊业务，医术十分平庸。我暑假里下河游泳耳朵灌水引发中耳炎，去找他诊治。"莫得事，打几针青霉素就好了，哈哈哈！"他拿起针筒，在我屁股上试了好几次才找准血管，推针力度又拿捏不好。"莫得事的，哈哈哈！"鬼才没事呢，一针扎完，疼得我腿脚打战，半天不敢着地。听人讲还有一回，一对夫妻抱着突发疾病的小儿半夜敲开诊所求治，睡眼惺忪的王医生还是那样："没得事，打几针，吃两服药就好了，哈哈哈！"出了门，夫妻俩见孩子脸色发紫，呼吸急促，情知不妙，赶紧抱着往场镇医院跑。可才跑到半道，怀中的孩子小腿一蹬就断了气。

当然，我那时逛幺店子，多半时间还是盘桓于代销店铺的那三尺柜台边。柜台用石灰混合黏泥垒砌而成，结实地横亘于铺面外沿的下半腰，只在右侧留一道进出的门户。台面上坐着一溜玻璃罐，透过剔透的罐身，里面的内容清晰可辨：有两罐花花绿的纸包水果糖，其余分别盛着裸身售卖的焦麻饼干、米花糕、柿饼、鱼儿糖和棒棒糖之类。水果糖、红糖和白砂糖属于计划商品，凭票证供应，其余的糕点产自街镇小作坊，给钱可买。糖罐子瓶口一律向内里斜开着，那设计真是颇具心机，既方便店主随心取货，又提防了柜台外的人顺手牵羊。柜台端头蹲了一只顶着红盖头的大肚皮酒坛，里面装着免票证的廉价蔗渣酒。按人头每月限购二两的白干酒则隐秘地存放于店堂深处的一个坐地翁坛里，还有一围竹编铠甲似的罩着。除此之外，屋壁货架上和店堂所有空间，挤满了香烟、火柴、胶鞋、雨靴、毛巾、针线、杯盘盆盅，以及酱油盐醋缸坛、煤油桶子之类农家日杂生活用品，墙壁上还悬挂着草帽、锄镰一应生产工具。旮旯处，用布帘遮挡了一角，是店主夜寝的蜗居之所。

营业员姓李，五十多岁，乡邻们都叫他李大爷。这人眉眼生得还算周正，却长了个十分难看的酒糟鼻子。他身子有些发福，终日系着一条粗麻蓝布的长围裙，两手笼着袖筒子，头发灰白而稀疏，冬天戴上棉毡帽，帽顶正中钉一枚小绒球，看上去好像随意在身边抓了一只坛罐盖子扣在脑袋瓜上。

在物资匮乏的年代里，李大爷在一方乡野的地位是显而易见的。乡邻和路人谁见了他都会热情地主动打招呼，来店铺花钱买东西，走时还要向他道声谢。但李大爷却从不在人前显示半点恃傲。凡有客人来店，他都是一副笑脸相迎，童叟无欺，从来没有发生缺斤少两、掺假使浑的事情；没有见他为任何一单生意与顾客红过脸，生过口角。有时候，邻近的庄户人一时手短拿不出现钱，又急需油盐酱醋家用，前来唯诺着向他赊买，他深谙村人诚信的根底，总会爽快应允，翻开一册小本记个账，画个押，便让领货走人。

我隔三岔五提个瓶子去给家里打醋和酱油，总会顺便捡个牙膏皮或几块废钢铁卖给李大爷（代销店兼营废旧物资收购）。换两三分钱立马买成糖果糕点解嘴馋。有一回实在无物可卖，又经不起玻璃糖罐的诱惑，便打起兜里揣着的购物"专款"的主意。出门时母亲交代的是"三分钱酱油两分钱醋"，我临场应变，抠一分钱下来买颗鱼儿糖扔进嘴里呒着，同时比画着告诉李大爷，剩的四分钱少打点酱油多打点醋。因为醋比酱油便宜，这样瓶子里的度量就不会露馅了。李大爷对我的小把戏心知肚明，伸手刮了一下我的鼻头笑道："醋多了炒菜下锅酸味重，那还不一下就穿了帮？到时候看你娘老子不把你屁股打开花才怪。这一分钱抠不得的，先给你把账记下，下回捡了牙膏皮来抵。"说罢，仍旧按往常惯例用竹舀子配好调料递给我。

公路上，伴随着吱吱呀呀的声响，不时有一伙脚蹬麻耳草鞋、高卷衣袖裤腿的村夫赶推着牛马车、架子车、鸡公车或挑着沉甸甸的箩筐行过来。他们一路上步履格外沉重，路经幺店子，必然要停顿下来，暂且卸下身上的重荷，聚到泡桐树下，在代销店柜台前那根长木板凳上歇一会儿脚。他们身上的褂衫浸透白色的盐渍，漫漶如课本上地图的轮廓。一股股浓烈的汗酸味从他们身上散发出来，格外熏人。可是李大爷却与他们打得火热。盛夏里，李大爷会用瓜瓢从水缸里舀出汲自井泉的甘冽生水，让行路人褪暑解渴；隆冬天，则会拿出一沓火纸，让他们抹一下颈脖胸背，及时收汗以免遭受风寒。歇脚人大多喜欢晕二两跟斗酒，李大爷就用粗瓷碗一人打半碗蔗渣酒，给自己也来一盏，然后抓几捧脆豌豆和脆胡豆摊在柜台上，算是办招待的下酒菜。一伙人凑在柜台上香香地品咂，话匣子也随之决堤一般打开。城里乡间，天上地下，远方近处，各类传闻添油加醋大荟萃。更多的时候，话题总往女人身上牵引，言辞粗鲁狂放，也不回避在场的老人小孩。如恰巧有年轻妇人经过，还有人故意提高嗓门，拿腔捏调，羞得妇人满面通红，碎步快走避离。喝酒人见状越发开怀，爆发出好一阵爽心的浪笑，仿佛那笑声能卸掉坠在他们腰腿上的疲惫一般。李大爷混迹其中，从来不会插科打诨爆一句粗口，但却听得津津有味，眉宇舒展，鼻头更加泛红，一副十分受用的样子。

如果不出意外，幺店子门前这份略带几分野性的乡间平宁与和乐，或许会如一条小有浪花的溪涧，就这么不紧不慢地一直流淌下去。然而，某一天，一个突兀的事件让这一切戛然而止。一个伸手不见五指的春夜，护村巡逻的几位民兵发现，李大爷的店铺早就打烊关闭了木铺板，却迟迟没有熄灯，那道门也虚掩着没关严实。民兵们正欲前去提个醒，却猛然看见一个娇小的女人身影闪现在门口，轻叩两下门扉，里面传出故意低抑的应声。那身影随之挤开门缝，一侧身滑溜进屋去。少顷，灯光熄灭。继而，一阵隐隐的异响从屋内传出。民兵们情知发生了什么，一伙人强抑住心脏的狂跳，蹑足上前，猛然破门而入，几只手电筒齐刷刷照射过去。结果不言而喻：一对男女奸情败露，被当场拿了现行。

　　那会儿，这类风情案子既为乡俗不齿，更是各级组织所不能宽容的。一旦作奸犯科东窗事发，不管是谁，一概会被钉上耻辱柱。次日上午，幺店子门口紧傍泡桐树搭了一张高板凳，女人被押上去垂首站着，脖子上挂了个纸板，上面用墨笔潦草地写着三个大字："女流氓！"后面缀着女人的姓名。看上去女人还年轻，容貌也生得很端庄，只是此刻头发凌乱，脸色惨白，显得神魂惊惶。好多人闻讯从四面赶来围观，认识的人在人群里指指戳戳："那不是三生产队的余寡妇吗？她男人前几年就病死了，这些年一个人拖盘着三个小娃，最大的还不满十岁哪……"高板凳下，几个大队干部和民兵七吆八喝地责令女人"老实交代"。女人羞愧难当，将头埋得更低了："我去店铺上买东西赊账，赊欠多了，一时还不上。他看我可怜，就帮我垫付了……他为人心眼好，不怨他，我是自愿报答他的。我晓得，他老婆走得早，这些年他也是孤苦伶仃一个人……"

　　咫尺之外的柜台里，李大爷像一截木头一样呆呆地戳着。围观的人群时而仰头看看女人，时而扭头看看他。有人在朝向他叽叽喳喳地发议论，还呸呸地吐口水。李大爷是场镇供销社的职工，不属于生产大队管辖。生产大队已派专人前往乡场向供销社领导通报案情，这个男人也算是等候发落的戴罪之身了。

高板凳上的女人此刻独自承受着煎熬，还为他开脱责任，把事情因缘一味往自己头上揽。面对眼前正在发酵的场景，李大爷心如刀剐，却无力去化解和阻止。他也不敢挺身而出，豁出去拼个鱼死网破，那样会把事情弄得更糟。他就那么束手无策地孤坐一旁，默然地摇晃着白发稀疏的脑袋，长一声短一声地唉唉叹气。眼角处，两行浑浊的热泪牵了线似的源源涌出来。

隔天早上，人们发现幺店子代销铺门被一把"铁将军"紧锁了，李大爷去向不明。接着又发现余寡妇一家四口也不见了踪影。后来，过了好一阵，有人传言李大爷拖带着余寡妇一家子远走新疆吐鲁番，在那里合成一家人，以种卖西瓜葡萄维持生计。还有人说他们乘火车去了西安，靠李大爷倒卖叶子烟养活全家五张嘴。孰真孰假？却是谁也说不清楚。

后来幺店子换了几茬营业员，在我心中都是匆匆掠过的浮云，再没有留下什么清晰的印象。店铺还是常去，每每听见人们聚在泡桐树下念叨起李大爷和余寡妇，言辞里不再有愤恨和讥骂，而是流露出一份牵念和担忧：

"想想还是好个人哪，做生意没半点奸心，对邻里乡亲一副厚道热心肠。"

"说起来两个人都不容易，也是一片真心，不然咋会走最后那一步。"

"也不晓得一家子如今过得咋样，唯愿意他们都平安顺遂才好啊……"

前年仲春，一个偶然的机会，我驾车途经李家碾。阔别多年的老家已了无亲友，却压抑不住故地重游的心念。我儿时的家园——简陋至极却又饱含温馨的小学堂已夷为一片田园，垄上麦苗青青、菜花金黄、蜜蜂在花丛间飞舞，嗡嗡之声宛若袅袅梵音。当年的碎石马路已拓建成整洁的柏油公路。路旁那间幺店子还在，门前那棵泡桐比人经老，还是先前一样歪着脖子，枝干更苍劲，满树桐花咕噜噜开得正旺。幺店子已拆掉小青瓦房，重建了两层钢筋混凝土小楼，墙面贴了白玉瓷砖。店面不再有横亘的柜台，门是敞透的，店内纵列几组货架，俨然与城里的超市同样格调。墙上悬挂的旧年农具没了踪影，透明的花色玻璃糖罐和酱油醋坛也寻不见了，丰富的日常商品全是精致的小包装小瓶装。客人可自由入店，随心选择所需之物，然后去门侧收银台付款，或刷微信支付宝。目光不经意扫向收银台后那位中年妇人，心中不禁怦然一动：容颜滋润的女人，眉宇间透溢出我记忆深处一枚熟悉的影子。莫非她就是当年裁缝周婶那位女徒弟的女儿？那段艰辛岁月，疯妈妈和哀哀哭泣的女儿是怎么熬过来的？最终，我抑制住内心冲动，没有上前相认和探问究竟。世事沧桑，人生坎坷，往日时光磕出的一些疮疤，就让它结痂尘封吧。生活总是一日日向新的，唯愿岁月静好，众生无恙……

# 那时爱

细细回想，当年从父母那代人的嘴里，我似乎从来没有听到他们彼此直白地倾吐过一个"爱"字，没有目睹过他们任何一场风花雪月的浪漫情景剧。我小时候曾在一本旧相册里翻看到父母亲的结婚照，照片是黑白基色，加了淡淡的人工描彩。画面中，双亲并排正襟危坐。背景是画布上的蓝天白云和一绺飘拂的柳枝。他们两眼憨厚地直视镜头，表情上没有任何恩爱的作秀，完全是"同志"式的严肃。日常生活之中，他们相互间甚至一个温存的昵称也没有，当着家人面，时常以"娃儿他爸""娃儿他妈"相呼应。夫妻之情，如同山谷隐泉，于细微无声中幽幽脉动……

二十世纪六七十年代，父母在川西平原一处偏隅乡村任中小学教师，微薄的薪俸要养活我们四兄妹，还得接济更穷困的老家亲戚，日子的窘迫可想而知。母亲出生于旧时代县城富家，天性爱美，少女时代成天打扮得花枝招展，被行伍出身的外公宠呼为"七姑娘"（七姑娘是川西竹林盘里一种纤秀娇巧的蜻蜓，母亲在兄姊中恰巧排行第七，是幺女）。随着婚后孩子一个接一个出生，母亲的衣着日渐简朴晦暗，两套灰蓝色列宁装成为她韶华人生一抹单调的底色。有一阵街上流行"的确良"，母亲每逢见到有人穿了这样时髦的衣裙走过面前，便眼热热地盯着人家。这情景被父亲洞悉了，他立即鼓动母亲也去做一件。母亲有些纠结：扯一件衣裳得花好几元钱呢。父亲说这一阵忍着少喝两口酒就行了。父亲生活别无讲究。唯一的嗜好就是每天嚜二两苕干酒。母亲于是兴冲冲地去乡场供销社扯了一块浅白色浮有印花的"的确良"，到裁缝铺缝成一件瘦腰的短袖衬衣穿回家。归来那一刻，母亲幸福得像灿烂的花儿一样，在家门口踱过来又踱过去，不停地旋转着身子展示给我们和邻居赏看，眼里闪烁着恬美的光泽。

　　母亲三十多岁动过阑尾切割手术，身体瘦弱，父亲从来不让她沾一点体力重活。家中每有到溪河挑水、去粮站买粮、跑几里地爬铁路陡坡拉蜂窝煤之类苦差，都是由父亲带着我和二弟两个小男子汉包办。光阴荏苒，转眼间到了我与二弟临近婚娶的年头，母亲比谁都着急。那时家中拮据到没有一件像模像样的家具，可母亲却努力想要给我兄弟俩备置当时流行的"三大件"（赭红土漆棚架花床、双开门衣柜、五屉写字台）。她东家买几块板材，西家凑几段木头，又张罗请木匠漆匠，把家里弄得像个作坊。一天她得知邻乡一户木匠有新打成的衣柜要廉价出售，赶紧找了一辆货车去买运。一路颠簸，她怕家具碰损，竟挤到衣柜和车厢档栏之间，以自己的身体作为缓冲护垫。幸被司机发现及时喝止，母亲方才免遭不测。回家后父亲得知此事，顿着脚将母亲扎扎实实地数落了一番，喝令她从此再不许单独出门操办这类大事。母亲自知理亏，深勾着头，像个犯了过错的小学生。

　　在家中，扫地掸灰、生火做饭一类的家务父亲从来不屑一顾。这一切，都由母亲大包大揽。每逢午饭晚饭时，父亲稳坐上席，从橱柜里拿出酒瓶酒杯，不紧不慢地"荦"上几口。母亲要先在灶台边把饭菜张罗规整，才最后一个端碗上桌。那时粮食严格限量供给，舀饭由母亲掌勺。她总是先尽量给父亲和几个孩子碗里多舀一些，轮到自己，往往就只剩一些糊锅巴了。母亲刮底铲起来，用开水冲泡一下，边吃边吧嗒着嘴说："锅巴饭真香呢。"

清贫的家境定然有诸多的不顺心，却几乎没有见过父母为什么事情反目相向。唯有一次，全家正围坐吃晚饭，为家里缺粮的事，母亲多唠叨了几句，大约是埋怨父亲身为中学总务也不想点办法救急。父亲被戳中软肋，听得心中焦躁，抓起桌上一只瓷碗摔砸到地上。一声碎瓷裂响，空气骤然凝固。母亲眼中泪光随之泛起，哽咽道："你砸吧，有本事都砸了，全家就不用填肚皮了！"说完，起身夺门而出。父亲愣了一会儿神，抬头看着我们，神情里已恢复了寻常的温和，同时流露出明显的愧歉。他拿出两个手电筒，让我和二弟出门分头去寻找母亲，并特别叮咛先去那几户与母亲常有来往的村户人家。当我们寻着母亲回家时，推开门一看，父亲正系着围裙，破天荒地围着灶台又洗又涮。"回来了?"父亲觍着脸一声招呼。"嗯。"母亲轻声应答。一场"雷阵雨"就这样轻描淡写地烟消云散了。

人生易老，转眼间，父母已近暮年。母亲临近退休时突然罹患脑瘤，几经手术和长时间放化疗，顽强的母亲从生死线上暂时挣脱出来，但身心却遭受重创，渐渐出现失语、失智、肢体动作失衡等后遗症。为了保障母亲的行动安全，医生建议配一副拐杖。父亲说不用，有他呢。母亲留在人世间的最后一段时光，父亲向学校告了长假，每天寸步不离地守着母亲，给她熬药、喂饭、削水果、换尿布、擦洗身子，用幼儿般的简单语言与她喋喋不休地唠叨。母亲身体状况略好的时候，父亲会趁着天气晴朗，陪护她走出病房，在医院花园里透透新鲜空气。那天黄昏我去医院给二老送煲鸡汤，远远就看见父亲正陪着母亲在花园里散步。母亲走得很吃力，步子在地上一寸一寸挪移，身子像座斜塔般向右倾歪。矮个的父亲紧傍着她亦步亦趋，为她提供依靠和支撑，像一道移动的承重墙。看上去，他们的躯体几乎是合二为一的样子了。我忽然发现，原本一头花白寸发的父亲，不觉间已是银雪蓬蓬。夕阳斜照下，二老的身影被拉得很长很长……

　　——这是此生我所亲见的父母彼此相拥、最为亲昵的温馨画面，也是他们相依为命，留在人世上的最后一抹合欢剪影。

# 父亲的周会

对父亲，我的叛逆期来得有些晚，大约是十八岁以后。此前，是莫名的冷漠。

身为乡村教师的父母，困难岁月里凭借微薄薪水养育我们四兄妹。全家节衣缩食，日子熬得大不易。由于吃过些纷繁尘世的苦头，父亲内心很封闭，一向讷言寡语，不喜欢交际应酬，与子女情感交融方面也显得缺乏激情，远不如母亲那般温软亲和。父亲下班回家总是慵懒地靠在那把有些走形的旧藤椅上，独自守着蜂窝煤炉，煨一壶水，冲泡一大瓷盅碎末花茶，边啜饮边吧着自卷叶烟，在缭绕的雾气里望着窗外天空发呆。与我们相处，他从来没有亲昵之举，板着脸不苟言笑，过早的满头银白和嘴角两括深深的法令纹更是放大了他的古板。中学时代，他是我的语文老师和班主任，这处境让我非常难堪，我害怕与他交流，不知道该称他老师还是父亲，只有尽量缄口沉默。课堂上，我努力将眼神避开，下课后，与他绕着道走。

长时间的冷漠终于酿成针尖对麦芒的叛逆。高中毕业，我背上行囊，奔赴农村成为一名"知识青年"。知青点距家并不算远，我却很少回去，青春浮华的我开始嫌弃父亲的迂腐，看不惯他的某些生活积习，排斥与他进行坦荡的心灵沟通。那年冬季征兵，我满怀希冀要穿上绿军装万里赴戎机，不料最终却因一个莫须有的理由在定兵终审时被刷下。我为此痛苦得彻夜无眠，泪水湿透枕席。父亲闻讯骑着自行车风风火火赶来给我做思想工作。他的话语我听起来都是空洞说教，从心里一句句全部顶转去。我不想再听他唠叨，使劲抹干眼泪，故作无所谓之态："算个啥啊，招兵名额有限，谁上谁下都正常。你没事回去吧，我要下田干农活了。"父亲无奈摇头叹气，笨拙地骑上自行车，消失在迷雾中的机耕道上……

下乡满两年要返城就业，父亲想让我做教师，我却直白回话："一辈子待在农村也不愿当教书匠！"到了谈恋爱的年纪，初交女友颇为不顺。偶尔遇上动心的，带回家却遭遇父亲冷待，说人家打眼就不像会过日子的主。而他让亲戚给我介绍的女孩，穿着横襻布鞋，一副老实巴交的模样，我一见心就透凉，坚决拒绝。父亲责骂我"浑眼珠"，发誓以后再不管我婚恋之事。我硬生生顶撞："谢天谢地！"

四兄妹相继参加工作离开老家后，日渐衰老的父亲突然像变了一个人，对子女格外牵挂依恋起来。那时没有手机，联系很不方便，到了周末，父亲就早早守在校门口，盼着几个孩子回家。有时候这个回来那个没踪影，他心有不甘，还要在校门口留守许久，似乎要把那条通往远方的乡村公路望穿。

孩子们周末不约而同回归老家的日子，是父亲心花怒放的时光。他颐指气使地安排母亲去厨房备办我们最喜欢吃的回锅肉、烧肥肠一类家常饭菜，饭前先招呼我们团团围坐在大圆桌旁，自己稳坐上席，捧着内壁起了黑垢的大茶盅，呷着茶，一本正经地说："我们开个家庭周会，各人谈谈近段时间的工作收获。"然后指着我，"你是老大，先带个头。"起初，我对此事又是心生反感，觉得父亲真是乖谬，一家人过周末还弄得这样正襟危坐，太别扭了。于是草草应付两句，寻个借口起身离座躲进里屋闲翻书。父亲不吱声，脸却黑得要拧出水。

有一回，这一幕被母亲瞥见，她跟进里屋，细声对我说："你该懂事了，不能这样对你爸。他生性内向，不善表白，其实心头在乎你们得很。自从你在县委宣传部当了新闻干事，他天天去等邮递员为学校送报纸，拿过手先翻看。一见到你的文章就欢天喜地，舞着报纸四处向同事炫耀：'我大儿子的文章又发表了！'有一阵你加班许久未回来，他忍不住借学校座机电话打到单位找你，其实就想聊几句，听听你的声音。可你三言两语就匆匆完了，还告诉他以后没要紧事不要占用工作电话，你不晓得他为此郁闷了好久。为了这个家，他吃苦耐劳大半辈子，他是真心唯愿你们个个都好，越来越好……"母亲的一番话，猛一下戳到我的软肋，内疚之情像温泉一样从心底汩汩泛出。那个晚上，我思前想后，深深地自责过往的不孝，因忏悔而辗转反侧。此后，父亲的家庭周会成为我们合家团聚必不可少的重头戏。每一回，我都恭顺地带头向他禀告工作与生活的细枝末节，满足他的刨根问底，聆听他的谆谆教诲。傍他而坐，我主动靠近一点点，再靠近一点点……

父亲最后一次召集周会，是在县医院他的病床前。那个周末，老人已是胃癌弥留之际，却硬撑着依床坐起，听四兄妹噙泪挨个汇报。他最牵挂的二娃刚刚从远方漂泊归来，破例率先发言，告慰老爸：几年江湖闯荡，一切安好。其实二弟在外谋生举步维艰，颇吃了些苦，但此时怎忍心倾诉？接下来个个都报喜讯：我有文章获了省级大奖，妹妹新晋了职称涨了工资，年轻的小弟刚拿到任命书，被提拔为厂办副主任。父亲枯瘦蜡黄的脸庞闪现出久违的笑容："太好了，太好了！"……

是夜，父亲溘然长逝。

# 小北街冷饮店

掏心掏肺地说，我对故乡方亭是一直满怀挚爱与眷恋的。那毕竟是一座源起秦朝的古城，拥有两千多年悠悠历史和流传广远的传奇掌故。仅城郊一片古墓地，深掩的战国巨木船棺和十八般怪异的冷兵器就留下了无数难解的秘讖。特产叶子烟是大清王朝独爱的皇家贡品，城南百年老作坊益川烟厂让满城终年氤氲着令人迷幻的雪茄芬芳。那儿是孕育催生我生命的苗圃，父母兄妹同脉相依的窠巢。虽然常年闯荡在外，但每一次念及和回望，内心都溢满柔软与温暖。同时，我不得不坦言：在我们那一代正当青春韶年的时光，我们的方亭已然淡褪了历史的繁华，显而易见地老态龙钟了，只能忍痛用敝旧和局促来形容。

一条护城河环绕内城，方圆不足三平方公里。城中四条主街按东南西北铺陈，其间交织着长长短短的小街曲巷。屋舍建筑以老青瓦平房为主，一道道斑驳的风火墙骑在屋脊上，鳞次栉比的店铺门框上还嵌着折扇式的木铺板。全城仅有两幢略显洋气的建筑：一幢是双层水泥框架的地产百货大楼，临街橱窗里，石膏模特拘泥地或站或坐，身上四季不变地罩着县丝绸厂缝制的几款样品衣裙；另一幢是东门桥头红砖墙面水磨石门厅的影剧场，想看一场新电影得等外地跑片过来，十天半月才轮到一回。那年冬天熬夜挤在电影院看朝鲜电影《卖花姑娘》，跑片接不上趟，看了半截场灯亮了，全场观众缩着脖子袖着手，眼巴巴地在那儿候到天亮。这已经算是节日般的稀罕享受了，更多时候，居民们遵从着日出而作、日落而息的寡淡生活习性，每当夜幕四合，商家店铺都早早打了烊。稀疏的路灯伶仃支棱着，朦胧的灯光把冷清的街道催眠得昏昏沉沉。

然而，青春的嗅觉和眼光是独特而灵敏的。我们总能在黯淡的生活基色中寻到一抹明媚，为二十来岁的人生芳华打照一抹浪漫与温馨——比如在那一个个火热的夏夜，比如在夏夜里小北街那家冷饮店。

其时，我在一所偏远乡村中学任班主任兼教语文课。寻常的日子单调而清苦，一座旧时财主宅院改造而成的校园难以安放萌动的青春。每逢周末散学钟声敲响，便一个箭步跨上心爱的凤凰牌自行车，沿着柏油马路风风火火驰骋几十里，在夜色降临的时候赶拢县城。先去南门新风小食店吃一碗米凉粉垫垫肚子，然后匆匆前往那处我心中的梦幻之地。

小北街不长，行道树却格外挺拔。两行梧桐枝叶婆娑，在半空里织成一道荫蔽的凉棚。白日里，一家家临街商铺吞吐着市井凡尘气息：百花饭店、米粉老字号、日杂百货、白铁铺、酱菜园、理发店、缝衣社、茶铺、工美书画摊……冷饮店夹杂其间，铺面一丈余宽，除了外墙涂染了清亮明丽的蔚蓝，其他并无特别引人注目之处。冷饮店的魅力，需要茫茫的夏日夜色做底衬。

天光黑透之时，小北街昼间的喧嚣悄然退潮，一街店铺相继关张灭灯。星月幽辉和路灯光艰难地挤过密匝的梧桐枝叶，渗漏些微光影，虚缈地浮动在石板路面上，整条街巷遁入一派宁静与幽暗。街半腰上那家冷饮店，就在这样的时刻，从一片昏暗底色中脱颖而出，释放出灼灼的妩媚之光。这是全城唯一的一家冷饮卖场，也是老县城最早可供人安享潇洒闲逸之趣的"夜店"，可以营业到午夜以后，堪称那个时代的时尚引领者。

店面门楣上悬着一只电光玻璃灯箱，招牌是很直白的两个字：冷饮。店门嵌了落地玻璃，室内光源无声穿透，漫涌到街面上，淌出一团绰约的斑斓。

推开虚掩的玻璃门走进去，营业厅坦坦荡荡，没有包厢卡座。错落摆放着七八张小方桌，桌面铺了格子图案的塑料布。桌台中央坐一只陶瓷花瓶，瓶中栀子或芍药素颜玉洁，满室有暗香浮动。厅堂四壁的墙裙和地面都漆成一色蔚蓝，连日光顶灯泛出的光波也是柔和的淡蓝色。置身其境，人恍若游入一汪海洋，身子有失重般的飘忽感。空气里弥漫着清凉扑鼻的乳白色雾气，那是后厨硕大冰块融化飘逸出来的游丝。没有电扇和空调，整个饮厅却浸润着令人心旷神怡的凉爽。冷饮样品摆在柜台上，下面对应贴着价目签：橙汁冰水、蜜桃冰水、西瓜冰水、蔗糖冰水，每杯二角至五角钱不等，另外还有几味冰糕，一些米花糖之类小吃，前堂服务生是一位少女，戴顶洁白的工作帽，系一条荷叶围裙，安静地坐在吧台后面，模样儿十分俊美。料想这样的女孩应该有窈窕的身材和风摆杨柳的步态吧，可惜却从未见她在厅堂里穿梭走动。客人进店，需先去吧台付款，然后用托盘自取饮料。待客人离开，后厨会有另一个男人出来收拾杯盘。开始以为女孩自恃貌美耍傲慢，待客无礼。有一次偶然看见姑娘从吧台隔栏闪身出来，穿过店堂出门去街对面上公厕。走路的姿势明显与常人不同，每行一步，右腿总是挪移滞后。看得出姑娘努力想维持身姿前行的平衡，但步履间仍然画出遮掩不住的跛蹶曲线。后来才听说人家患过小儿麻痹症，一条腿落下终身残疾。人又特自爱，很忌讳在众目睽睽之下暴露自己的瑕疵，所以性格好静避动。店里招聘她原本就是尽助残义务，店长对女孩自然格外体谅包容，默许了店堂里这样的自助式服务。虽然命运里有一些坎坷，但在女孩脸上，却丝毫读不出自卑与颓丧。隔着吧台与顾客说话交流，她的眉毛时而不经意地向上一挑一扬，两只眸子晶亮而深邃，一副阳光满满的样子，还捎带着几分孩子气的俏皮。一次经过吧台，偶然看见她正见缝插针地捧读厚厚一册高考复习资料。那时国家刚刚恢复高考，竞争异常激烈，上大学的门槛很高，全国几百万人同挤独木桥，录取率仅有百分之几。目睹这一幕，那份对女孩的同情悲悯即刻转为由衷的敬佩，还掺杂一丝暗暗的赏爱。于是萌生了念头，想与她单独对话交流，往那块纯洁自爱而又欣然向上的心田探进一点，却迟迟找不到合适机缘。一些日子过去，女孩的身影从冷饮店消失了。心中若有所失，向接替她的服务生打听，说是真考上啦，还是四川大学呢，秋后就要上学去。

冷饮店可供选择的饮品就那么几款，实在是单调。但当时我们浑然不觉，也无可挑剔，甚至很知足很惜福。后来有了阅历，长了见识，就想，当年的人做经营怎么那样实诚古板？纯粹一根筋。勾兑冷饮就只会往果汁里加冰，也不变着法子多捣鼓一些花式。还有饮品名和招牌名，脑洞稍微打开一点，还可以再往标新立异上些动心思的，比方唤作玫瑰梦幻、蓝色妖姬、冰雪丽人之类，让饮者平添几分浪漫色彩，饮品也好趁势身随名贵，这样的机巧怎么不懂得讨取？咳，没办法，那个年代就是这样，人的思维中规中矩跟着定式走，连鲜有的一份时尚也超脱不了老实巴交的本色。

在冷饮店，我们喜欢选择靠东面的座位。那儿一抬头，正对墙上一帧装饰画，这是本城一位颇有名气的工美师的手笔，他的水粉风景画曾经登上过省美术展览馆的大雅之堂。画面黑色平绒背景像一泓宁谧深潭，几尾火红色的金鱼凭虚无依，似静若动，意境里有一种说不出的空灵。每次赏看，心中都会怦然触动，引发宁静致远的悠思。

多数时候，我去吧台只点一杯蔗糖冰水。其实论口感我更喜欢橙汁冰水，但两者隔着三角钱价差呢。当时工薪加粮贴每月不足五十元，囊中羞涩，量入为出的算计把控是必需的。差不多的时辰，会有几位同龄朋友冒着暑热如约赶来。大家身份迥异，有学校教师、下乡知青、商店营业员、街道企业青工、水果摊主，但彼此志趣相投，都酷爱文学阅读与写作。参加县文化馆创作培训班让我们有缘结识，随后自发形成了保持联系的文学圈子，冷饮店是我们夏日周末的活动据点。当时正值文学从长期蛰伏中渐渐复苏之际，追逐文学的热潮在华夏大地与日劲勃，蔚成风尚。老实说，我们激情满怀跻身这股潮流，一方面是深受文学独特魅力的感染，真心生出一份痴迷；另一方面，也是冲着一份实际功利的。我们一帮人都不甘于止步当下际遇，期望以文学创作上的成绩为桥梁，自我引渡，挣脱现实羁绊，奔向更加光明的人生前程。城南马井乡有一位回乡青年，凭着初中毕业的底子，潜心于小说和唱词创作，作品陆续登上报刊，名气随之响亮起来，后来被破格招录为县川剧团编剧。身边鲜活榜样的成功，让我们看到了可望可即的理想之光。我们沉醉于文学美梦，相信只要一直努力向上踮起脚，总有一刻能伸手摸到天！

一帮人聚齐了，坐定，纷纷从各自挎包里往外掏东西。有新近发表了自己作品的《亭江》《星星》《四川文艺》之类样刊，也有新鲜出炉的小说、散文、诗歌手抄稿，还有在新华书店淘到的新版名家名著。于是，就着一杯冷饮，我们的话题围绕着文学牵出了绵长的藤蔓。时而陶醉于分享唯美文学语句和妙笔篇章，时而为谁冷不丁蹦出的一个好点子拍手叫绝，时而执着于争论某篇作品的立意构思，甚至为一个词语的好歹、一个题目的优劣各执一端，争辩得面红耳赤。有时候，话锋会在不经意间跳出文学范畴，转换到对各自当下生活现实境况的慨叹、吐槽，抒发一些与年龄不相称的人生感怀，最终却又书生意气，回归于对虚拟美好愿景的憧憬。

偶尔，县电台文艺栏目一位文学女青年会加入我们的聚会。赴会时，她总爱穿一条宽松的 65 式草绿色军裤，上衣是洁白的小翻领短袖衬衫，文静中透着一抹飒爽英姿。着军便装是那个年代部队大院子女的特殊身份象征，她父母是南下干部，时任县武装部部长。论身份，她与我们这帮草根子弟八竿子打不着，一份文学情缘暂时屏蔽了我们之间的落差，她甘愿成为我们中的一员。但是，仅局限于偶尔的赴会，聚会之外，杳若云鹤。到场后，她总是彬彬有礼地向大家点头招呼一圈，然后安坐一隅，淡淡地微笑倾听。遇上我们手中有比较漂亮的文稿，她也会热情主动地约回去，在县电台自办文学广播节目中朗诵播出。没有稿费，下次来时送作者两本方格稿笺和一打牛皮信封，上面印有县电台的醒目标识。对此我们珍惜有加，只有抄誊正式对外投稿和寄发重要信件才舍得使用。聚会过程中，她也会顺势融入某个话题的交流中。因为职业习惯，她讲普通话。很纯正的女中音，带着自然的磁性与温婉，有一种难以抗拒的感染力。她阐述的观点也不尽然都无懈可击，但没有一个人站出来质疑反诘。大家似乎更乐意赏听她娓娓动人的好声音，赏看她言语时眉宇的舒展和唇齿的翕动，她所表达的言辞内涵贴切精准与否并不重要。在冷饮店里，她不与任何人特别亲近，也不与任何人过于疏远，矜持有度地与众文友相处。有她与共的时辰，座中每个男士便比往常多了一份温文尔雅，少了一些粗疏毛糙。

有一回，冷饮店突然风一样卷进一群生龙活虎的小伙子。他们身穿色彩鲜艳的背心短裤，用网兜提着篮球，浑身汗水蒸腾，显然刚从灯光球场打完一场比赛。一个个发达的肌腱把背心撑得很饱满，后背是阿拉伯数字号码，前胸很光鲜地绘印着"商业局""县联社"字样。这都是县城里令人羡慕的好单位。篮球队队员们优越感溢于情表，说话大大咧咧，每人都豪爽地一咕噜喝下双份冷饮，还吭哧吭哧嚼下一大盘压缩饼干。这是另一类蓬勃的青春，他们的到来，仿佛是为了在我们面前显摆张扬，跟我们这一群人较劲。我们仗着文学撑腰，心理上当然不肯认输。但从外在气势上对比，篮球队队员们明显胜出一筹。他们的优越感咄咄逼人，使我们多少有一些自惭形秽，关于文学的潇洒谈吐一时有点自乱方寸。其实是我们想多了，人家并无心在此纠缠角逐，嘻嘻哈哈说笑一阵，又风一样卷走了。

冷饮店还有两位常客，每每与我们斜侧对坐，那男孩一身行头都颇为惹眼：上衣是紧身港衫，下身一条浅色喇叭裤，蓄着披头士发型，两鬓有卷曲的耳发。那会儿尚港之风刚在沿海地区兴起，像他这样的衣装打扮，在偏远的川西方亭很另类超前的。身边的女孩却是一袭得体的素雅裙裾，典型邻家乖乖女的模样。看似风格迥异的两位，却偏偏是一对同坠情网的恋人。二人偎依得很亲密，看上去女孩更主动一些，总是将身子斜斜依靠在男孩肩膀上。他们一边用吸管慢慢啜着冷饮，一边说悄悄话，说一阵，又咕咕笑一阵，很黏糊。后来男孩带来一把吉他，轻轻拨弦给女孩听。曲子是那阵流行的《青春啊青春》《绒花》《太阳岛上》，还有外国电影《桥》《叶塞尼亚》的插曲。弹奏指法并不花哨，弦音却很柔情悦耳。女孩听着来劲了，缠着要男孩手把手教她。男孩看看我们和邻座其他客人，在嘴上潇洒地竖一下食指，带上饮料和凳子，起身偕女友跨出门厅，去梧桐树下继续弄弦。夜渐深，我们结束聚会离开冷饮店，一对恋人还在吉他弦音里耳鬓厮磨。

渐渐地，在冷饮店里的周末约会，那对恋人之间的气氛起了微妙的变化。神情开始有些不合时宜的严肃，坐姿也由温软变得有些僵硬，几乎有点正襟危坐的样子。彼此语言交流也越来越少，就像一条原本丰盈绵延的小溪突然要断流。从偶尔飘到我们耳朵里的只言片语大概能听出，女孩父母是机关职员，很在乎家风的正统，把男孩归于"操哥"之流，断然拒绝接纳。女孩如果不遵父训，将面临断绝亲情关系的风险……听了女孩吞吞吐吐的转述，男孩很委屈，也很激愤，竭力为自己辩解，可听上去声音苍白干涩，底气明显不足。女孩对望着男孩，眼中流淌着满满的不舍、痛惜、迷茫和无措。接下来，就是长时间的沉寂……

　　夏日将尽的一个周末，我照例去冷饮店赴聚，第一次看到吉他男孩形单影只进店来。在吧台前，服务生问："还是来两杯蜜桃冰水？"男孩神情落寞地摇摇头，口中嗫嚅："只要……一杯了……"取了饮料，男孩不再寻座，直接出门来到梧桐树下。透过玻璃门，可见他伸长脖颈不甘地向街巷一端久久张望，最终仍然没有盼来另一个身影。男孩怅然垂下头，静默良久。突然，手中的吉他铮然一声弦动，继而，一曲接一曲，嘈嘈切切错杂弹。弦音从虚掩的门缝淌进来，曲子换成了我们不熟悉的曲目，也许是一些随心所欲的弹拨。但听得出来，每一个音符都流淌着深深的忧郁与无边的惆怅。

　　那个夏夜，在小北街冷饮店，有个男孩失恋了。

# 烘笼儿

　　腊月里了，天气一日冷过一日，晨起张口一个哈欠，就有一团白雾喷出来。窗外，小北风撩得树枝叶哆哆嗦嗦。楼下，早起的行人迎风走在街道上，都尽量缩着脖颈袖着手，个个像是比往常矮小了一截。突然想起儿时寒天里贴身的那一团烘笼儿，心里便倏地一热。

　　烘笼儿，熟青篾织成的竹网篼，中间托一只红泥陶钵，海碗大小。篮子上面开着圆形的边口，拱一弧提手，像一只袖珍菜篮子。在没有电热毯和暖气片的年代，这拙朴的老物件是川西平原寻常人家冬日御寒的必备之物。

　　一只冷钵儿，用火钳从刚退火的灶孔里夹块烧透的木炭，碎成颗粒后盛入，再揾上一层热草灰，引燃一角，噘起嘴轻轻吹，让一点红亮慢慢洇开。一团文火便煨活了，氤氲着软软绵绵的暖意，缥缈着隐隐约约的香火气息。养得好，可在笼钵中缠绵半天一宿。

　　那时全家六口居住在一所简陋的乡间茅屋，木板墙腰四壁透风，冬夜里睡觉可离不得那宝贝疙瘩。上床前，母亲提早往被窝里拱一个烘笼儿。我和二弟挤一张床，赤条条钻进被窝，一团热气熨着肌肤，舒坦极了。可脚下还是凉，兄弟俩各伸一只脚板架在烘笼上，像烤鱼片那样翻烤脚丫子。年幼的小弟小妹夜间挨着母亲睡。母亲可不敢让动弹不休的他们在床上沾那火罐子。他们倒也不要紧，有母亲的身体做温床呢，蚕妞儿一样蜷成一团。

母亲怀里搂着小的，眼神却一直罩着两个大的。她要候着我们烤得暖乎乎恬然入梦，才披衣过来，把烘笼儿轻轻从我们脚边移走。那时乡下每逢冬天总有孩子或老人通宵烤烘笼引发火灾的悲剧发生，细心的母亲是绝不肯让我们涉险的。而我们总是贪恋脚下那一团火钵，迟迟不肯闭眼，她就揪着心一直那么守着。翌日一觉晨醒，枕边热乎乎的棉袄棉裤又候着我们了。那是母亲早起五更，新生了烘笼儿提前为我们焐热的。唉，如今想来，那些日子里，让母亲少睡了几多安稳觉？

冬日里村小照常开课，教室里可就多了一道风景线。几十个男娃女娃，每人手里提溜一只烘笼儿。学校是一所破庙改成的，校舍十分陈陋。木格子的窗户装不起玻璃，若是糊了牛皮纸就又暗了光线，便一格格那么空洞着，上课时冷风在教室里嗖嗖地溜来扫去。小学生各人便紧搂了那暖暖的笼儿，一会儿烤烤脚，一会儿焐焐手，再没谁身子筛米糠似的哆嗦了，一个个听课写字做作业也就专心了许多。课间休息时，顽皮的男生从衣兜里摸出一把豌豆花生，埋入烘笼热灰里。不一阵，只听哔剥几声爆响，丸粒子便"炒"熟了。用竹签扒拉着夹出来，在手心里团几下，抛入嘴里吧嗒得好香。有时半天听不到响，把脸凑近笼钵去，正要看个究竟。却叭一声炸了，喷一眉脸草灰，惹得大家一阵哄堂大笑。

穿堂风里，讲台上的老师却从来没有谁提个烘笼来上课。由于要讲学，要捏了粉笔板书，他们也不能用围巾绒帽遮捂嘴脸，连一双棉线手套也没法戴。那位姐姐一般年轻的短头发语文老师，夏天里脸蛋子玉兰花一般润白，隆冬天却冻成了红苹果。她举起右手在黑板上一字一句书写："春天来了，小燕子从南方飞回来……"那带着浅窝的肉手儿明显没有往常灵巧；手背上，乌红肿胀的冻疮亮亮的十分刺眼。写着写着，粉笔不听使唤从手指滑落，滚到地上。这情景让班长忍不住了，举手站起来。女老师问什么事，班长捧了自己那只烘笼儿，恭恭敬敬地走向讲台："老师，您暖暖手。"台下一群童音也喳喳呼应："请老师烤一下烘笼儿……"女老师愣了一下，抬眼扫视着一张张稚气甜美的面庞，眸子里有莹莹的波光一闪一闪。她伸手摩挲了一下班长的脑袋，说："谢谢你，谢谢同学们，我是老师，上课不能烤烘笼……"

　　听了老师的话，一颗颗少小的心感到有些说不清的隐隐的疼。他们不明白，那样冷的天，为什么任由学生娃各人在教室里焐一个小火盆，独独为人师长就不能呢？

# 一块米牌

本是一块不起眼的小竹片，只因牌面上描了"大米"两个墨字，标注了具体斤两，就令人刮目了。那些限供口粮的日子，城镇居民各家都得定期前往国营粮站，凭粮本和钞票先在营业室置换一块这样的牌子，才能名正言顺地深入仓库，取走属于自己的那份米粮。

十二岁那年春天，一个周末午后，我和二弟背上篾竹背篓，步行去几里地远的街子场粮站为家里买二十斤大米。到了粮站，耐着性子排长队，往营业室小窗口递入粮本和钞票，换得一块额定的米牌。那竹牌经由太多人的摩挲，形如油黑的包浆之物，字迹有几分暗淡。

往衣兜里揣好粮本和米牌，我们并不急着去出粮。趁着午后融暖的时光，掏出随身携带的弹弓，石弹上膛，悄悄靠近仓房之间一坪坪摊着谷麦的晒场。屋檐上栖满了叽叽喳喳的麻雀，时不时趁人不备扑腾下来大快朵颐。我们哥儿俩猫在仓房一角，不断拉长皮筋，瞄准射击。人鸟短兵相接，多好的战机啊，可惜我们武器粗劣，射技不精，追着鸟群在仓房之间折腾了半天，连一片鸟羽也没捞着。

兴味索然后想起办正事，忙来到那间门洞敞开的仓房出米。

我们脱了鞋，赤脚从一条斜搭的木板桥跨入粮仓。里面堆垒着山坡一样的大米。胖保管一身糠灰，连眉毛也染了白，菩萨一样默默守坐在门口。按规定，只要经他收验那块米牌，我们就可以随意攀上米山取粮了。但是，那一瞬，我的心却陡然一凉：伸手往衣兜里四角寻摸，米牌没了！再使劲往旮角里掏，两根指头竟直接探出来。鬼晓得衣兜啥时候破了个窟窿，那块米牌像一尾泥鳅偷偷出溜了。我与二弟面面相觑，傻了眼。"还不赶紧回头去找！"胖保管终于开了口，着急地冲我们挥手嚷嚷。

灰溜溜退出仓房，哥儿俩沿着来路瞪大眼睛细细搜寻。路边每一团草窝全扒拉过了，所有的疑似方寸片儿都凑近去仔细辨认，没有。那块米牌像是遁了地。最终我们筋疲力尽，彻底灰了心，在仓房拐角的阶沿边颓然瘫坐。二十斤米，等同于全家人将近一周的口粮啊，这祸惹大了！

哥儿俩团缩在那儿，抱着空篾背，呆看着夕阳一寸一寸往昏暗里沉下去。谁说"少年不识愁滋味"？那一刻，失落、忧郁、自责、无助，深深地裹卷住两个小儿郎。偶尔相互瞅一下眉脸，俨然几分沧桑了。

直熬到粮站下班，胖保管"哗啦"锁了仓门，一拐弯，看见了我们。"怎么……米牌没找到？"我俩苦着脸摇摇头。"再仔细摸摸身上呢？"于是我们把全身上下的口袋内包都翻出来让他看。"你们——可真是买过米？二十斤？"我翻开粮本递上去给他作为佐证。胖保管看过后愣了一下，没吱声，径直朝前走了。那脚步却迟疑着慢下来；终于顿住，又回转身："可怜的娃娃，你们这么耗着——哪是办法呢，唉，跟我来吧……"他领着我们重返粮仓，打开仓门，称好二十斤大米，倾入篾竹背篓，扶持我驮上肩背。完了拍拍我的脑袋："以后小心些，快回吧，家里该着急了。"

万没想到剧情最终以这样的方式反转！那一瞬间，我与二弟化悲为喜，脸上又是眼泪又是笑。以致离开粮仓时，竟忘了向胖保管鞠个躬道声谢。

事后我一直没弄明白：没有米牌，让二十斤大米凭空出仓，这亏空胖保管是怎么填抹的？也许是他自掏腰包补上，或是在日后卖粮中一点一点从过秤的平旺里挤出来，又或是报入了仓房盘点的损耗？与两个小子素不相识的他，为何要不顾麻烦，甚至是冒着风险来管这样的闲事？

然而，那一块米牌引出的一份善行，还有胖保管那副慈眉善目的菩萨形象，却在我心中刻下了不可磨灭的温馨记忆……

# 捣衣谣

长安一片月，万户捣衣声……

初次与这样的诗句相逢，心中怦然一动：千余年前，唐朝京都竟是如此浪漫！月夜的幽巷闾里，家家户户女人趁着似水清华在院子里捣衣浣洗，笃笃之声如庙堂木鱼悠扬叩啄，应和着此起彼伏的蛙鼓虫鸣。她们是要把滴滴答答的湿衣衫挂起来晒月亮吗？

后来细细品咂全诗，才知道读浅了。李太白这首乐府，抒写的是当年长安万千闺妇的离愁别怨。她们的夫君远渡边关赴戎机，苦苦的思念与深深的牵挂令妻子夜不成寐。无边月色下，她们抢杵捣布为良人赶制戎装，此起彼落的砧杵声，道不尽闺妇怨恨战乱、渴盼征夫早日归家团圆的声声心语……

记忆中，儿时的川西乡村，母亲们溪边捣衣浣洗的场景又是别样一番情味。

彼时，我们的家园——几户农家和一间村小共同构成的一座大院子，挤挤挨挨团簇在一围蓊郁苍翠的竹林盘中。青瓦房、茅草屋、土坯墙掩映其间。紧傍竹林盘，淌着一脉清幽溪水。那是全院人畜饮水源、邻家农耕灌溉渠，也是一院孩儿的母亲们捣衣浣洗的露天场子。

小溪宽不盈丈，蔓草埂上一树婆娑垂柳。柳下不知谁人何时铺嵌几面青石板，半没水中半露面，成了上佳的浣衣台。母亲们才不会月夜捣衣，她们要尽量选择雷火太阳天，赶早浣洗晾晒家人衣物。那时布票紧俏，大人孩子都没有充裕的换穿衣裳，常常是洗了衣裤要急等赶班穿回去的。

于是，逢上响晴天日，母亲们会早早起床，吱呀一声启开木栅门户，各人微斜身姿，腰胯撑着盛满脏衣物的大木盆，不约而同聚集到溪畔。彼此以俚语互道早安，然后裸了脚，高挽衣袖裤腿，用橡皮筋或绢子束好头发，临水分择一席，蹲下去。腰臀绷得紧紧，经年劳作雕琢而成的母体，呈现出乡妇特有的健硕曲弧。她们先让木盆沉水浸濡，讲究的会加点米汤浆一浆。然后，一件件衣物铺在青石板上，往里里外外涂抹碎开的菩提子和皂荚片儿。为数不多的泡沫珠子从母亲们手指间泛出，朝晖下炫着虹一样的晶光。用天然植物果荚浣洗去污，可以远溯到汉魏六朝。聪慧的古人早就发现一些树木果荚中富含油脂，可作浆洗洁垢的妙用。宋人庄绰《鸡肋篇》中记载："浙中少皂荚，澡面、烷衣皆用肥珠子（即菩提子）。木亦高大，叶如槐而细……"母亲们当然没读过《鸡肋篇》，但在生活物资短缺的年头，她们个个无师自通，善于巧借诸类乡野天物作为替代品，支撑着一个个家庭挺渡时艰。她们不仅懂得用植物果荚充替稀有的肥皂，还会趁着时令采掘莜麦、稗谷、葛根一应野生粗粮菜果，搭配食用，弥补口粮欠缺；能慧眼识别麦冬、黄连、车前子之类山野异草，煎熬汤药调治家人日常病恙；寻觅秋后芦花穗子、野雏菊朵，为家中老小铺设初原拙朴而暗香轻浮的温软枕褥……那时候，每一位乡村母亲都生着一双缝补日子的妙手。生活何处裂开了缝隙，她们就引着长长的针线，去细细地弥合、抚平。

乡人衣服皆久日一换，实在脏得不堪，母亲们除了汲水搓揉，对厚重衣物，就只能用力去"捣"：借助一柄带齿的掌形木槌，一板一眼、瓷瓷实实地捶拍，汗渍污垢方能从缜密纤维的缝隙里一点一点挤压出来。棉麻布衣都是由女人赶街买回糕子、烧了柴火汤锅手工濡染缝制，男装一味墨黑黛蓝，女衫多为红苕花一般俗艳。每次捣洗，衣料总是要褪去一些色素。丝丝缕缕的色痕洇在涟漪里，像宣纸走笔的晕染。因此，所有乡人的衣衫，但凡穿洗到旧时，皆褪败为一袭灰白；曾经的光鲜基色，漫漶如影绰梦渍。

　　长时间水边深蹲浣洗是一件十分辛苦而枯燥乏味的劳作。母亲们除了偶尔缓缓起身，抻抻腰，捶捶腿脚，更多的是借助边捣洗边摆扯闲话舒缓肌体和精神的疲惫。村妇天生饶舌，谁家男人肚皮大一顿能嗨下半盆汤饭，谁家女儿刚满十八就有人上门说人户，谁家新过门的媳妇会在布鞋帮上绣鸳鸯戏水，谁家肥鸡婆能生双黄蛋，谁家一窝猪崽子害了瘟病，聊得有一搭没一搭。抑或见有男人、小孩在旁边，突然又压低声音相互神秘地咬几句耳朵，然后抑制不住一阵嗤嗤窃笑……话题都是家长里短，婆婆妈妈，一个个却滔滔不绝，津津有味。听上去一团乱麻，每个人却都能随便抽一个头绪，引出蚕儿吐丝般的绵长。起起落落的木槌，为溪畔女人的唠叨絮语敲打着伴奏的节拍。

　　喋喋不休的水边闲话让清苦单调的劳顿一下子生出民谣的调味，变得灵动了，丰富了，有趣了，沉闷灰暗就镀上了温暖的亮色。于是乎，长时蜷曲的肢体麻木，奋力抡臂的肌骨酸痛，忙碌之中的挥汗如雨，都被那些琐碎家常的倾诉与倾听淡化了，屏蔽了。溪边捣衣不再是累赘琐事，它成了乡间母亲们苦中求乐的一隅欢场！

　　捣洗完结，母亲们互相帮衬着，把一件件水湿的长衣短衫使劲拧干，抖索伸展，各自晾晒在长长的竹竿或绳索上。这时辰，日头像刚刚煨好的炉子，一寸一寸炙热上来，风也平地里起了势头。洗涤后的衣衫翩跹招展，像一群精神抖擞、振翅欲飞的大鸟。有一些气息款款地从衣物上氤氲开，扑人鼻息。嗅一嗅，是植物油脂的雅逸清香，粗朴醇厚的布衣织缕本色醇香，还透溢着清凉温润而约略几分苲藻味的溪水芬芳。

# 独木桥

　　独木桥，伶仃一木，横枕溪河两岸，粼粼波光之上承渡往来行人。这样温馨拙朴的画面，如今是看不到了。

　　儿时，故乡川西坝子水系丰沛，宽宽窄窄的水脉形如纵横编结的蛛网，把我们的村墟院落和田畴林盘交织在网中央。乡人下地劳作、上街赶集，抑或出门串亲戚，一路少不了几番渡水。濒临浩浩荡荡的大河川，或有人民公社筑造的混凝土大桥引渡，或有蓑笠艄公撑一排竹木筏子水上穿梭载客。若是跨越一条条小河渠，赖以依凭的，除了年代久远的拱洞涵桥和石板平桥，更多的便是独木桥了。

　　独木桥的搭建者无以追溯。当年总有憨厚村夫野老默默做一些修桥补路的善事，却不肯留下可供追念的声名。桥的形制纯天然：一根木质坚韧、海碗粗壮的成树，譬如樟木、梧桐、黄桷、槐荫之属，剔削枝杈后无须剥皮，囫囵一根凌空跨搭水上，夯实两端，桥即成。乃至于就地取材，放倒后，树蔸那端仍有根须深衔埂土。这样，桥便能换一种姿势继续活着。春天里，每每有星星点点的芽枝从桥身这里那里冒出，明面上的，经不起来往鞋履蹭踏；侧背生发的，竟能向水面垂丝展叶，偶或绽放几朵斑斓花蕾。因终年水汽濡润，独木桥大都裹有茸茸的苍绿苔衣，苔衣上嵌叠些黑里透黄的肥地耳。

独木桥跨水一般不会太宽，约莫丈许，算是量力而行吧。这样的小溪，水流自然够不上汹涌，除了大雨涨水，平常几乎腾不起像模像样的浪花。风和日丽时，一脉碧水清浅见底，河床上泥沙细软，隆起的五彩鹅卵石，顶多能撩出鱼鳞状的涟漪，拨弄一串玉盘滚珠的叮咚。

行渡独木桥，有点像半空走钢丝，似若几分悬乎。但乡人早已习之为常，过桥时即便负篓荷担，也能轻盈如燕，翩然而过。若遇两岸路人狭桥相逢，乡间自有俗成之矩：空手让负重，后生让长老，男人让女人。众皆自律，从未生出争先恐后的龃龉。

生平第一次过独木桥，是刚能记事的年纪。那个夏日黄昏，西天有熊熊火烧云。吃过晚饭，跟着大嬢去邻村看夜戏，有人家办喜事请了县川剧团班子。稻花香里，大嬢牵手行于蜿蜒如蟮的村路。隐约已听到热场的锣鼓钹镲声，正欢欣雀跃，路头却断了，眼前横一条河，河上顺一根独木。

大嬢说，独木桥不能同时托载两人，我先过去，你别怕，眼睛莫朝下看，跟寻常走路一样，很容易就过去了。说完，大嬢示范着轻松几步跨过河，回头招手：来，稳住身子朝前走。我头皮有点麻，跨上桥，战战兢兢地迈了两步，眼睛不由自主朝下看。这一看完蛋，桥下水仿佛突然漫涨上来，流速也骤然加快，夕阳下一河水影幻成穿梭飞逝的光带，令人头晕目眩，心如跳鹿。腿一软，蹲下身子不敢动弹了，咧嘴一迭声哭喊大嬢。大嬢见状有些着急，却不能上桥帮我一把，只有在对岸鼓励加油：娃儿勇敢，心别慌乱，稳住腿脚，大胆往前走！

一丈余宽的独木桥，那一刻成为我必须独自征服的一道坎。于我当时的胆魄而言，这考验实在有些严酷，但我无法后退，也不能原地蜷缩——那样迟早会跌坠为落汤鸡。我呜咽着抹一把眼泪，俯下身，四肢并用，像一只龟，一点一点向前挪移，不知耗时多久，终于渡完那寸缕之间的艰难历程。

随着人生路途的延展，后来，我跨渡过更多的"独木桥"。我逐渐明白，一个人的生命之旅，总有些桥与路必须自个儿去熬渡，无人可以永远庇佑在你身边。于是，咬着牙一次又一次去面对，去跨越——哪怕过桥的姿势仍常常如龟一样拘谨，毕竟一步步挺了过来，然后直起身，吁一口气，继续前行。

# 羞　涩

似乎很久很久没有念及"羞涩"这个词了——那种因害羞引发的内心的胆怯、憨涩、难为情，延伸至行为上的局促、扭捏、汗颜、慌乱失措……如今，这样的情绪波流和情表呈现已越来越少有闪现，且难以捕捉。正如我们徜徉在今日的溪河水畔，已很难在喧嚣的漩流中寻觅到那一尾尾银亮烁烁的灵性身影。

而曾经那些时光，羞涩是一种原生态的世俗表情，它如同乡野阡陌上蔓生如茵的麦麦草那样寻常。种子是播在人们内心深处一抔沃土上的，时不时就有芽苗悄然吐露，释放出拙朴的泥土和草木气息。

月上柳梢，初恋人相约黄昏后。女孩是羞涩的，见了面深勾着头，却又忍不住偷偷用眼角来瞄身旁那个人。吐气若兰，语细如丝，两只手反复绞着一方绣了梅花的白纱绢。那男孩也是羞涩的，从不口吃的人，偏偏此时说话就结巴。提前预习了一肚子的温馨浪漫话语，这一刻总也抖落不利索。身子想靠近又不敢，若即若离的，在那儿轻轻一摇一晃，像是有些醉酒的样子。

小学生学雷锋送迷路老人回家不留名，老人家属事后访到学校寻着了孩子，竖着拇指连声夸赞，还庄重地赠送了锦旗。全场师生为之感动，报以由衷褒扬的掌声。这时的小学生，羞涩如花儿一般绽放。他扭扭捏捏当众站起身，脸唰地红了，那红痕像曲蟮儿，一直窜到耳根下面，垂了手极不自在地抻拉自己的衣角。那样儿，倒仿佛是做了什么错事被罚站似的。

人民公社劳动竞赛表彰大会上，当上先进的模范社员是羞涩的。那一刻，他们身穿洗濯洁净的补疤衣裤，连脖颈上第一颗纽扣也是紧锁了的。他们被隆重地请上主席台去戴大红花，可当一登上台沿，万众瞩目之下，他们竟全都不会走路了。一个个出左脚，甩左手，还止不住筛糠似的哆嗦，身体不像是自个儿的了。摄影师架着相机为他们合影留念，那份不自在又转到脸上，眼睛、鼻子、嘴巴全不知该怎样摆放，扭过来，又扯过去，总也弄不安妥。

居家过日子的夫妻也含蓄着一份羞涩。彼此称呼，从来不会称一声"亲爱的"，不会道一句"我爱你"，甚至连一个温软的昵称也没有。他们觉得那样会头皮发麻，出不了口，反而生分。他们当然也甚是恩爱，但深沉的情愫是依托那些无声而琐屑的行为来传递的。每每就隐藏于女人为男人缝衣纳鞋时千针万线的密实针脚上，包含在男人上街赶场在供销社为女人精挑细选的一柄桃木梳子和一面玻璃小圆镜里，浸润于饥馑日子彼此推让的那半碗果腹的汤饭之中……

我也曾有过我的羞涩。

在乡校任教时，一次去县城办事，中午饥渴，到南街小食店买了一份肉臊水面——当时这对于低薪的我已算是打牙祭了。先在柜台付钱领一绺儿印鉴凭证，然后去厨灶边排队领取。好不容易轮到我，一锅熟面刚刚捞完。掌勺的师傅顺手收了我的纸签儿，丢入那只专用于浸润票签的水碗，边搅和新下锅的面条边说："等着这一锅吧。"谁知这时生了意外，铺门口那边店长一迭声催喊掌勺师傅马上跟他去粮站进货，师傅应声放下勺子，忘了交代，抽身便走，由后厨另一师傅出来接了勺。又一锅面熟了，新师傅麻利地逐碗捞面，调好佐料，吆喝一声："凭票端面！"我傻眼了，后面的人都伸长了手举着那张纸签儿，唯有我两手空空。我想向厨师解释：前面的师傅已收了我的票签投入水碗了。但抬眼一看，属于我的那一绺儿已在水中濡为乌有，口说无凭啊。想请后面的食客做个证明，又怕别人不明就里，不肯随意担责。更担心新厨师会误以为我是舍不得那一角二分钱，想来这里浑水摸鱼白蹭吃。那样的误会一旦发生，我该如何面对？莫不是要找一条地缝钻进去……那一刻，羞涩与自尊交织在一起，化为虚怯与隐忍。一阵纠结之后，我空蠕着喉结，悄没声地从拥挤的队伍里退出来，神情黯然地走出了小食店。

回想起来，那并不是什么可引为自得的过往。有时候，我的羞涩总是伴随着一些尴尬、挫伤和落魄；甚至因羞涩而导致过分腼腆拘泥，缺少了应有的骁勇与果敢，蒙受了一些委屈和损失。但是，在羞涩袭上心头的时候，灵魂中随之衍生出来的单纯、善良、谦恭、谨慎、矜持、内敛、明底线、不妄作，这些善与美的因子却让我浸润于一种温馨明媚的波光之中，给了我实诚为人、不负良心的力量和底气。

# 暖　雪

　　时至深冬，空里凝霜，却迟迟见不着一片瑞白的影子。忽然想起一场好大雪，那雪，弥漫在童年老家的村庄里……

　　不知有多少双仙女玉手在云天上提着篮子撒花，鹅梨雪瓣洋洋洒洒了一天一夜还没有消停。大雪的清晨，天地间像是罩了消音器，乡野一片阒寂。往常的晨鸟清音喑哑了，偶或一两声鸡鸣犬吠也低抑了嗓门，像是远处绰约的梦呓。房间的窗纸却是比往常白得早，有点儿亮晃晃的，贪眠的我就被这雪光从酣睡中"照"醒了。裹上一身棉衣裤，顾不得母亲追着喊洗脸吃饭，一溜烟儿蹿出院门，扎进茫茫雪野之中。仰头看，密匝的雪花打着涡旋扑面而来，让人猛一下有点眩晕。田野上一片白茫茫，所有的小春田间作物——那些一拃深长的麦苗、油菜和各色冬令蔬果全都隐没了身形，纵横交错的田埂只存留了微痕走笔。先前被隆冬榨得干枯纤瘦的竹树枝条仿佛一夜回了春，尽皆肥白丰盈了。

　　大雪铺天盖地，身心却不觉一点寒意。四野一团迷茫混沌，令少小的我心中莫名亢奋。这样的天时多么可喜啊，可以呼朋引伴去野地堆雪人、打雪仗，还可以用草绳在池塘边钓取晶亮的冻冰。这些念头从心里冒出来，就像呼啦啦的火苗子，把一颗心都烧得辣热了。地里的庄稼们想来也不会冷，厚厚的雪褥子正好做了它们的温暖襁褓。我家的茅草屋也覆了厚厚的雪毡，变成了柔润的蛋糕房。屋檐边还垂挂着长长短短的冰凌子，已然是童话妙境了。况且屋子里还生着红泥火炉，上面坐一提铝铁壶；氤氲的热气满屋弥漫，在寒意中烘出来的那一团和暖是多么可人啊。

可是这样的瑞雪天却没有带给母亲开心愉悦。早饭时，她忧心蹙眉地说：今天是小年了，不晓得贵娃兄弟咋过啊……贵娃是我同村小的三年级邻桌，生性顽皮，常跟我斗架，母亲是我们的班主任。寒假前夕，贵娃竟无故旷课，试也不来考。母亲赶紧去家访了一趟，回来就红肿了眼圈。原来，贵娃娘早年病殁了。他爸在山里煤矿当下井工，前些日子遭遇冒顶事故没能逃出来。临近年根，正该阖家团聚的日子，贵娃和刚念初中的哥哥突然被抛下，成了一对孤儿……

放下饭碗，母亲用竹提篮装了一块腊肉，两把挂面，几件旧衣服，还裹上写着贵娃学号的期末试卷。一手挎篮，一手牵着我，冒着风雪往贵娃家走去。两里来地，一步深陷一个脚窝，走得很艰难。好不容易挨到贵娃家那片竹林盘，就看见田埂上大大小小的脚窝儿从不同方向迁延过来，都汇到那小院门口。跨入院门，满院人气热腾，把一地积雪都融化了。堂屋里，生产队队长正拿了一张小卡片弓着腰在给兄弟俩交代什么。母亲上前放下提篮，一把搂住贵娃兄弟，眼泪又出来了。队长晃了一下小卡片说，五保户证明刚办妥，往后两个娃吃穿有个保底了。母亲腾出手擦擦泪花子，哽咽着对兄弟俩说，书还是要往下读啊。队长接话道，当然往下读，书本费和学费集体包了。母亲宽慰地点点头说，孩子这情况特殊，学费可以申请免缴的。屋子里还有好些不认识的大伯大婶，可能是兄弟俩的远亲或是近邻吧。八仙桌上，堆放着盆儿钵儿小口袋儿，里面都是些米面肉菜。每一份都不多，是各家从牙缝里挤出来的。大人们忙乎着，有的帮着收拾整理凌乱的床铺，打扫屋梁上那些小蛇一样吊挂的扬尘；有的在灶房里架着柴火为兄弟俩张罗小年夜饭，锅里腊肉已溢出诱人的香味；还有人正往院门上张贴门神桃符。这样的情景让我觉得心里有些酸酸甜甜的东西在涌动，也很想帮这个家做点什么，可满屋子的事却轮不上我插手。我转念想了一下，走过去拉着贵娃的手说，我陪你去玩堆雪人好不好？贵娃哥懂事地对弟弟支嘴：你们出去玩一会吧，家里有我呢。

　　那天，我搂着贵娃的肩膀走在雪地里，我忽然觉得自己像一个男子汉。我侧头对贵娃说，以后我再也不跟你斗架，谁敢欺负你，我就跟他拼！后来，我邀约了一帮同学，大家一起陪着贵娃堆了一个真人大小的雪人。完了，贵娃捡起一截小竹管，轻轻喂到雪人嘴里。贵娃说，这有点像我爸了。他每次休班回家，嘴里都衔着叶子烟管，总让我给他划火柴点烟。

　　雪花还在飘啊飘，轻轻的，暖暖的……

# 月亮光光

月亮月亮光光，
芝麻芝麻烧香，
烧到麻大姐，
气哭幺姑娘……

那时候，乡野的童谣总是在晴朗的夏日夜晚绰约萦响于田园林舍之间。押着抑扬节律的童音敛成缥缈的轻云，烘托着一轮明月，从东山坳盈盈地爬上来。

是有谁用金丝绒布精心擦拭过的吗？那月盘儿竟是如此晶亮，亮堂得连邈远的仙境之上那棵蓬勃万年的老桂树也影绰可辨。月轮一点也不板平，明显地看得出饱满圆润的丰姿。月光咕噜咕噜弥散开来，洒向茫茫夜空。大地上的人抬眼凝望，明晃晃的光泽居然耀得人双目眯缝，泪水都快溢出来了。明月的清辉朗照得大地如覆银霜，那些起伏的峦脉、弯曲的溪河、连畴的庄稼、农家的院落，还有夜风中婀娜摇曳的竹树，全部被月色勾描出曼妙的剪影，且透溢着些许金属的质感。

但月光的明媚终究不同于日光。它没有那种炽烈逼人的咄咄气焰，没有令人心神不宁的喧嚣和浮躁。月之明，是一种清明，朗朗的，静静的，透着一些温润，流淌着一份气定神闲。月光下看人照物，清晰中又疏略一些朦胧。这是一种很微妙的境界——观照万事万物，皆看而不透，留下一些余地，一点隐忍，给别人，也是给自己。于是，月光晕染下的光景便更加风致，一派清朗里蕴含着淡淡的小迷糊。人眼于月下看景——比方俯视一丛庄稼、一株花草，粗看似若清晰，再细看却迷离而无法精准聚焦。白天里泾渭分明的赤橙黄绿青靛紫，在此时也模糊了冷暖光谱的界线，氲成一派圣洁的空灵。光与影交织之间，只写意出丹青一般的浓淡深浅。人若是在这样的月光下赶夜路，火把与手电筒自是不必的。脚下阡陌分明，却有一种梦游的感觉，走着走着，便忘乎今夕何夕了。

乘着如许月色，去访一访川西坝子那些农家小院吧。院子的格局大同小异，一簇簇葳蕤的翠竹修木掩映着几间茅屋瓦舍；房间呈四合状布列，居中为堂屋，两边傍着居室、仓屋和竖着烟囱的厨房，再往旁侧是猪牛圈舍，鸡鸭埘笼和狗窝设在屋檐下边空闲处。一围竹篱栅栏简略地围护着院子，院门是清一色的双扇木板，翕张之间吱呀有声。其实这样的夜晚去任何一家都不用敲门，院门是大方洞开着的，方便阵阵夜风送来凉爽，也方便邻里乡亲随意串门闲摆龙门阵。

消夜过后，是全家的悠闲时光。屋里的木头板凳搬出来搁在院坝里，唯一的马扎躺椅是家中长者的专座。院子并不是纯露天的，总有一蓬藤蔓架在头顶——虎耳瓜、紫葡萄抑或金银花纠葛其上，无风也自生三分凉。月光从头顶的枝叶间斑驳地筛下来，淌在地上也仿佛是带着凉意的，况且还有各色的花香果香弥散着迷人的幽芳呢。男人先去井台边扯一桶酿了月光的凉水，酣畅地当头淋漓一番，冲退白日辛勤劳作遗留身上的泥汗和溽热。然后赤裸着壮硕的身骨，只是下身笼一条宽松的摇裤，在木凳上坐下来，一边悠然地饮着灶头瓦吊罐泡熬的红白茶，一边吧嗒着手工自裹的叶子烟卷，手中轻轻拍打着一柄蒲扇。女人会稍晚一些围坐过来。全家放下饭碗后，她要收拾灶头，捋顺柴房，还要侍弄一群嗷嗷待哺的鸡鸭猪狗。忙完这些，吹灭了灯，她才能融入这月亮坝里，挨坐在男人身边。孩子起初也是跻身其间的，他们以为在这样的夜晚，会从大人嘴里听到一些有趣的事情。比如古远的美妙传说，或是关于天上地下的那些奇幻惊悚的神怪故事。可是，接下来他们的小耳朵听到的却净是些散淡的寻常家务话题——

"这连日的雷火太阳，今年稻谷收成好得很呢！"

"就盼着收成好，等集体多分配点粮食，快些把小春青黄不接时借人家的那半袋口粮还上。老这么欠着，心头怪不是味。"

"嗯，自留地里那些瓜豆在打二茬花苞了，明天早起再追一遍水肥，挂果会更旺。"

"圈里架子猪也开始上膘了，再喂精细些，腊月间就能攒肥出栏，过年娃娃就有新衣服穿了。"

零碎的絮语有一搭没一搭地扯着，手里却闲不住。男人身上收了汗，舒爽了许多。乘着满院子清亮的月光，放下蒲扇，拾起白天剖好的篾条，信手稔熟地编织起背篓、箩筛之类竹器；女人则颇有耐烦心地一丝一缕捋搓着细长的麻线，那是她纳鞋底时必不可少的柔韧经络。毛狗一直温驯地伏在旁边，这时忽然机敏地竖起耳朵昂头吠了两声，随着就有邻院的婶叔一边响亮地打着招呼，一边跨入院子来，婶子手里还端着一钵刚做好的辣子酱。趁大人们彼此热情地让座、敬茶、寒暄，孩子一溜烟儿跑出院门去。

亮光光的月色把原野映照成一座童话般的大舞台，帷幕已经启开，正该是主角们闪亮登场的时候。孩子们在院落之间扯着嗓子呼朋引伴，眨眼间就聚成一支活力四射的队伍，广袤的田畴之上有无穷的乐趣等待着他们去品尝，真是开心极啦！一个个扽着蹶子在月光下疯跑疯玩，一忽儿在溪沟边捕捉星星点点的流萤，嘴里哼着蛊惑的歌谣："萤火萤火虫——虫，上天去，雷劈你；下地来，鸡啄你，快来快来我救你……"捉到萤火虫便喂入一枚小玻瓶，转瞬间，那玻瓶就变成一只荧光闪烁的袖珍电筒。一忽儿，又沿着田埂去搜寻夏夜鸣虫。那些田蛙、蝈蝈、秧鸡、金铃子，还有好多叫不上名字的草莽小虫，它们在月光旖旎的夏夜竞相鼓着嗓子欢鸣，此起彼伏的声浪形成交响的天籁。但一当孩子们的足音逼近，它们便立刻息声屏气潜伏起来。在这样斗智斗勇的博弈中，孩子们难以取胜，常常失望地悻悻而返。一些早稻已经收割归仓，空旷的田垄上，晾晒后的草把被农人们垒成一座座雕楼似的垛子，嗨，这可是天然的好"战场"！孩子们欢呼雀跃地蜂拥而至，分了团伙各据一个草垛，攀爬上去，卧伏着，以就地取材的树枝丫杈和泥块为枪支弹药，朝着对手一阵阵猛烈地射击轰炸，呼号声声，振聋发聩，战地蒸腾着看不见的滚滚狼烟。一番闹腾之后，终于疲了累了，于是消停下来，翻过身仰面朝天。一双双大眼睛此刻变成了天文望远镜。从仰视的角度，他们惊奇地观赏到了不一样的天象：深邃的苍穹幻化为悬垂的浩瀚之海，那一团团被月色染得通体晶莹的云团，恍若一座座浮出水面的冰雕玉砌的岛礁，天际间有七八颗稀星明灭闪烁，如同海水中不明生物散发的神秘幽光。随着夜色渐深，月光的潮水一波一波地漫涌得更旺了，一些浪头朝着他们扑面而来，那清凉的浪花儿几乎就要溅在眼睑上了……

月亮在白莲花般的云朵里穿行，
晚风吹来一阵阵快乐的歌声……

草垛上，不知谁家的女孩带头轻声吟唱起来，于是，一座、两座，所有的草垛都加入了这月亮之歌的合唱。寂静的夜空宛如巨大的音箱，给这些美妙的童音加了环绕的音效，向周遭无限地传播，直到悠悠地飘进月亮的耳朵。

# 检 票

　　在村小上四年级那年清明，班里组织学生搭乘火车去县城烈士陵园祭扫。消息一宣布，教室里顿时炸开了锅。那个年头，偏隅乡村孩子能够坐着火车上县城，真是天大的幸福！班主任唐老师说："小学生能享受半票优惠，往返只缴一角钱车费，各人再自带两块馍当午饭和晚饭，明早七点钟赶到乡场车站集合。"

　　途经家乡的客货混运蒸汽火车每天早上八点钟到站。因为是经停小站，早来晚来是常事。当然，提前一个小时足够宽松。可是同学们兴奋过度，好些人半夜就赶到候车室了。

　　小站没检票口，车一到，师生们手忙脚乱地攀木梯爬上闷罐厢。车厢里有一位穿制服的列车员负责收放木梯和验票，一副没睡醒的样子，懒散地扫一眼乘客出示的车票便坐一边打瞌睡去了。同学们多半是头一回乘火车，一路亢奋不已。有的争相趴在一尺见方的窗口看流动的风景，有的使劲往上蹦跶以验证自己落下来是否仍在原处，叽叽喳喳像闹山麻雀。

　　到了烈士陵园，听老革命宣讲先烈英雄事迹，敬献花圈，清扫墓茔，然后，用余下的大半天去城中尽情逛游。城区不大，临街多数还是青瓦屋顶木铺板的老店面。但是县城毕竟是县城，许多东西足以令我们眼花缭乱，心旌摇荡：电影院门口醒目的《南征北战》海报和透过门帘传出的激烈枪炮声，东风饭店随风飘散的油锅煎炒浓香，百货公司橱窗里五光十色的商品，新华书店摆满柜架的书刊连环画，还有丁字路口那家粉了蓝色墙面释放着梦幻气息的冷饮店……我们像蝴蝶一样飞来飞去，却顶多让自己的眼睛、鼻子和耳朵过一下瘾。我们的衣兜里除了充饥的馍，空无半文。

眨眼已是黄昏，该返程了。同学们准时聚集到城南火车站，唐老师已提前购好儿童票候在那儿。县城车站是大站，检票口当然就关卡森严。一道栅栏阻隔在站台和站前小广场之间，临近卡口设了匝道，乘客只能逐个仄身通过。检票员肃立另侧，手执一只钳夹，依次验票剪缺，然后放行。当日值守的是位中年女检票员。轮到同学们检票时出了岔子，走在前头的几位被拦下来："你们身高超标了，得补买全票。"唐老师赶忙挤上前解释："他们都还是小学生呢。"女检票员指了指竖在匝道旁的标示杆，语调严肃："请按规定执行。"标示杆在1.4米的位置醒目标注：超此高度需购买全票。同学们傻眼了，木讷地退出队列，面面相觑，又都把目光转向唐老师。唐老师一下也愣了神，几十个学生要补票，这一大笔钱临时从哪里去凑？眼看火车就要发车了，向来镇定的唐老师急得脸颊通红，又是搓手又是跺脚。几个胆小的女生竟捂着脸哭起来。

关键时刻，高个儿的班长突然灵机一动，与几位大一点的同学咬了一下耳朵，然后上前恳求检票员："让我们再检一次票吧。"此时站前只剩下一帮小学生，铁轨上停靠的火车大口喷着粗气，长声鸣叫，像是在催促。

同学们排成纵队，重新往匝口挪移过去。走在头里的班长突然间肢体发生了微妙异变。只见他努力将两腿向外撇开，膝头下弯呈微蹲状，同时将脖颈尽量缩回。那姿势，活脱脱一个返祖猿猴形象。后面的同学见状也纷纷效仿，让自己的个头一瞬间都"矮"下来。这样古怪的行姿，这样独特的队伍！女检票员在站口履职多年，也许从未见识过。此刻，学生们的举动尽收眼底，她先是有点错愕，继而是迟疑，之后，脸上闪过波纹般的动容。一缕母性特有的柔光从她眼里泛出，严谨不苟的职业神经瞬间松弛下来。她对每一位行经面前的孩子都轻言一声："过吧……"

就这样，四十六个同学复检全部过关！唐老师殿后，目睹了这一幕，心中五味杂陈。当看到有些同学过了站口还保持着猿一样的行走姿势，她再也忍不住了，哽咽着大声喊道："孩子们，快直起腰来！"

# 给牯牛起一个温暖的名字

李家碾四大队二生产队，曾经是我清苦而温馨的家园，当年母亲在这里的一间简陋村小任教。我熟谙此方每一片田畴、每一湾溪河，辨识了种种谷麦田禾，学会了农事耕作，还交结了许多知心玩伴与朋友，其中情感尤为深笃的是闷墩。

闷墩是一头壮实憨厚的水牯牛。二生产队集体共养了四头牯牛，队里按其个头与畜力大小分别用红油漆在牛角上编了序，闷墩位居一号。奇怪的是，农家的猫儿和狗儿都有五花八门的绰号小名，唯独劳苦功高的耕牛没有自己的名字。对此我颇为不解，甚至有点代为愤愤不平。闷墩，是我擅自给一号牯牛的命名，虽然这名号并未被父老乡亲们广泛认可，但我却固执地沿用了这个温暖的称呼。

每当春秋耕播时节，水牯牛与犁把式如影随形，构成田间一道动人风景。牛在前，人在后，中间缀套着一柄古老的弯脖犁头，银亮的铧丘犁顺垄翻卷起油黑的泥浪。若是天落雨，犁把式便披蓑戴笠，驭着背上搭了棕毡的泥牛影影绰绰地行走于迷离烟雨中，俨然一幅水墨画。

十五岁时，我有缘学做少年犁手。彼时，村小公办教师实行半工半农——国家只开一半工资和口粮，另一半得就近兼做农事挣取。我自告奋勇利用课余和假日为体弱的母亲代劳，一心想当个叱咤风云的犁田手。架不住我苦苦缠磨，生产队队长终于点头同意，把我带到田边，交给驭使一号牯牛的老把式。

　　我满心欢喜地走近套了木枷的水牯牛，唤了两声"闷墩"，伸手想触摸它。谁知那牛儿毫不留情地朝我猛晃弯刀样的犄角，吓得我赶紧闪开。老犁手顿了下牛鼻绳，对我说："畜生也有脾性，不认生，想要共事，得先跟它交上朋友。"我不敢鲁莽了，只有暂且疏离两步，伴随着它在犁沟里来回奔走，让它慢慢熟悉我的身影、气息和呼唤声。同时仔细观察和揣摩老犁手怎样斜把着犁，让铧犁吃土的深度恰到好处，避免太浅耕不透土壤或是太深滞住犁头闪了牛腰，琢磨体味老犁手对牯牛那粗鄙却又饱含感情的喝骂，和那高扬的鞭子在空中甩得炸响却不轻易落上牛背的良苦用心。如此跟班几天后，再由老人手把手地带着我，扶着犁，跟着牯牛屁股，深一脚浅一脚，战战兢兢地犁出第一垄田泥。

　　傍黑我去牛圈探望闷墩，想加深与它的情谊。另三头牛横挤在食槽边正伏头大快朵颐，闷墩却宽容地谦让一旁，瞅着空隙才上前抒一嘴。我从草垛上拽下两把谷草，唤它靠近门栅，边喂它吃边轻抚着它的头说："你真是个闷墩，徒有傻大个，咋不会抢吃呢?"大牯牛抬头用水汪汪的眼睛定定地看我一阵，发出一声雄浑的哞鸣，又将头拱出栅缝摩挲我的腿膝。我便知道，闷墩在情感上开始认同接纳我了，心中不禁涌上一份感动。后来，每当我对它唤一声"闷墩"，它就低首回眸，满眼温驯。

　　暑假里，正该耕牛休憩攒膘。我天天牵着闷墩去田埂上啃吃鲜活青草，畅饮甘洌的溪泉清流，任它在渠塘里恣意嬉玩纳凉。它拱出水面的乌黑脊背是微型的岛屿，我坐在上面，眯缝双眼，看那绚烂的日头和澄碧的天宇，想一些不着边际的事情……

闷墩的与日健壮有目共睹，秋耕下田时更加孔武有力。谁曾想，它蓬勃的生命竟毫无征兆地戛然停摆！

那天我驭着闷墩下地开犁不久，它突然止步不前。四条腿索索颤抖，使劲甩动着头角，继而颓然侧倒在地。我见状大惊，一面仓皇呼救，一面赶紧脱衣遮捂它的眼睛——老犁手曾叮嘱过我，耕牛一旦摔倒，千万不能让它双眼看天，一看就完了。附近劳作的一帮汉子闻声跑来，七手八脚想扶闷墩起身却扶不动，有人急忙去叫兽医，还有人帮我竭力遮捂牛眼。可是闷墩却拼命甩开蒙头的衣衫，大瞪双眼，定定地直视苍穹。泪水随之盈眶而出，口中白沫喷溅……待到兽医背着药箱气喘吁吁赶来，已经回天无力。一群人眼睁睁看着闷墩浑实的肌体瘫软下去，直至全无声息。兽医凭经验判断是某种暴病导致牯牛突亡，为防疫着想，要求作深埋消毒处理。

闷墩深遁于一坡荒土埂下。当然没有垒筑坟茔。田野里再也见不着它健壮的身形，牛栏边再也听不到它雄浑的鸣哞。我心里一下子空掉一块，鼻子酸酸的，说不出的难受。第二天，我找来一株泡桐树苗在荒埂边栽下，以此作为纪念标识。我短暂的犁手履历至此终结。

多年后回村小探访故友，远远看到那坡荒土埂，一棵泡桐已如巨伞蓬蓬，盘曲遒劲的枝干，恰似昂扬挺举的牯牛犄角。

# 影随我身

与所有地球人一样，我也有一枚专属于我的影子。

这是苍天之下除了本我之外唯独存在的另一个虚幻的"我"。它乍一看恍惚混沌，似乎与别的人影大同小异，其实细致甄别，是颇具辨识度的。世界上没有一片绝对雷同的树叶，同样也没有两个完全重叠的人影。

"如影随形"这个词古人造得真是贴切。自打我从娘胎一落地，影子便寸步不挪地紧跟着我。单从"形似"的角度看，影子同我算不上惟妙惟肖。它过于抽象粗疏，形态有如一抹泼墨，无以呈现天赋人体的精妙曲笔。更确切地讲，影子与我属于"神似"，是本我的散漫写意。肉身的我是由碳水化合物诸元素构筑的实体，影子的"我"是无中生有缥缈不定的虚像。我们相依为命，虚虚实实，半梦半醒地生存于苍茫人世间。

影子恰到好处地与我保持着一种若即若离的关系，我们之间的纠葛滋生于我紧贴地面的足踵之下，形同一株同根分蘖的山间草木。

影子是乐于同我交心的。它推心置腹的倾诉是一以贯之的大音无声。身为一介凡夫俗子，为稻粱谋，我须得时常行走市井闯荡江湖。影子牵肠挂肚地同行相伴，一路上，它殚精竭虑，倾力拂扫各种滋扰迷惑我的虚雾浮云，以蕴含隐喻的独特"肢体语言"不断给我谆谆告诫劝勉，引领我智思禅悟。

当明媚的暖阳为我镀染浑身亮色，脚下一片坦途，人生春风得意的时候，影子会毫不忌讳地在我的眼前投映一道色差强烈的晦暗。阳光愈是灿烂辉煌，暗影越是深浓触目。它振聋发聩地警告：别被罩身的光环晃昏了头，你并不完美！要自知缺陷和短板——比如你光辉形象折射的这团荫翳。所有的光明之物，都必不可少地附属有晦暗的斑痕，就连高天之上那一轮光明之源，本身也嵌杂着太阳黑子。满招损，谦受益，千年古训当铭刻于心。

在盛夏酷暑中匆匆行脚，四野旷茫，烈日凌空，多么希望头顶上撑出一团清爽的阴凉儿。而此刻影子偏偏蜷缩下去，一点也不肯挺身出头为我提供怀柔的庇护。它以这样的方式暗示我：并非它绝情无义，人活一世，有许多艰辛和磨砺必须咬牙承受，隐忍担当。面对浴火般的炙烤，真正的勇者应当倔强地高昂头颅，骁勇地蹈火前行。

人生中，某些时段难免遭遇失魂丢魄的折磨，品咂冷落萧索的酸楚。当是时，心中千般滋味无人可诉，我便每每趁了月夜，独自踽踽郊野，在老河湾石拱桥畔，清坐长夜，把自己塑成一尊"思想者"。这样的时辰，周遭杳无人迹，唯有影子默默痴守在旁边，与我心脉同搏，冷暖共身。酿一团梦一般的宁谧幻境，慰藉我的冷清孤单，安抚我寂寞的灵魂，为我的心田润泽丝缕温馨暖流……

生活情景剧中，某些场合莫名其妙遭人无端猜忌诋毁最是闹心。情急之下，为了自证清白，往往脱口而出："身正不怕影子斜！"事后想，清者自清，何必拿自己的影子做挡箭牌？一个人身心正直与否，与影子的姿态有什么瓜葛呢？于是俯首看一眼自己的影子，心生一份歉疚。其实，检点芸芸众生，拿影子为自己背锅垫底的不地道的事何止一桩一件？"捕风捉影"所言何意？说白了，是影子挺身而出去蒙冤，任人捉拿绑缚，换得主人博弈中的喘息与奋起反戈一击；"含沙射影"又是怎么回事？对手攻击的目标分明是人，却偏要迂回，先借影子做标靶，放射箭镞攻其虚像，敲山震虎，再设法取其真身。这样的过招中，俗人真身可保全而退，影子却总被扎刺得伤痕累累，体无完肤。吾辈工作中偶尔犯下过错，领导批评人也往往语重心长：影响不好啊！人犯了错，归根结底怪罪影子。是影子乱晃，响动太大，才生出了负面效应……遭遇诸般薄待与委屈，从未见过有哪枚影子叫苦鸣冤。隐忍担当，虚怀若谷，是身为影子共有的秉性。

弹指间，影已伴我度过大半人生。数十载光阴里，我没有饲喂过它一口汤肴，没有为它披覆过半片衣衾，它却始终与我不离不弃，忠贞不贰。作为最亲近的伴侣，我此生全部所作所为它都在现场，大大小小的隐私和秘密它悉数洞察纤毫，了如指掌，甚至连灵魂深处偶尔迸发的"一闪念"也恐难躲过它睿智的眼眸。可它却定力十足，紧缄其口，从未向任何人出卖过我。我曾想，一个人的影子若是能被收买策反，沦为暗探和告密者，这世间的是非纠葛和无妄之灾不知会泛滥成怎样汹涌的洪水。有幸的是，无论世风如何变幻叵测，迄今尚未听闻有任何人的影子卖主求荣。想想吧，我们每个人是不是该在内心深处为自己的影子立一座贞节牌坊？

影子自成洒逸风韵。它形无定形，时而影绰硕大，倍出于我；时而微缩渺小，几近于无；时而匆匆引领于身前，紧赶慢赶也无法超越；时而悠悠缀于身后，亦步亦趋，却绝不疏离一寸。在阳光屏蔽的暗室，或阴雨天气和漆黑的夜晚，我的身影会短暂地消失。但我明白，这样的"消失"是光线和视觉联手制造的假象。其实，我的影子须臾也未曾离开，只不过是它纤弱的形影暂时被更浓重庞大的阴影遮掩了。实质上，无论何时何地，它一直都"在"那儿，悄然释放着灵性的幽光……

我突然有一种冲动，很想紧紧拥抱一下我的影子。阳光下，我面对影子，深情展开我的双臂。我看到，它的双臂也同样向我张开。我激情满怀地将臂膀迎合上去，拥着的却是一团虚无。我怅然若失。我们结缘一生，矢志不渝，却永远无法享有肌肤之亲——我和我的影子之间，始终隔着一道不可逾越的维度之墙。

乡亲
影像 /

chapter

02

# 喇叭叙事

## 一

那是迄今为止我所见过的最大的户外广播喇叭。它倒扣在生产大队一处正在抽穗扬花的水稻田边，通体呈现淳厚的银灰色，底座铆一坨圆柱状磁铁，风雨剥蚀落下斑驳痕纹，像是一些蕴含隐喻的古老字符，雨后炽烈的阳光给它镀上一层灼亮沙金，看上去，它俨若一只来自某座禅院的钟鼎。大喇叭体积几乎相当于农家一口耳锅或一只水桶，我憋口气用手使劲一拎，分量远远没有猜想中那样沉重，应该是一种铝质合成材料。轻便、低成本，有利于它在那个尚不发达的年代如火如荼的普及。

夜里一场雷暴雨惊天动地，这只大喇叭在电杆上遭了劈击，天亮的时候，公社广播站照例开机播音，它哑火了。喇叭口里迸溅着吱吱喳喳的刺耳噪声，像是随时会引发一场燃烧爆破。出工后，大队部安排电工赶到现场抢修。黑脸膛的电工是本大队唯一懂行的专业人才，与石匠、木匠、泥瓦匠、骟猪匠、裁缝师傅、赤脚医生同属乡土"能工巧匠"那一类。全大队所有输电照明线路、有线广播线路、动力站、变压器设备维护巡线检修，一揽子都属于他的履职范围。电工一人上下攀爬电杆，还要拆卸安装喇叭设备，手脚有些倒腾不过，我被派来打帮衬。故障并不复杂，似乎是线头遭雷击短了路。电工蹲在田埂上，打开油腻腻的帆布工具包，取出改锥和尖嘴钳，手脚麻溜地一阵捣鼓，自语一声："好了。"脚蹬铁钩爪，猴一样几步蹿上木电杆，顺手扔下一根麻绳。我将大喇叭绕扣环系好，踮起脚尖高高举起，护送它重新回归电杆顶端。大喇叭离地面足有两丈多高，与电杆构成直角，敞口略略下垂。视觉效果随之发生微妙变化，它不再是一只钟鼎，而像一枚硕大的银质花朵，花期正盛，花瓣充分舒展；舌簧鼓凸，如一柱吐露芬芳的花蕊。

日头当顶的时候，我和电工尽忠职守地再次返回那根电杆下。正午十二点，公社广播站一日之中二度开机。维修后的大喇叭像是感冒初愈者，喉咙有些滞涩，它咯咯清了几声嗓子，终于迸发出清亮之声，纵情唱响激越的抒情曲：

公社是棵常春藤，社员都是藤上的瓜……

广袤的田野里，另一些相同口径的大喇叭在别处高高的电杆上遥相呼应，唱响同一首歌。因为距离和风向的影响，本是一曲齐声大合唱，在田畴村舍之间就产生了时间差，形成起伏绵延的环绕轰鸣。

二十世纪七十年代，有线广播是农村广阔天地里一道亮眼风景线，一种先声夺人、响彻四方的存在。不仅是原野上星罗棋布的大喇叭，还有穿墙越院进入千家万户的小喇叭。日复一日，在乡村大地上嘈嘈切切、鸣奏交响，融汇成半个世纪前宏大而绵密的时代背景音，镌刻下醒目的历史印记。

# 二

村子老地名叫新店村。人民公社时期，它依据统一制式被编序为龙居公社第十生产大队。大队下设七个生产小队，四百多户人家，约一千人口。作为下乡知青，我的户口挂在第三生产小队，在那里跟土生土长的村民一样下大田、干农活、挣工分、分口粮。

劳作之余我常去乡邻家串门，无意间发现，家家户户都有一只小喇叭。小喇叭不过巴掌大，薄薄的纸盆状，乌黑色，牵连着小发辫一样的两股线头。线头一红一绿，红线连缀着入户广播分配网——其实也就是一根歪歪扭扭的铁丝；绿线顺壁溜下来，端头接着地。一般农户图省事，就让那小纸盆光裸着，悬在灶屋或卧房的横梁上，乍一看酷似一只缩头乌龟。讲究的人家则会专门为小喇叭量身打制一只木匣，匣窗上镂描一颗鲜红的五角星，端端正正挂在堂屋中壁，当作一件点缀门面的装饰。

后来知道，那一波小喇叭进村入户声势蔚为大观，是全国乡村统一行动，工作量之大可想而知。而推进的过程却出乎意料地顺利，村人打心眼里觉得其貌不扬的小喇叭真是个罕宝，实惠顶用。钟表、收音机这类奢侈品，在那个年代，普通农家是做梦都不敢想的。先前起居作息，一靠看日头星月，二凭听公鸡打鸣，常常难免失掉准头误了事。自从小喇叭入了户，村人省心多了。每天早上六点钟，《东方红》的开播曲笃定准时从小喇叭里响起。尽管没有立体高保真音效，但那耳熟能详的乐曲透溢着一种从幽深处喷薄而出的神圣力道，能让人的灵魂在昏聩中陡然为之一振。酣睡中的人被一个个唤醒，从梦境里被拉拽出来。那些家庭主妇总是第一个闻声起床，草草梳洗一番，随意将头发盘个髻子。先打开埘栅放出一窝鸡鸭，然后进灶屋引火燃柴、淘米下锅。稍后，小喇叭里开始播"新闻和报纸摘要"，知道是六点半了，一迭声催男人和学生娃别再赖床，快点起来吃早饭，免得耽误出工、上学堂。斗笠和蓑衣提前放置在院门边，昨晚小喇叭预报今天有大雨，适才举头望天，已经在打豆大的点子。

除了早上，中午十二点、傍晚六点，小喇叭每天三次开机广播。这无形中等于给村里所有主妇都配了自鸣钟。女人们无须再牵肠挂肚，小喇叭一响，先张罗一家老小的三餐饭菜，再续火烹煮畜生们的饲料，井然有序，毫厘不爽。

有了小喇叭，晚上各家各户平添一份喜乐。上面办广播的人是懂得体恤民情的，晚间有一档节目很温馨，叫作"社员时间"。饭后闲暇，一家老小搬来马扎椅凳团团围坐，守着头顶上的小喇叭，款款受用。

"四川人民广播电台，现在对人民公社社员广播……"地道的乡土方音，让人觉得格外亲和。除了时政新闻，内容广涉农业科普、病虫防治、禽畜饲养、气象预报。尤其令人欢欣的是，还有五花八门的曲艺节目：四川清音、金钱板、相声、评书，时不时还教唱革命歌曲和现代京剧。小喇叭里老师很有耐心，一句一句拆开来慢慢教。日子向来过得清简粗放的村人，在这样的濡染熏陶之下，心性里渐渐生出一些小情趣。天长日久，男人女人居然大都能哼唧几折唱段。哪怕五音不全，劳作间隙，偶尔也会忍不住自娱自乐来上几句。就连大队文艺宣传队逢年过节办晚会，许多节目也是从小喇叭里移植下来的。

似乎夜里还有一小段节目，名字就叫"小喇叭"，是为少年儿童特开的小灶，以歌曲和故事为主，欢快喜庆。广播喇叭不是收音机，没办法调频道。大人们这时就放下身架，跟孩子一块乐呵，傻乎乎的，过一把返老还童的瘾。

# 三

与小喇叭熨帖的家常气息不同，大喇叭的存在是傲视一切、气宇轩昂的。高音调、大分贝，在空旷的田野上，音波如潮汐卷涌，一浪盖过一浪，具有无可抵御的穿透力。每间隔七八条田埂，便有一只高功率大喇叭悬在高高的电线杆子上。它们的喇叭口朝向四面八方，中气十足的声音在半空中和大地上无缝覆盖，振聋发聩。循环往复的嗡嗡回声，带着毋庸置疑的强调意味与厚重的情绪渲染。

从意识形态和公益宣传的价值角度衡量，大喇叭具有强有力的气场和浩大声势，在集体生产时代的乡村，其宣传主导作用和直击人心的魅力远非小喇叭可以比肩。大喇叭尤其适合于群体性的激励与意志力的凝聚，党和政府的号召、人民公社的部署，经它慷慨激昂的传达，总是令人热血沸腾，随之一呼百应、雷厉风行。乡人们即便眼前生活困厄，基本衣食尚未丰足，精神上却始终昂扬向上，激情满怀，对未来的与日向好寄予无限期望。一般情况，大喇叭每日早中晚开关机与小喇叭同步。公社社员下大田摆开阵势后，大喇叭便深缄其口，不轻易扰乱场面宏大的集体劳作节律和劳动者出工出力的专注度。但偶尔，大喇叭也会猛不丁突兀发声，让所有听闻者猝不及防，全身神经骤然绷紧。这样的时刻，必有如雷贯耳的大事要事从大喇叭口里蹦出来。我的知青生涯那两年，从大喇叭里听到的"重要广播"分量一桩比一桩还要沉甸甸：八级狂风冰雹灾害预警，特大暴雨洪水汛情告急，摇摇晃晃中的地震应急广播，邓小平复出主持中央工作的特大喜讯，"四人帮"垮台的重磅消息，两报一刊重要社论……

印象中，最为震惊的，当属 1976 年 9 月 9 日那个下午。那天，天气异常闷热，苍穹是秋季罕有的铅灰色，云层压得很低。下午四时，我与几十名社员正排成雁阵在挥锄培整一片收割后的早稻田，伤感的哀乐突然从大喇叭里毫无征兆地奏响，低回缓顿的曲子猛一下攫住所有人的心脏。继而，中央人民广播电台男主播沉痛宣告："中国人民的伟大领袖、伟大导师毛泽东主席，不幸因病在北京与世长辞……"一股无形的负能量携着巨大的落差从大喇叭里哗啦一下倾泻而来，现实场景骤然凝固。我和社员们不约而同停下俯仰挥锄的动作，齐刷刷地将目光聚焦到电杆上的大喇叭身上，所有人都张大嘴巴侧耳倾听。尔后，是长时间的面面相觑，眼神中充满惊愕、疑惑、茫然。亿万人无限敬仰的时代伟人，北京天安门光芒万丈的金太阳，竟在这样一个平和的日子溘然陨落。如此的突发事件远远超过那个时代普通村人的理解能力和承受能力，人们像是集体坠入一个深不可测的旋涡，有一种无助的沦陷和窒息感。没有人重复大喇叭里的任何一个字，没有人能做出任何评价与判断，没有人知道那一刻该做点什么，甚至没有人发出一声呼天抢地的恸哭。万物生长的庄稼地上，那个特定时刻，村人手足所措，静默成一群泥偶。唯有半空中一只只大喇叭，沉重而不失理性地一遍又一遍公告举国痛殇。

## 四

当然，大喇叭播报的内容并非都是高大上的。在使用功能方面，它被赋予兼顾基层接地气的特质。每个成建制的生产大队都设立有一间广播室，其职能主要是通过功放器将上面几级广播台站层层传输下来的节目源放大，分送到每一只大喇叭里；同时标配有一个系着红绸布的扩音话筒和一台电动唱片机，外加几张塑胶红歌唱片，供各生产大队因地制宜插播使用。

十大队的广播室设在大队礼堂舞台旁一间小屋，因其宣传重地的特殊属性，小屋上了大号铁锁，钥匙由大队党支部政治主官戴支书亲自掌管。那时候讲究按级别层层宣传贯彻"红头子"文件，绕山绕水，直至最终一个环节才传达普及到农村全体干部群众中。农业生产任务繁重，兴师动众的大规模干部群众会议不可能时常召集，戴支书灵机一动，想到了借力大喇叭。但凡有"红头子"下达，他就瞅着社员劳动憩息的时候，去广播室，揿电门按钮，对着话筒"喂喂"两声试一下音响，然后磕磕绊绊念读一番。

戴支书利用大喇叭推动工作奇招迭出，成功案例不胜枚举。十大队向来各项工作都走在全公社前列，那年秋后上公粮却差点败走麦城。有几个生产队因内涝影响稻谷收割进度，往公社粮仓上粮的动作比往年拖沓了半拍。时距全公社公粮交售任务截止没几天了，邻近大队进度已经超在前头。戴支书急了眼，一番搔首挠耳，心中冒出一计。那日消夜后，他在广播室导演了一回"现场直播"：把几个交粮进度掉队的生产小队队长召集到广播室，责令他们挨个对着话筒向全大队社员"拿话来说"。几位生产队队长像被炭火燎烤了一番，从广播室出来，一个个憋红着脸，返回生产队立马男女老少总动员，在集体晒场轰轰烈烈挑灯夜战。摊晾稻谷、风干、除尘、装麻袋。板轮车、鸡公车、扁担箩筐、竹篾背篼一齐上阵。人欢马叫，举着电筒和火把，连夜浩浩荡荡地往公社粮仓挺进。那样的夜晚，大喇叭当然不会闲着，轮番播放《丰收歌》《扬鞭催马运粮忙》《社员都是向阳花》，为各路运粮队伍励志鼓劲、加油助威，几乎通宵达旦。

关键时刻，大喇叭成为戴支书提振军心、攻坚克难的冲锋号。

# 五

农闲的日子，我偶尔会被抽调到公社机关，辟办计划生育宣传栏，或是提着涂料桶，用大号排笔往乡场周边院墙上书写一些配合中心工作的大幅标语。龙居公社院子不大，除了一幢土法上马修筑的红砖拱楼，绕院子四周都是简朴的小青瓦老屋。独有一间，格局显得非同寻常。屋基专门垫起来，平地高出一尺，特意镶嵌了防潮实木地板，踏上去有绵绵的弹力。足音也不似落在泥地上那样瓷实呆板，带一点嘭嘭空响，是游刃有余的韵味。这当然不是哪位领导讲阔气、闹排场，那时好像没有"特殊化"这个概念。一切装点与烘托，全是为了呵护屋子里几尊"金贵之身"。那是依墙兀立的一组铁壳机柜和控制台：节目源接收装置、信号放大器、调谐器、功放、扩音、收录机、分配输出端口。运转中的设备，低频电流声音不绝如缕，红绿黄蓝各色指示灯闪烁不定，传递着种种专业隐语。这是新建不久的公社广播站，整套设备由县财政投资，其价值高于公社全体机关其他办公用品的总和。从广播站的屋后檐牵延出一大缕电线，它们顺着蜿蜒的杆路，逐段分岔，最终，把全公社一百多只高音大喇叭、五千多只入户小喇叭有机串联在一起，交织成一张密如蛛网的乡村有线广播网络。

全权负责操控管理这样一个重要阵地和窗口的，居然是一位纤柔秀丽的女孩，这实在令人刮目相看。女孩是高中刚毕业的回乡青年，公社聘用的专职广播员，属于农、林、水"八大员"序列。待遇一半挣工分一半领现金补贴，农业户口不变。女孩形象非常靓丽，远不止百里挑一。她是在县城高中应届毕业前夕，被家乡公社从近千名同龄学生中精挑细选出来的。除了容貌出众，还是学校共青团干部，政治可靠这一项又使她锦上添花。

广播员这个特殊的岗位，本身就罩着一层神秘的光环，女孩在公众视线里自然是光鲜夺目的。广播喇叭无法出镜直面受众，但每天开播与停播，女孩都有节目预告和问候语。加之本地广播新闻栏目，她又是自采自编自播，并且普通话调味很纯正，听不出与县电台、省电台那些名主播有多大差异，一腔一调都是参加上级广播电台专业培训熬磨出来的。素不相识的乡人从喇叭里听到节目也能猜度想象女孩那份可人的甜美和过人的聪慧，无数赞誉隔空抛送给这位家乡女才子。

女孩显然也格外挚爱和珍惜广播员这份职业。一年三百六十五天，除了广电系统规定的几个停机检修日，无论寒来暑往，她每天总是准点开机播出。公社专门为她配了一只小闹钟，但那闹钟就从来不出一丁点儿故障吗？年纪轻轻的她就不会因贪眠睡过头吗？就没有遇到过偶尔身体不适难以起床的特殊情况吗？按常理推论，类似状况十有八九会出现，但都被播音员一一防范或克服化解了。看似极为平凡的日复一日分秒不差的机前值守，包含着女孩怎样的慎独自律和持之以恒追求至善的敬业操行？

广播员在公社大院里是赏心悦目的存在，在乡场上也是居民们公认的"街花"。女孩自己也是极其爱美的，除了一丝不苟地恪尽职守，她还会花心思把自己收拾打扮得尽可能的好上加好。她爱穿那个年代流行的小翻领果绿色女军服，变换着梳一对麻花辫子或扎一束马尾刷，往肌肤上涂抹淡淡的好闻的护肤霜。她还特意在广播站的小桌上给一只精致的小玻瓶腾出一隙，瓶中永远养着一簇娇艳的时令野花。

公社机关和乡场学校、供销社、信用社的一帮年轻男子架不住春心荡漾，轮番对播音员展开爱情攻势。有情愫难抑为她每天写几首赞美诗的，有在信封上标注"内详"、投递厚厚的书信向她直抒仰慕的，有绕着弯儿想上门为她的小花瓶换一束花的，还有壮起胆子要邀请她下班后逛马路看坝坝电影的。对一拨青春萌动的求爱者，广播员一概报以矜持而含蓄的微笑，潜台词却是分明的婉拒。被人争相追求，那滋味当然不胜甜蜜，但女孩没有因此沉醉于温柔花田。自打走进公社广播站那天起，她内心已经勾描了一道绚丽彩虹。她从这间小小广播站播下希望的种子，为的是让理想的花朵伸枝怒放，开在更高处、更远处。从"八大员"蝶变为正式国家干部，那应该是指日可待的事。吃商品粮、领取财政工薪，从此一举跳出"农门"，为面朝黄土背朝天的祖祖辈辈争一口气、添一份荣光，这是最基本的奋斗目标。若能心无旁骛奋力拼搏，表现好、业务出众，还有望破格被选调到县电台、省电台，在自己痴爱的事业领域奔向更加辉煌的前程。这并非痴人说梦，类似的榜样，其他公社已不乏先例。广播员信心满满，自己未来的幸福港湾绝不会囿于眼前这方寸之地，与日渐丰的羽翅终将载着她翩翩起舞，翱翔云天！

生活剧情的反转突如其来。

短短几年以后，那一波乡村广播喇叭为什么突然衰颓，以致集体喑哑退场？或许是人民公社宣告解体、集体化大生产转向联产承包分户经营带来的连锁反应，或许是村民对老一套宣传模式产生了审美疲劳，或许是改革开放促进村人生活水平步步高，精神文化消费的内容和形式随之趋向丰富和多元……没有谁能给出标准答案，而世事的变迁却演绎成活生生的现实。

广播员无法回避的一天终于来临。现实情景发生时我不在场，我早已被招工离乡回城。数年以后，各种机缘让我成为省会广电传媒一名管理者。一次会议上，偶然碰到当年龙居公社的熟人，聊到曾经的乡村喇叭，自然而然，就聊到了广播员，聊到她在乡机关大院的故事结局。透过那位熟人的详尽回忆追溯，已经尘封多日的那一页画面清晰复活，细节纤毫毕现。

那天，机制改革后的乡政府领导找广播员谈话。谈话特别安排在党委会议室，领导彬彬有礼地给她泡了一杯热茶，话语相当温和客气，但这丝毫无法改变本次话题的严肃冷峻实质：乡广播站已经连同大小喇叭一并停摆，新体制的乡机关要精减人员，广播员的岗位设置取消，她作为从业者，即日起被解除聘用……广播员低垂头颅，静静听着乡领导竭尽委婉的说辞，还有一长段苍白无力的安慰，一声未吭。近些日子她一直忧心忡忡，对这样的时刻或许早有预感。她明白，此时乡领导向她宣布的，不是一己之见的随意决定，也绝非任何个人有权力做出更改、收回成命。因此，她没有任何争辩或恳求。良久的沉默之后，她咬着嘴唇，脸色纸一样白，眼眶盈满泪花，轻轻点了一下头。当天，办完离职手续，广播员拎着一个红白相间的尼龙丝线网兜，里面装着简单的个人用品：床单、衣物、盥洗用具、护肤脂霜、硬壳笔记本、一扎书信，几册《大众电影》，还有那只精致的玻璃小花瓶。

趁着机关干部职工在食堂吃晚饭的时候，广播员悄悄离开了乡政府院子。乡领导要派人骑自行车送她一程，她推辞了。只身一人，迎着熔金般的夕光，走出场口，一路向西。她的家在龙门山山麓下，一片竹树掩映的田野深处……

我的神思那一刻有些恍惚怅惘。霞光漫天的黄昏中，女孩拎着网兜踽踽行于归途。可那不是普通意义上的一次早出晚归，而是一枚青春生命理想幻灭后、由终点回到起点的颓然坠落，是单枪匹马的女孩人生奋斗征程上无可奈何的一次伤心溃退。那样的一幕，像电影蒙太奇镜头反复叠印在我脑海中，心像被什么东西生生揪住，有些隐隐作痛。突然想到，时下各级政府新一轮农村广播"村村响"工程正拉开大幕，也许可以借势助一臂之力，向她吹响集结号，帮她提供一个重返她曾经深深迷恋的广电事业的机会。这个想法在脑子里像肥皂泡，甫一冒出，就自己掐灭了。时过境迁，人与事都发生了太多太大的变化，一朵昔日花蕾怎么可能再回枝头，嫣然如昨？

熟人继续告知：昔日女孩已被经年乡村生活熬炼成能干的村妇，白胖而健硕，但依然端庄，同时已是两个上中学的孩子的母亲。女人与丈夫合力办了一个黑山羊养殖场，效益不错，一年收入有好几万元。

从青春芳华的广播员到精明能干的饲养员，女人没有被曾经的命运反差和人生的一时失落所击倒。她坦然接受了命运为她编排的新剧情，努力担纲新的生活角色，终究舞出另一番精彩。也许，应该对她报以敬佩的掌声和真诚的祝福。只是，我不知道当年那些大喇叭、小喇叭的袅袅余音，偶尔还会不会滑入她的梦境，萦响于她的耳畔？

# 幽巷絮语

　　成都巷子多，大大小小的巷子计有七百余条。毫无争议，声名显赫的宽窄巷子是它们的形象代言者，天南海北的人来了，挤出时间也要前去潇洒逛一回。穿梭悠游于宽巷窄巷，盯着那蕴含禅意的巷名标牌发一阵呆想，挑一堆蜀锦、竹编、青铜俑之类花里胡哨的工艺古玩，嗨一肚皮麻辣烫、串串香、红油水饺、担担面等一应川味小吃，再拐进黛瓦粉墙的四合院，在花木熏香、青苔覆地的露天坝坝茶席中寻一把竹椅，讨一盏盖碗峨眉雪芽抑或青城毛峰，眯缝了眼睑，半懂不懂地品咂一番嘈嘈切切、咿咿呀呀的川剧折子戏。似乎唯有这样，才算不枉蓉城一游。

　　宽窄巷子的光鲜魅惑无须赘述。但它毕竟融汇了今人对历史遗迹的整饬和重塑，注入了诸多时尚元素和雕琢技巧。许多场景是为了摹描古旧市井风情和追求商业妩媚质感而特设的，带有明显的演绎性质。概而言之，这一处所在，骨子里是源于生活高于生活的。而遍布城中的更多幽曲小巷，虽然也难免在时代风雨冲涤中嬗变，总体上却或多或少存续着老街子陈陋古朴的风貌与民俗。它们像都市隐侠一样匿身于高楼林立的缝隙，繁华闹市的偏隅，不断地吞吐着市井凡尘的活色生香；又像是一座座恒久不散的生活剧场，上演着坊间饮食男女种种悲欢离合的情景剧。

# 一

牛王庙巷是我熟稔于心的一条老巷。我在东大街商会大厦一家国有企业任职那些年，就近在蓉上坊园区租住了一套居室。每天早出晚归，像鳅鱼一样穿梭于熙熙攘攘的人流，蹚过这条深深的巷陌。巷内的种种细枝末节，像一册老版连环画本，被我反复翻阅。故事的梗概虽然泛着陈旧的色泽，具体情节和内容却是鲜活本真的，令人常读不厌，每每陷入痴迷，以致不知不觉走入某些章节之中……

至今清楚地记得第一次伫立于明宇大酒店右侧牛王庙巷口的那份惊异与恍惚。一条曲折幽深的陋巷，紧紧依傍着一幢巍峨时尚的银灰色现代建筑，其间没有任何过渡与缓冲，完全是无缝连接。大酒店外侧，是车水马龙的东大街主干道，两旁气宇轩昂地矗立着金融大厦、高端写字楼、东方广场，还有东门大桥水畔入夜流光溢彩的兰桂坊酒吧街区。而从巷口拐入，往深处步步行去，则浑然是另一种拙朴情致：沿街一溜青瓦平房和穿插其间的低矮居民楼挤搡拥立，打眼一看那沧桑基色便知颇有些年头。两边街沿拔地挺生着一株株曲干虬枝的法桐，它们在半空中彼此攀附勾连，伸枝展叶，把一整条老巷蓬成葳蕤的绿色长廊。阳光艰难地穿透密匝的叶丛，洒下斑驳光影，像是淌了一地碎银。因地段金贵，临街店家铺面一概显得逼仄，最小的门市宽不盈丈。所事营生却是五花八门，包罗万象。各类饮食是主打：小炒川菜、羊肉汤锅、快餐排档、麻辣水煮、腌卤肉食、豆花、水饺、铺盖面……每日里各种香味在小巷中浑然交融，经久弥漫，撩拨着途经者的味蕾。此外，鳞次栉比的还有一家家超市、西药房、草药摊、服装店、家电维修铺、建材安装公司、发廊、足疗店、麻将馆、健身房、丧葬用品铺、街边公厕。林林总总，涵盖了人们日常生活起居和生老病痛的各种所需。

如此的街区搭配和经营布局，若是让画家以一幅画来包容呈现，一定是难以下笔的。即便勉强勾描出来，料想也是线条别扭、色彩凌乱、反差突兀。然而，在现实场景中，局促暗淡的牛王庙巷与咫尺之距时尚新潮的东大街却丝毫没有"不搭调"的违和感。陋巷矮屋不施粉黛，一副生活初原样，通体散发着真真切切的坊间烟火气息。大街靓楼满面风光，亭亭玉立，端着大腕的范儿，彰显的是城市的高大上。一边是都市的面子，一边是生活的里子，其实是互为依存，不可或缺的。小小一条牛王庙巷，给周遭一大片城区源源不断地供给着丰润的滋养。幢幢高楼大厦里那些珠光宝气、风流倜傥的职场人士，每到饭点，如同群蚁一样从辉煌的楼宇里涌出来，沿着小巷，各寻一家合口味的路边餐馆，俯坐一方矮桌短椅，旁若无人地大快朵颐，一二十元一餐，吃得心满意足。饭后打着嗝，沿着小巷东瞅西逛，购置种种生活所需，或偷闲来一点别的消费享受。社区楼院的住户更是把巷子当作居家度日的后勤保障大本营，吃喝玩乐，各种采买，出门只消百十步，一概搞定。而牛王庙巷也颇沾了都市"面子"的光，因了这日益兴旺的人气，店家生意风生水起，小巷生机盎然，毫无老迈之气。

## 二

牛王庙巷，顾名思义，是应该有一座古木森森的庙宇做奠巷鸿基的吧。下班闲暇时沿着巷子细细寻访，却不见庙殿的蛛丝马迹。一路求问原住居民，个个脑袋摇得像拨浪鼓。

那日黄昏巷中闲步，见一位气度不凡的鹤发长者，挂着老花镜在街边一张马扎上悠然翻阅一本《巴蜀史》，料想必是坊间博学之士。赶紧上前问安，再作谦恭请教，终于讨了个明白。此间早年果然是有庙宇的，康熙七年，成都平原牛瘟肆虐，东郊一带尤甚，田间街衢随处可见发狂和暴毙的耕牛。人们为此惶恐不安，谈牛色变。时任四川巡抚张德地为了求神祈福，安抚民心，在附近的牛市之外急兴土木修建了牛王庙，并铸彪悍铁牛一只，供奉于庙内。庙宇落成，靠天吃饭的百姓纷纷前来祭拜，祈求牛王消弭瘟疫，护佑一方农耕顺遂，黎民安泰。从此，年复一年，香火不断，祭祀不绝。因庙而兴的一条小巷也随之日渐繁盛。只可惜三百多年世事沧桑，几度遭遇火患和人为损毁，庙宇早已颓圮湮灭，铁牛也踪迹杳然。

　　长者说到此处，不禁摇头喟然概叹：当年堂堂成都府，密如蛛网的古巷幽曲交织，地名一个比一个响亮：红照壁、皇城根、总府路、学道街、红墙巷、四圣祠、白马巷、御河街……仅是以寺庙命名的就有三十八条街巷。一街一巷，都是有来头，有故事，有名胜古迹的。经历岁月的风雨剥蚀，如今，大多数古迹已经残败颓危。近些年政府重视市井文物保护，尽全力抢救修葺。然而，仍有许多老巷地标风物不再，只空留一个令人浮想的老街名和搜集整理的一段史料了。

　　我朝着长者给我指点的庙宇遗址方向默然肃立，空茫的暮霭中，耳边恍若传来隔世的梵音和钟声。辞别时，老人告诉我，前些年，有商界成功人士出资在城东三圣乡异地重建了一座牛王庙，风貌依仿了古庙原样，还在殿堂中嵌入了苦心觅来的几根原有梁柱构件，铁牛也重塑于庭院之中，呈昂扬奋蹄之势。若是想了却怀古之念，可抽空去看看。我谢过长者，却并未动心前往瞻仰。新造的仿古建筑再怎么惟妙惟肖，此庙亦非彼庙。早年那座牛王庙的精魂与灵气，哪里是通过克隆可以再生的？对那些心存景仰业已消逝的物象和意象，还是留白存念的好。

三

租住的小区出门即是庙巷。一人懒得动炊，下班后便沿巷觅食。老巷街面上的各色小餐摊的确价廉物美，但人来车往过于纷扰，饭点高峰期常常人满为患，一座难求。有时候你还在埋头扒拉饭菜，已有新客守在身边候位，还不时探头瞄一眼你的碗盘，弄得人如若芒刺在背。

生性偏好清静，嫌街边太嘈杂，一意独寻幽境。恰见巷子半腰一面酒旗迎风招展，旗下一洞门户不大，装饰却十分精雅。两道框柱青砖勾缝，门楣拱一盖黛瓦翘檐。匾额上草书店名取意于某则成语典故。入门绕过照壁，果然曲径通幽——内里隐着一方清寂的院坝。坝子本附属旁侧楼宇，楼主租让出来供作经营。店家盘下这方寸之地，巧用匠心，在头顶高处罩了防水玻璃，既屏蔽了楼房居高临下的视觉压力，又蕴成独立空间美感，还兼备防晒采光功能。院里点缀半湾小桥流水，一墩石缸锦鲤。庭中两棵香樟，挺拔的树干洞穿玻璃顶棚，参天枝叶隐约可见，树体脂芳暗香浮动。在这样的空间里，错落布设着十来张粗朴的条形或方形原木桌椅，桌上随时坐一壶免费的红白茶水，供客人膳食享用。此间消费门槛略高于巷边大排档，但较之闹市酒楼，菜品和价位又明显是平民化的。有三道招牌菜：藿香鲫鱼、棒棒鸡、粉蒸肥肠。

我心生欢喜，从此常来往，并将此方当作了私家食堂。老板娘兼大堂经理是一位戴挂链金丝眼镜的娉婷美女，偏爱一身黑色T恤和小西裤的搭配。这十分凸显她皮肤的白皙和体态的婀娜，看上去很是养眼。她待客殷勤周到，一旦有人来，立即笑脸相迎，招呼安座，先斟一杯热茶，再递上菜谱。根据不同口味、人数多寡，悉心推介合适的菜品，言辞中绝无倾销用意。有食客好面子点菜偏多，她会劝你悠着点儿，不够再添，浪费了挺可惜。

偶尔饭点前过来，院里格外宁静，便呷着茶水与老板娘闲聊。方得知早些年人家是城郊一家国营大厂的共青团干部，重点培养的后备人才。正天天向上呢，殊不料一阵时代变革风潮卷过，厂子竟破产关门，后备干部一夜变成下岗职工。熬过一段落差极大的灰色日子，她抹干眼泪，悉数拿出下岗安置费，与朋友合伙试水餐饮，并请业界策划高人支着儿，在竞争激烈的同行中尽力凸显特点亮点。一番苦心包装打造，推出这款市井庭院风情小餐，果然颇受青睐。客源主要是附近公司的白领和一些机关职员，也许他们久居都市，来这里除了享受闹中取静的就餐情调，也是对昔日乡村坝坝宴的一份聊慰怀旧。老板娘告诉我，生意走势不错，她们已在城区盘下几处类似的夹缝院坝，开起了连锁店，股东各守一方，分兵突进。经营规模虽小，收益回报却还过得去。

老板娘轻描淡写说生意"过得去"的时候，脸上明显流露出几分自得的神情。见有客人陆续入院来，她赶紧转身去招呼忙活。望着她风一样轻灵的身影，我心中油然生出感慨：昔日万人大厂的一朵娇艳"厂花"，移植到这陋巷小院里依然风姿绰约，而且更显活力与生机。所谓柳暗花明，在她身上恰是应景了。就想起寻常老听到有身边人埋怨时运不济，诸事多艰，哀叹人生坎坷，前景渺茫。殊不知种种变数和机遇往往就隐藏于那山重水复之间。只要遇折不挠，秉持信念，豁达心智，便终可觅得。如若一味怨天尤人，颓然不振，良机摆在面前也恐是有眼无珠的。

有一回，小院坝的宁静被突兀地撕破一个口子。那是初秋一日黄昏，我与朋友正在怡然小酌。餐桌上的烛形台灯散漫着柔和的光晕，几桌食客尽量压低嗓音边吃饭边交流，院坝里流淌着梦幻一般的温馨。忽然，一阵粗犷的喧嚷破门而入，循声看去，一群身着工装的男人闯了进来，大呼小叫地让服务员拼桌凳，然后团团围坐，点了不少菜，还打了两斤枸杞泡酒。邻桌的客人不觉皱了一下眉头，把座椅往旁边挪了挪。老板娘笑眯眯地过去打过招呼，俯身叮嘱了一句，滚滚声浪立即消减下去。我看这些人有些面熟，想起他们是附近新开工楼盘的建筑工，几乎每天都要与我在小巷里照面的。如今城市劳工紧俏，他们凭苦力挣钱，每日收入不低。但要攒钱养家，平时手紧得很，三餐都吃街边大排档，今天居然来这里不啬破费，一定是事出有因。

只见众壮汉把一个清瘦的后生簇拥在中间。小伙子鼻头红红的，眼眶里还噙满泪水，不时反过手背使劲抹一下。汉子们有的拍肩安抚，有的在陈述所知晓的情况，有的摇头叹气。从一团纷乱中我听出了事情的端倪：小伙子高中毕业考上了大学，家境贫困，赶在入学前上工地打短工挣学费。眼见临近开校了，当日中午下工后，顾不上收拾一身泥汗，忙着赶公交车去春熙路备置一些上学用品。高峰期车挤，他不由自主靠一个妇人近了些，谁知那妇人竟朝他劈头责骂。小伙子顶了一句：嫌挤你坐专车去啊。这一下妇人可不得了，高声叫嚷说小伙子图谋不轨想揩油，引来满车各种不屑的眼神和义愤斥责。车到站点小伙子还被揪住不放，直到巡警调查了现场目击证人和车内监控，方才还了他清白。

这样的窝囊遭遇不啻针一样刺痛了工友们。大家凑股子为小伙子压惊宽心带辞行，边大口喝酒边骂咧，骂一些城里人假斯文、假正经，低看乡下来的打工仔，骂包工头不地道，时不时拖欠工资，骂城里吃喝拉撒样样花钱，价格见风涨，骂满街汽车像打屁虫，吸一口新鲜空气都难。骂着骂着，齐刷刷将筷子往桌上一拍：老子们不干了，中秋节回家跟妻儿老小团圆，种几亩田地，养一群鸡鸭，再也不过受气日子……

然而，中秋节后，我一如往常在小巷里看见他们。只是少了清瘦小伙的身影。知识的力量助他奔向新的前程，相信春熙路上那扎心一幕不会阻碍他昂扬向上的青春脚步。而他的那些老乡和工友们仍然留下了，气话可以说，回头路却不肯轻易走。毕竟城市里谋生的门道和艰辛付出换得的一份回报以及各种开眼界长见识的场面，都是颇有诱惑力的。

老巷里，民工们浑身工装污迹斑斑，形如迷彩，头盔下罩着一张张被阳光风尘漂得黝黑的面庞。他们早出晚归，总是行色匆匆，朝晖和夕阳把他们抽象成一枚枚虚幻的影子。

## 四

溽暑时节，浑身突发奇痒，伸手抓挠却摸不着一粒疹子，烦躁得夜里通宵失眠。去医院求诊，服了好些日子西药也不见效。突然想起巷子拐西那家草药摊，决定去试一下。小时候家住乡村，有个头痛脑热的，母亲总是在竹林盘和田埂上寻一把竹芯、车前子之类的草药熬水喂我们喝，很管用。

与那些格局讲究的中药堂相比，草药摊简陋到近乎寒碜。铺面是一间玻纤瓦屋，屋内陈设十分简单，一桌两凳都是旧物。药材全是草本之属，当然没有中药堂那种带铜扣环的玲珑抽屉供其栖身；分门别类盛入贴了标签的麻袋里，鼓鼓囊囊地塞在靠墙壁的一道木框架上。

药师是一位慈眉善目的胖妇人，人称姜大姐。据说到她这一辈已是三代以此为业，营生却从来不温不火。墙上醒目处挂有管理机构颁发的经营许可证，两边衬挂着患者赠送的几面锦旗。我去时门庭正冷清，姜大姐慵懒地面街倚坐，瞑目养神，一副随遇而安的淡定。见有顾主上门，也不起身，只是抬眼招呼一声：来啦？便以手势请到桌前，与她斜对而坐。她一边把脉一边听我陈述症状，细细观察我的气色血象，又让我张口亮出舌苔做了一番探看。随后，十分笃定地告知：你这是血热，外感热邪和饮食不当造成气血不和。不要紧的，服两剂汤药调理一下就好了。姜大姐边说边起身给我配草药。她也不开处方，眼睛往药架上扫视一番便胸有成竹，解开几个口袋，伸手大把地抓出粗粝的草芥。也不约秤计量，分别塞进两个特制的大纸包，封好递给我，收费四十元。她抓药之际我匆匆瞄过那些药签，有赤芍、甘草、白茅根、蒲公英、金银花之类。临出门，姜大姐又说：有空过来帮你理疗一下，效果更好些。我这才注意到，靠屋子里侧一挂纱帘拦了一角，设有诊床和一些器具，是专用作艾灸拔火罐的。

回租住屋用敞口铁锅熬了满满一锅汤药，遵医嘱每日牛饮三大碗，又忍馋，忌食辛辣。周余之后，不适之状果然消弭无踪。

感慨草药的神妙之时，忽然忆起曾经看过一部电影叫《刮痧》。说一位中国老人爱孙至极，万里迢迢追随移居美国的儿孙一家，每天寸步不离乖孙，悉心照料，怡享天伦。一日孙子暑热不适，老人赶紧施以刮痧的民间土法。孙子不忍疼痛发出阵阵哀号，继而症状得以有效缓解。谁知一番动静惊骇邻居报警。老人因涉嫌虐待儿童被带到法庭审讯。尽管老人和儿子费尽口舌解释刮痧是中国独特的民间医术，其功能药理是经过千家万户反复验证过的。但法庭上的老外们如听天书，连连摇头。他们指着小儿脖颈肘弯的红痕，一口咬定老人"虐待"行为成立，最终判决剥夺了老人对孙子一个时段的监护权，老人有口难辩，气得老泪纵横。

　　中医药在我华夏文明传承中不过是一鳞半爪。遥想五千年的泱泱历史长河里，蕴含积淀着多少博大精深而又玄奥莫测的秘籍。很多中国式的奇理、奇招、奇人、奇事，个中都深蕴着禅意哲思和自然大道，每每只能心领意会，难以精准言表。对那些没有诞生过老子、孔子、庄子等圣贤的国度，一些事理怎么去辩曲直、讨公论？东西方文化差异的鸿沟就这样横亘在世界之上、民族之间，生出种种闹心的龃龉与隔阂……

# 五

　　顺老巷往西到尽头，是蜿蜒回环的锦江。晚饭后常去沿岸散步。河畔石栏似带，草坪如茵。除了雨季，河中水量并不丰沛，清浅处隐约可见滩床卵石。眼前的场景很难与杜甫当年伫立草堂河埠引吭高哦"门泊东吴万里船"的壮观画面联想叠加。同是一条河，从唐宋盛世奔流而来的宽阔河道缘何淤塞梗阻再也不能通达四海？曾经丰盈旺茂的水脉缘何日渐枯瘦？那些浩浩荡荡的载舟之波流逝到了哪里？

　　河波的轻吟浅唱中，隐隐混杂着一缕缠绵不绝的二胡琴声。声源来自东风桥头，拉琴的是一位大爷，面容沧桑，已然垂暮；却刻意蓄髯披发，执守着一份艺术范儿。

　　大爷算是一巷之中老少皆知的名人，早年在一家川剧团任首席琴师，与同团台柱花旦结为伉俪。二人情深意笃，发愿终身以"丁克"厮守，小日子过得无比温馨浪漫。谁料后来剧团每况愈下，政府几度出招"振兴川剧"也无法力挽颓势。一支在川西坝子风光了上百年的演艺团队不得不降旗散伙，曾经声名赫赫的琴师和他的俏花旦黯然回家待岗。偏偏祸不单行，爱妻又突患恶疾猝然撒手人寰。俏花旦溘然长逝那天，琴师也不按蜀地民俗打理后事，就一人守在床边满眼含泪拉二胡。拉的全是俏花旦当红时的拿手唱段，一曲又一曲，拉得闻者肝肠寸断。此后，他鳏居小巷，靠家教拉琴授课谋生。近两年家长引领幼孩学艺追逐西洋风潮，二胡之类民间乐器不再受人青睐，老人的生计来源几近断流。幸好买有一份基本养老保险，社区又及时将其纳入低保帮扶对象，日子才得以无虞维系。

即便晚年生活过得不宽松，老人却一天也放不下那柄二胡。怕在居民小院里扰着街邻，他尽量不在家中弄弦。但逢晴好天日，夜幕降临时辰，他就手提琴盒和一只小独凳，踽踽行至河边，在东风桥头依栏而坐，拉开架式，纵情张弓，在弦音的婉转中陶然沉醉。我途经时常常驻足聆听，由于衰老导致肢体灵活性减退，老人运弓的手腕和揉弦的指法已经不够流畅，甚至个别音准都偶有偏差。但他却浑然不觉，一边拉琴一边口中喃喃地又念又唱，上身随着韵律的起伏悠然俯仰，完全沉浸在自己酿制的音乐夜宴之中。老人还在脚边用砖块支了一面纸板，上面庄肃地书写着两行墨笔字：

**自娱怡情，**
**非乞非讨！**

估计曾有路人当他是坐地卖唱的艺人，心怀怜悯投币施舍，谁知无意中却伤了资深音乐人那颗清高又脆弱的自尊心。老琴师人穷气不短，遂以这块纸牌为盾，明志以御扰。

那年春节回老家过年，节后返蓉上班，一连几天晚上河边散步都不见老人的身影，心中觉有不祥。次日向熟悉的街坊打探，果然得知噩耗：正月初一早上，有邻居上门拜年问安，推开门一看，琴师靠坐在客厅沙发上，头偏向一边，已经叫不应声。赶紧呼来 120 急救，终是回天无力。诊断结论：脑梗猝死。

琴师临离世最后一瞬，腿上横放着心爱的二胡。两柱丝弦已经调好，马尾弓须抹润了松香；面前的乐谱架上，《步步高》的乐曲翻开了页张，宛若一只展翅欲飞的白色蝴蝶。然而，毫无征兆，一切戛然休止！新年伊始，老人再也听不到自己鸣奏的贺年欢曲……

# 乡亲影像

人的眼睛像一部照相机，所见所闻，眨巴一下眼就等于摁一下快门。人一辈子阅人历境无数，大多数都形如白驹过隙，须臾之间眼睛和心灵没聚焦，事后一团混沌，如同底片曝了光。纷繁过往转眼即成浮云，漫漶不知所踪。而偶有一些人和事，却令人生出某些触动，摄下的画面便格外清晰。经年累月过后偶尔翻检，一幅幅老照片虽已泛黄，画面景致却依然历历犹新。我的脑海深处存留的这类老照片中，有一组川西坝子父老乡亲的影像，成像于我1975年高中毕业下乡当知青的那段岁月。那个村叫作新店村，那些人，那些事，时而鲜活地浮现于我的眼前……

## 戴支书

按照复杂的党政干部序列排位，戴支书属于位居底层的"起花级"干部，甚至连行政身份也靠不上。没资格按月领取国家派发的工资和凭粮本去粮站购买供应粮，只能跟普通庄户人家一样挣工分养家糊口。但是，在方圆近两千亩农田、四百多户人家的新店村，他却是正经八百的领导。以个头论，戴支书身为干部显得先天不足，缺乏应有的气度。他属于那种典型的"五短身材"，虽正当壮年，但一张饱经沧桑的黝黑脸膛看上去比实际年龄起码大出十岁；常年穿一身洗得灰白的工农蓝中山服，不知是否为了节省布料，那衣服紧绷绷的，短到几乎要露肚脐眼；嘴上随时衔着一管烟斗，自裹的本地土产烟叶蜷在斗嘴里，火头子时明时暗。支书被熏陶得浑身散发着浓厚的烟草气味，隔老远就呛人鼻息。除了召集或参加生产大队和人民公社的会议，平时他头戴草帽，荷锄挑担，挽着裤腿跟男女社员一起下田劳作。当他专注地投入栽秧打谷、挑粪培土各类农事活路时，那熟稔麻利的身手完全是个一流的庄稼把式。艰辛劳碌一天下来，他总是被计十个工分。这样的满分绝不是源于记工员冲他的支书身份给予的特殊待遇，而是社员群众根据支书的勤勉劳动态度和超高效能口服心服一致评议的结果。这份报酬是他和家人赖以生存的主要经济来源。当然，也还有些微薄的会议误工补贴和公务补贴，此外就再没有别的收入进账。那时的村干部没有谁有能耐领办个什么企业，当然也没条件骑个摩托瞅空外出去"铲"点啥生意。大队也有点集体经济：一个打米磨面的碾坊，一个日杂商品代销店，外加一支农田基建工程队。但戴支书脑袋不开窍，似乎压根儿没想过要伸手在中间捞点儿"搞头"。两个儿子一个送到边防去当共和国卫士，一个自学成才做了乡村医疗站的"赤脚医生"，边干农活边兼行医，照样是挣工分养口。那年，大队部门口学大寨兴修了一顺溜集中居住的农民新村，所在的三生产队整体迁入，原有宅基地全部充公还田返耕。戴支书家住三队，分到的房屋户型跟别家一模一样，一块砖瓦一寸院坝也不比谁多。

劳作闲暇时，支书会在广阔的田野里四处转悠，或是站在大队部门口那条机耕道中央，眯缝着眼往远处打望。没人能明白此刻他在看什么、想什么。每当这样的时候，他身上才多少显出一些与众不同的干部范儿来。中山服外面披一件略微宽松的夹衫，两个空袖筒子迎风甩摆，活像神气的大雄鸡扑扇着翅膀。有社员或其他社队干部从跟前路过，他一般不主动招呼；待到别人招呼过来，他会立即随声应答。当然，那声音也是充满热情和礼貌的。

那时候会特多，集体劳作之余，晚间时常有各类时事政治学习会。作为会议的主角，戴支书当然要身居上位。但他毕竟只有高小文化程度，传达上级"红头子"文件常常念白字、吃李子。宣讲大政方针口齿也不利索，不得已时，就用不知从哪里捡来的几句官腔套话搪塞一下："这个——这个啊——是不是，啊！……"有时候，他会让人通知我们知青到会当听用，代他念那些上头规定传达的又长又拗口的大文章。我们读得口干舌燥，他趁机在一旁缓口气，吧上一管叶子烟。但话题一转到村里的农事上，他顿然像换了一个人，立马精神抖擞，舌头也一下子顺过来："七队靠河那片稻田螟虫来势凶猛，要赶紧组织灭杀，不然成了气候，周边农田都要遭殃！""五队周家大院子边的支渠都快淤堵成堰塘了，要趁着农闲好生疏淘一下。有一段堤埂简直破成了细娃儿的开裆裤，得赶紧补上。""全大队还有两处荒包古埂，秋收后要集中火力打个会战，完成改土条田……"说这些话的时候，戴支书底气足得很，好像全大队的农事是一盘棋，统统装在他心里。这棋怎么下，他每一步都胸有成竹。

最能展现戴支书的干部威仪，是在他讲"大话"的时候。所谓讲"大话"，是指他偶尔到村广播站，通过高音喇叭向全村发表现场直播的"重要讲话"。那时农村广播覆盖相当到位，除了田野中树干上悬挂的高分贝大喇叭，还有蛛网一般密布各家各户的有线小喇叭。戴支书此时讲话，多是涉及部署全村防汛抗洪、防震减灾、催缴国家公粮、农田基本建设攻坚动员指令之类，话题的确重要而急迫。时不我待，语气便显得直截了当，斩钉截铁，毋庸置疑。他洪亮的声音通过大大小小的广播喇叭传播渗透到全村每一个角落，回声荡漾中敲击着所有村民的耳鼓。闻者无不肃然，随之，一呼百应，雷厉风行。

# 周　官

周官姓周，但真名不叫周官，叫什么，记不起来了。不过，当年他在新店好歹也算个"芝麻官"——大队现金实物保管员。不知谁给他起了这么一个绰号，邻里乡亲觉得既合情理又顺口，呼来叫去的，就把他这名头喊响了。

周官官儿咪咪大（方言，指小得很），实权却不小。生产大队收益的每一笔公款现金，集体仓房存储的粮食、种子、薯豆、烟叶，统统归他保管。那时乡村没有固若金汤的保险柜，银行储蓄网点也很不发达，有时候大队收入的现金就装在一个小铁壳提箱里，偶或看到周官将其紧抱于怀，小心翼翼地行走于村路上。周官行路，身上发出不同凡响的动静，那是一大串钥匙别在裤腰上互相碰撞发出的金属之声。一把钥匙配一把锁，每一套锁匙都对应把控着一间集体仓房。但是周官的衣着与他的称谓和身份完全不相配，甚至于那一串钥匙挂在裤腰上都显得不搭调。他的穿着实在太寒酸了，每天他去大队部都要经过我们知青点，毫不虚妄地描述，一年四季我从未见他穿过一件没补丁的衣服。尤其是那裤子，屁股后面和两膝处常常是不同颜色的布块疤上重疤。冬天的旧棉裤不知磨了多少年，连板结的棉花絮都露出来了。

周官的胳肢窝下随时掖着一把算盘。由于使用年头太久，四个框角骨节有些疏松。周官便剪裁了膏药胶布一圈一圈牢牢地加固。那一串串褚红色的珠粒，被他的手指头抚弄得玉润油亮，宛若包浆的佛珠子。自学成才的周官一手算盘打得出神入化。在大队里，他伏案算账的场面堪称一道独特风景。但见他左手翻开账本，逐行移指，凝目识读；右手指则无须眼光兼顾，全凭感觉在算盘上行云流水地游走。弹指间，满盘飞珠溅玉，滴答之声清脆押律，活脱脱在表演民间器乐"莲花落"。那些枯燥琐碎的数字和账目，眨眼间便被他有条不紊地梳理归结出清晰的结果。

周官的家我去过一回，那年春耕时节，生产队犁田要给拖拉机添柴油，委派我去周官家找他开库领取。我一路打听，拐弯抹角才在村小旁偏隅一角找到他的家屋。那是由黑泥混草筋夯成几爿土墙撑起的一蓬茅舍。一推门扇，门轴吱呀作响。乍一进屋，眼前一团黢黑，人好像突然失了明。定一定神，才借着房顶的两片亮瓦和几处缝隙筛下的微光恍惚看见屋内的情景。室内陈设简陋至极，两张木板搭成的床铺占了很宽的地界，辨不清本色的被褥蚊帐乱成一团。一个妇人——估计是周婶，蓬乱着头发，病恹恹地斜倚在床头。除外，就只有一张斑驳的八仙桌、几条木凳、一口水缸、一只盛粮用的黄桶。隔个门洞，紧挨着一角狭窄的灶房，灶膛口悬挂着一只黑砂罐，生火时凭借蹿出灶口的火苗舔那罐底，水温热了作渴饮之用。灶台傍墙一面凹进去一个方形的槽，那便是橱柜，里面立着油盐酱醋瓶罐和几叠碗盏。屋子昏沉晦暗，却格外喧闹。四个孩子，大的十多岁，小的两三岁，满屋子摸爬滚打，哭哭闹闹；更兼有几只鸡鸭叽叽嘎嘎挤进来凑热闹，时不时地随地拉一泡粪便……

家境如此困窘，周官却没有擅自用腰间那串钥匙打开过任何一间仓房为家里谋取一点利益，寻摸一点帮补。青黄不接的时令，几个吃长饭的娃娃经常因食不果腹饿得嗷嗷叫，却从未有谁见到周官往家里拿过集体半碗谷麦。老婆哭哭哀哀地让他想办法，他实在无计可施，就把自己那一口米粮尽量匀让给娃娃，自己吃锅巴煮菜叶，甚至拿糠麸馍饼充饥……年根上搞大春财务决算，大队部全年现金和实物盘点，周官经手的钱物一清二白，毫无差池。干部群众莫不交口称赞。周官被推举为"红管家"，受到人民公社的隆重表彰。表彰大会上，周官仍旧穿一身补疤破衣登上领奖台，脸盘子却笑成一朵盛开的菊花。他转身神气地昂首挺胸面向台下大庭广众，一手当胸捧着大红奖状，另一只手托着一份奖品——白色棉毛巾和搪瓷脸盆一套。

## 刘大爷

刘大爷称得上是新店村一位响当当的名人。首先，论年龄，他是全大队人口中的头号寿星——出生于清代光绪年间，经历了几番改朝换代，是一位地道的前朝遗老，我插队下乡那年他已八十多岁。其次，乡人口口相传的有关他的人生履历极富传奇色彩。据说他年轻的时候到彭州一家富户帮长工，天长日久，与富家女儿生出了两相媚好的情感。富家家主有所察觉，赶紧寻了个门当户对的人家将女儿远嫁他乡。临出嫁前夜，两个有缘无分的苦命人相约最后一别。姑娘流着眼泪帮心仪的男人细致地梳理了头发，在他脑后编成一条麻花辫子。姑娘此去杳无音信，刘大爷为之心碎，立誓终身不娶。而头上那条辫子却一直保留下来，哪怕是当年革命新军广为昭告"留发不留头"的当口儿，刘大爷也不肯削发，冒着凶险把麻花辫子掖藏于头帕之下。这一掖，转眼就是半个多世纪。

刘大爷作为五保老人被生产队赡养起来。他每天穿一袭斜襟长衫，头缠布帕来到我们知青点栱楼下，主动帮设在这里的集体猪场做一些拾柴烧火打下手的事。那口毛边大铁锅煮过饲料后，老人随手舀一瓢水清洗一下，便借着灶膛的余火熬煮一碗米饭，然后就着自带的几瓣泡酸菜，守在猪圈边咂吧咂吧扒拉下去。天气晴暖的时候，刘大爷喜欢在午后靠着栱楼阶梯边席地而坐，慵慵地晒太阳。这时候，他会把头帕一圈一圈解开，露出头顶枯蒿般的白发和脑后那条醒目的麻花辫子。他一边用粗粝的手指摩挲发辫，一边将浑浊的眼神散漫地投向虚空。有一次，我忍不住挨过去，与老人打招呼套近乎，然后试探性地提起乡邻间关于他的陈年旧事的传闻，试图想要当面获得求证。殊不知老人像是被揭了疮疤似的勃然生怒。嘴里嘟囔着骂人的脏话，顺手在地上抓起一把泥沙向我抛撒过来，吓得我落荒而逃，从此再不敢在他面前造次猎奇。

然而老人的传奇故事还在不断续写。夏日里，一场暴风雷雨初歇，刘大爷路过一架电线杆，见有条长长的电线躺在田埂旁，一边嘀咕："这么好的皮线咋扔在野地里，拿给集体绑缠个啥也能派上用场啊！"老人被集体养着，遇事心总向着集体。哪怕路上见到一泡牛粪，他也会用双手捧起来撒到生产队的大田里去。我们几位知青有时煮饭缺柴火，会去集体的柴草垛边顺手牵羊捋上几把。一旦被老人看见，他便使劲拍打着猪栏大声呵斥猪崽子，借以指桑骂槐，敲山震虎，搞得我们灰头土脸。但这回他有眼无珠，拾到被风刮断的通电线了。他手刚一触到线头，即刻被击倒在地，浑身筛糠似的乱颤。我们正在附近劳作，见状大惊，疾跑过去四处寻竹竿施救。危急关头，恰巧一阵劲风刮过，那电线竟然如水蛇一样扭着腰兀自从他身边游走开去。老人方得化险为夷，除了手指头被灼得乌黑，并无大碍。有一天，老人可能是醒得早，天刚麻亮就来到饲养场。饲养员尚未出工，院门紧闭，刘大爷敲叩不开，一时性急，竟然试图翻墙而入。谁知他骑上墙头一阵眩晕，打个晃儿便摔落下来，挺挺地横在路上。我们被响动声惊醒，从栱楼赶下去，一见这情景，心想糟了，一个八旬老翁哪经得起这样折腾，怕是不死也要断几条骨头。谁知老人躺了一会儿，竟径直翻身爬起来，扑打扑打身上的灰土，嘴里骂咧了两声，搓揉几下筋骨，慢悠悠走开去。还有更奇的，有一次，生产队用手扶式拖拉机拉载满满一车莲白菜去乡场售卖，刘大爷跟着去赶集，坐在车厢菜堆上。却不料半道上车胎打滑，一个侧翻掉进马路右边水流湍急的沟渠里。驾驶员年轻机敏及时跳了车，刘大爷却被一堆菜埋压在下面。目击者都料定老人这回是在劫难逃了，可是当众人七手八脚把刘大爷从菜堆中扒拉出来的时候，浑身湿漉漉的老人却仍旧鲜活地喘着粗气。原来，翻车下河以后，老人是以坐姿被困的，河水淹到了他的下巴，却一口也没呛着他。

几经劫难，却总能逢凶化吉，乡邻们都说刘大爷真是个命大的人。平素里老人布衣简食，从没讲究啥营养保健。偶感伤寒或肠胃不适也倔着不去医院，自己到竹林盘或是田坝里寻点草药煎服。就这么平平淡淡，不紧不慢的，老人活满一百岁，无疾而终。

## 炮手小马哥

小马哥是回乡知青，长相周正，身板敦实，年龄比我们稍长，与我们同属大队科研组成员。科研组这个旗号有点小题大做，实际上就是一个微缩版的生产小队，由我们三位下乡知青，加上一些回乡青年和种田能手，共计十几号人组成，侍弄管理着大队部东面一片二十来亩沟端路直的标准农田。所谓"科研"，不过是搞一些杂交稻麦的示范栽植或培种育苗，并没什么深奥之举。

科研组最扯眼球的还要数田坝当中那座独树一帜的气象哨。一围栅栏圈了一小坪地，中间屹立着两只乳色百叶箱，外加一根高高耸立的风向标。气象哨准确概念是县气象站延伸下设的气象观测点，初中毕业的小马哥被培养并授权为观测员。我们两位知青加盟气象哨工作后，他顺理成章成了"站长"。气象哨的工作纯属业余，每天早晚定时打开百叶箱检测记录一下实时温度、湿度和气压，再测一下风向和风速，根据相关数据和田间昆虫的异常反应预测预报一下次日的当地天气情况。天天机械重复这样的流程，既耽误时间又没有报酬，我们很快就生出厌倦和懈怠情绪。小马哥从气象记录簿上我们留下的潦草字迹察觉出了端倪，从此不再指望我们，每日独自执哨，一丝不苟地准点观测、记录、预报，定期把气象资料整理上报县气象站。

平心而论，小马哥算不上脑袋瓜灵光那一类，但他做啥事都诚恳踏实，有一股子钻劲。大队成立了文艺宣传队，晚上利用工余时间在集体礼堂舞台上排练节目，小马哥是队中骨干分子。那时有个叫《洗衣舞》的舞蹈很火爆，宣传队想排演却苦于没有曲谱和参照视频。小马哥自告奋勇，骑着自行车，后座载着队里舞蹈女一号萍姑娘，俩人一路追着公社宣传队观摩人家演出，硬是用眼睛和耳朵把节目"记"了回来，搬上新店小舞台。萍姑娘领舞演藏族姑娘，小马哥扮解放军班长。小马哥缺乏舞蹈天赋，舞姿跟不上轻盈如燕的萍姑娘，但是那略显拙朴的动作招式反倒很契合剧情中那位军营炊事班班长的憨实秉性。演出时台下的社员观众为他们起劲喝彩鼓掌，把手板心都拍红了。接下来，宣传队开始有人言传这对男女主角有处对象的迹象，大家觉得他们是很般配的，若能喜结并蒂那真是天经地义。我们几位知青常拿他们开玩笑，二人也从不辩解，双双羞红脸避开去。然而这段朦胧的好光景持续不久便戛然而止。萍姑娘被推荐上了中专，背上行囊，告别祖辈赖以生存的偏僻乡村，满怀新憧憬奔向了大都市。萍姑娘临行前，我们怂恿小马哥寻机大胆表白爱恋之意，争取拴住姑娘的心。但小马哥憨实一笑，并无任何骁勇作为。眼睁睁看着萍姑娘从此小鸟一样飞走再未回来。

由于气象哨工作出色，小马哥被选拔为县里的防雹炮手，每年春夏之交，先集中到县里强化训练，然后随炮队挺进九里埂丘陵安营扎寨，适时开炮作业，驱云防雹。这大约是小马哥最引以为傲的一段辉煌经历了。每次完成防雹作业返回新店村，小马哥总要自豪地向我们描述他亲历的那些不为人知的神秘和精彩：防雹队纳入半军事化管理，每个队员都是严格按征兵政审标准筛查过的。那炮可是真家伙，军用高射炮改造为防雹专用。放炮作业简直跟置身战争一个模样。一旦气象站雹灾预警传到炮阵，全体队员立即进入战斗状态。所有炮手头戴钢盔，腰扎武装带，跑步进入炮位，在指令官简捷果断的旗语指令下，打开炮膛，填喂炮弹，对空瞄准，最后猛然拽阀放射。随着震耳欲聋的轰鸣，阵地上空一片硝烟弥漫，火药和硫黄味儿浓烈刺鼻。"炮战"告捷，天上雹云化雨，纷扬而下；尔后，晴空万里，一碧如洗……

我们离开新店以后，偶尔有小马哥的消息传来，似乎日子过得很不如意。光阴荏苒，转眼间，已是人到中年。浮云远逝，尘埃落定，他的身份最终仍旧定格于一个原乡庄稼人，讨了个门当户对的农家媳妇，过起油盐柴米的窘迫日子。四十出头那年，小马哥不幸患上帕金森综合征。说话口齿含混，行动颤颤巍巍，俨然一个垂暮老人。长期的治疗服药摧垮了他曾经硬朗的身骨，也掏空了本就微薄的家底。困苦之中有好消息传来，说是上面有最新指示精神，要给先前那些公社农、林、水"八大员"落实政策，或转成事业身份，或给予经济补偿。小马哥闻知，抑制不住内心的激动，让老婆搀扶着艰难奔波几十里，到县里找有关部门陈述自己当年曾担任好几年防雹炮手和气象员的履历，请求比照享受相应政策。接待人员见其状况，同情心油然而生，态度相当谦和。让座，斟上一杯热茶，然后认真翻档案、查文件，还楼上楼下请示有关领导。好一通忙碌，最后却无奈地摇着头："大伯，帮您逐一核实了，也尽力争取了。可是，当年的防雹炮手属于临时征用民工，气象员是义务服务性质，都不在政策解决的范围以内，实在是抱歉……"老婆听了很不服气，大声嚷嚷着为自家男人争辩。小马哥靠着椅背愣了一会儿神，最终一声没吭，使劲撑起身子来，拉着老婆一颠一跛走出办公区。阳光下，他两个眼睑骤然有些发红；眼眶里面一闪一烁，噙满了泪花花。

# 粮食、粮食！

　　每当大小春作物成熟的季节，我的思乡之情便如一眼隐泉汩汩迸发。我迫不及待地挤出时间，返回我的出生地——川西坝子西北边缘龙门山麓那方小镇。只身一人，穿越清波一般澄澈而热烈的阳光，沿着任意一条蜿蜒的阡陌，游入大片成熟待收的庄稼地深处。我信手从密匝的秸秆上顺势一捋，一些细小的微微有点儿扎肉的粒子便攥入了手心。轻轻搓揉掉它们身上的芒刺，捧近眼前细细端详：谷子裹着一层坚硬的绒毛铠甲，磕开后精微的条柱形米粒脱颖而出，质洁如玉，透溢着水晶般的剔透。麦子褪去胎衣后，体态相比米粒稍许丰满，腰身那道曲线勾勒出人体美的某些韵味。将它们抛入口中用牙床细细研磨，迅即化成乳色的浆液。有些微的清香，淡淡的回甜，还含混着几分泥土的腥湿和阳光的灵爽气息。

　　是的，我承认，我对粮食一直怀有一种很深很复杂的情愫。过去的岁月里，它在喂养我们的肌体、帮助我们坚韧而执着地延续生命的同时，用一柄无形的雕刀，在我心灵深处镂记下一些刻骨铭心的故事，令我永世难忘……

# 一

我刚记事那年，粮食问题就如同一张偌大的识字卡片，突兀地推送到我的面前。蒙昧初开的童稚，懵懂之中便开始切身体验"民以食为天"的辛酸和艰难。

那时，全中国正处于三年困难时期。持续的天灾加人祸，导致粮食极度匮乏，六亿多人口同时陷入饥饿的巨大旋涡。

川西平原自古是水旱从人的膏腴之地，当时也陷入水深火热之中。尽管人民公社的社员们不分昼夜地在田间地头辛勤劳作，从选种撒播到田间管理、精耕细作，纳绣花鞋底似的打磨了几十道工序，并将每一片田边地角和荒包古埂都全力种满种尽。但到头来，粮食单产还是只有区区四五百斤。那时候人老实，只会使憨力气，干瓷实活。不懂得借助农药和化肥灭虫催苗，高产的杂交稻麦还没发明，转基因之类神技术或许连天书上都还没印出来。自然灾祸连连作祟，田地里的庄稼只能蔫巴巴地产着微薄的收成。

产量连年低迷，许多家庭稻麦主粮断了顿，土豆、红薯、玉米一应杂粮全搭上还挨不过日子，只得靠吞咽糠麸馍，采摘野菜野果充饥。严重的饥饿和营养不良导致腹水肿和肝病在乡间盛行，甚至危及乡人生命。

城镇居民的日子也好不了哪去。所有人按年龄、行业和具体工种差异，分五个等级实行严格的按月凭票证限额供应。儿童每月十余斤，成年人二十来斤，唯有矿山井下工人标准略高一点。为了确保苛严的用粮计划，每家人的米缸里都有一个小竹筒。我至今清楚地记得，每餐饭打米下锅，都是由母亲亲手把控那只小竹筒，一餐饭只能吃上六七分饱。由于食欲得不到满足，人终日处于一种心神不宁的状态。喉咙上像是伸着一只手，老想抓些什么东西往肠胃里充塞。那时最喜欢和小伙伴玩耍的游戏就是摆"锅锅宴"。现实的饭桌上亏欠的，指望凭借虚拟的精神享乐来满足。一地破瓦片中那些泥渣碎叶幻化为美味的白米饭、热馒头、大肥肉，任随个人敞开地吃啊！一个个香香地吧嗒着嘴，酸酸的涎水从舌苔下沿泛出，从嘴角边浸溢出来，牵得老长老长……

好不容易挨过那场饥荒，可是物资匮乏的情形一时间仍难以扭转。在后来那段艰难岁月里，不仅粮食，连同食油、蔗糖、猪肉、布匹、香烟、火柴之类老百姓日常生活的必需品，统统实行凭票证限量供应。直到改革开放后的二十世纪九十年代初，那些花花绿绿的粮票和各类票证才宣告寿终正寝，被人们封存到箱柜的深处，经年累月之后，变成一件特殊的文物。

## 二

粮食紧缺的年代，粮食的地位和身价当然至高无上。当时粮食需上缴一部分从属于国家和集体，先入住土圆仓，就像坐着绿皮火车旅行途经一个小站，只会作短暂的停留。它们前往的下一个集结地是乡镇粮站。每一个成建制的人民公社都有一个这样的站库，根据辖区征购任务的多少区别库存规模体量，存粮库容量大多在一千吨到三五千吨。粮站的选址极其考究，一般都设在解放初人民政府没收的本地富豪的深宅大院，或是占用那些金碧辉煌的庙宇殿堂。这些地方位置上佳，庭院宽阔，建筑挺固，都有一围森然高墙拱卫，真可谓固若金汤。又指令专业修建队，按照苏式粮仓的风格，改造加固或新建成井然列阵的大小仓房，防盗、防火、防水、防鼠虫一应高标准谋虑，夯实硬件基础。金籽玉粒般的粮食入住里面，那份恬适不言而喻。它们还要定期接受体检，那待遇就跟当今的人享受康体保健一样。体温、湿度必须维持在恒定的指标上，不允许出现任何差池闪失。

进入粮站工作的职员，一个个脸上满是荣耀。他们都是被百里挑一、择优录用的佼佼者，出身好，政治可靠，精于拨打算盘珠子。他们享受事业单位编制待遇，花名册被保管在县粮食局人事科的档案柜里。每一个人都十分喜爱和忠诚自己的这份事业，工作中一丝一毫不含糊。就连守门的老师傅，每天早晚开合那两扇高大沉重的木门，也是一脸庄肃，动作毅定，充满了仪式感，仿佛他身后庇护的是一座神圣威严的城堡。有一阵备战备荒形势紧张，各粮站还配备了武装民兵，入夜后荷枪实弹在仓房间游弋巡逻，对粮食进行贴身的武装保卫。

收获之后公粮上缴的场面异常热烈而隆重。因为白天要忙碌田间农事，缴粮大多在晚上进行。以生产队为单位，男女老少顶着星月、挑着箩筐、推拉着鸡公车和板架车，呼朋引伴从四面八方往粮站汇聚。其时，粮站仓房前宽阔的三合土坪坝上，数盏大功率的白炽灯泡高高挑着。强烈的灯光将夜色挤开，打出一团明晃晃的白昼。坪坝上摆放着磅秤和几张供记账结算的桌凳，还供放了盛得满满的红白茶水桶子。全站员工悉数就位，公社还抽派了干部前来做现场指导协调。缴粮的队伍排成长龙，尾巴一直甩到大门外公路边上。这当口儿，验粮员是场面上的焦点，是绝对主角，任随眼前如何喧闹，他们神闲气定，不为所扰。他们老练地解开麻袋，先埋头往深处扒拉，翻捧着谷麦仔细考量。然后往嘴里抛入几粒，呲着门牙细细磕磨。由于这种长期专业动作的磨损，那门牙上黑色的豁缺显而易见。一边磕磨，一边微闭双目呈品味思考状。继而，他们会以斩钉截铁的语气宣布所验之粮水分、杂质含量是否合标，品相最终定为几级。合格的立马过磅入仓，品质稍欠火候的被铁面无私地打回来，补晒足太阳，筛滤尽残余杂质后改日重新排队上缴。

躺入仓房的粮食至此方才完成了身份的最终确认，成为正宗的国粮。未来的日子里，它们大部分将根据秘而不宣的指令，被调往祖国的天南海北，或是远道驰援亚非拉友邦。另一部分将按严格的票证指标管控，开仓细水长流地供应本土居民食用。还有一部分仓房严密地封了库，封条上盖着一串大红印章。那是战备储粮，没有省级以上高层批条，任何人不敢触动纤毫。

## 三

粮食置于这般严谨的监护之下，应该是高枕无忧了吧。其实不然，百密总难免一疏。在那个特殊年代，它的诱惑力实在太强了，一些不安分的眼睛觊觎着它，最终，上演成一桩桩惊动一时的涉粮要案。

饥荒最甚那年，我家乡县城南郊有一户村民，主妇不幸病亡，剩下男人拖着几个娃娃。青黄不接的时候，锅里一日三餐眼见着接不上炊烟了，几个瘦筋筋的孩子饿得抱着爸爸的腿杆嗷嗷哭。男人实在无计可施，那天正遇有往外地调运粮食的汽车不时从门前碎石马路上慢悠悠颠过。男人心中一激灵，起身抓起一柄尖头的长竹竿追着一辆汽车屁股后头，照着车厢里一只麻袋猛地扎刺下去。眼见那白花花的米粒如一缕细流从破孔处泻出，淅沥着撒落路面。几个孩子端着盆钵跟跄着紧随其后，连米带泥地抢捧。回到家男人掩上门忙着生火煮饭，孩子们眼巴巴地围守着锅台。谁知米饭还没起锅，身着白色制服的公安民警便破门而入，手中亮着黑森森的手铐。男人被关进看守所，若是按拦路打劫国家粮车定罪，怎么重判都不为过。生产队队长急忙赶过去了，掏出一份全队社员摁了手印的求情书，哀求说："他这是生计所迫才犯傻闯了祸事，好在也没给国家造成太大损失，万望政府宽谅他一时糊涂。再说，他还独自拖养一窝娃娃呢，若是判了罪，那几条小命哪个管啊!"公安部门听了觉得案情的确特殊，经上报请示、反复研究，最终定了个取保候审，不了了之。

另一起案件的犯案人是负责一处水利工程几百号施工人员后勤伙食的司务长。此人平时踏实勤恳，深得大家信任拥戴。那日他身揣一千斤粮票，几百元公款，独自拉一辆板车出门，托词去为工地采办粮菜。谁知这一走便是泥牛入海，从此音信杳无。调查人员从他家搜出一张他偷偷留给家人的告别信，说是眼前的苦日子实在难熬，他要外出去做大生意，等到将来赚钱发达了，再回来接家人出去享福。人们这才恍然：此人旧社会曾在商号做过两年学徒，身上早已种下万恶的资本主义基因，这回是铁心奔了不归路。案犯逍遥法外，恶果便移花接木，连根带串殃及至家人亲属。他儿子在成都上农技学校，已临近毕业分配工作，被立马除名遣返原籍，从此终生务农种地。亲侄儿是一位阳光俊朗、身体健硕的高中生，报考空军顺利通过苛严的体检，最终却因此事牵连，跌倒在政审的门槛下。另外几位在机关单位工作的近亲也因此受到波及，政治前途戛然而止。

当时还轰轰烈烈地开展了除"四害"活动，麻雀也列入其中。四面八方敲锣放爆竹驱鸟，雀鸟们一时之间销声匿迹，其他鸟儿也遭殃及，天空和大地骤然冷清下来。由于没有天敌相克，庄稼地里的虫害肆意蔓延，导致粮食进一步减产减收。人们这才从糊涂中觉醒：比起麻雀们克制田间害虫的巨大功劳，它们耗费一点点粮食根本微不足道，那是劳苦功高的雀鸟应得的一份犒劳。于是上级赶紧再发文件，摘掉麻雀"四害"祸魁的帽子，恢复其"益虫"的荣誉称号，号召人民予以善待，让它们重新繁衍，休养生息。

白云苍狗，转眼之间，天地翻覆，已恍若隔世。如今，社会一派繁荣，物资大为丰富。饥饿，已经成为绝大多数过来人心中淡褪的一痕记忆。对那些蜜罐里泡大的新生代而言，饥饿则成了一个难以理喻的概念。他们中的许多人长期处于营养过剩状态，终日缺乏食欲已成为影响其生活情趣的一大难以排解的烦恼。由于食品日趋多元化，粮食在人们的日常生活中的地位大为弱化，有时甚至很不受待见。在那些讲品位、有档次的餐桌上，米面主食已很难占有堂堂正正的一席之地。常常是满桌山珍海味尽展风光之余，它们才允许上来跑个龙套。有时候刚一登场又被宾主们一摆手，很不屑地给吆喝回去，弄得灰头土脸。

　　同一天赐之物，时而被奉为珍宝，馋求若渴；时而又被视若草芥，漠然罔顾。透过一粒粒粮食命运的卑尊逆转，我想到了人性的某些孱弱和轻贱，不禁一声叹息。

# 蹉跎乡官

我本一介书生，秉承父业在乡村从教悄度光阴。因喜欢舞文弄墨，常在报纸上卖点"豆腐块"，二十八岁那年被调入家乡县委宣传部干文秘，懵懂之中竟然步入仕途。经历一番辛勤打拼奉献，花了一个"抗战"的时间周期，被提拔到宣传部部长的位置上。按常规，县委机关大几部门正职理应进入同级党委常委班子，但事情到这里卡壳了：我没有在基层任职的履历，这对照当时县级干部提拔任用的条件属于"硬伤"。必须下派乡镇锻炼"补课"（周期一般两年左右）。就这样，我以宣传部部长兼任乡镇党委书记的身份，被派往县城西面三县交界的一个大镇。启程前一天，在县城大街上碰到一位资深的老领导，他把我拉到僻静处，语重心长地告诫叮嘱："乡镇一把手官位不高，权力责任可不小，旧时代那就是'万户侯'了。此番行程将决定你将来的政治前途，一定要全力以赴。你过去是一介儒生，到了基层，一定要拿出魄力，宽猛相济，恩威并重！不然，根本镇不住堂子。"我频频点头应诺，暗自敬佩老领导的睿智，感激他对我指点迷津。

凭借平常对基层情况的了解，当时乡镇工作重点概括起来无非是"企业冒烟，产值翻番，计划生产，催粮催款"。我想，我有上山下乡当过知青的底子，又在干部岗位上磨砺了这么些年，组织上压在肩头考验我的这副担子，我是有信心稳稳当当地挑起来的。

次日，我抖擞精神，走马上任，踏入那方拥有一万三千余人口，近二万亩耕地的农业大镇，开始履新行职。

## 一

镇机关大院设在场镇幽巷一座旧时代富家的庄院里。因年代久远，已看不到往昔建筑的堂皇影子。进大门后，正面和右侧是简陋的两栋二层小楼，洁白的石灰墙面，全机关几十号人分若干科室悉数在此办公，每一个科室门楣上与墙体呈直角往外延伸一块小木牌，上面用墨笔鲜明地标出科室名称，以方便群众上门办事。后来我观察发现，林林总总十几块招牌下，每天门庭的冷热是大不一样的。一开门就打拥堂的是信访室、农技站、乡企办、计划生育辅导站；相对冷清伶仃的是文化站、教育办、武装部和镇团委。镇大门左侧依次是可容纳上百人的会议室、镇派出所、机关食堂。食堂师傅身板五大三粗，说话声如洪钟，却有一套烹制美味家常菜的好厨艺，最拿手的是回锅肉、爆炒肝腰，还有米汤锅巴饭。我下去不久就吃上了瘾，后边离开了好久还牵挂着那一口乡土滋味。

大院西南角套了个院中独院，推开双扇门进去，里面是两进平房的四合院，清一色仿古建筑：粉白墙、琉璃瓦，镂花木门窗。中间是养着鱼池石山的天井，落雨时，满眼"四水归堂"的景致。这一方小园便是镇党委、政府和人大班子成员的办公区兼卧室。办公条件和环境的优越雅致在当时堪称全县一流。只可惜旁边紧邻镇上的水泥厂，终日粉尘飘绕，朱红色桌凳茶几的油漆面上，永远蒙着一层薄薄的灰末。人的鼻孔和喉管里成天感觉干涩，只有勤洗脸、多喝水。

## 二

上任第一天，按规定程序，由县委常委、组织部部长陈大姐送我到镇上，召集镇党委、政府、人大班子成员见面。陈大姐庄重地宣读了组织的委任通知，介绍了我的履历，很有分寸而又弦外有音地说明了组织上安排我下基层锻炼的意图，要求我充分发挥好"龙头"作用，统帅三个班子，精诚团结，共同推进全镇各项工作齐头并进，在原有的良好工作基础上再接再厉，锦上添花。简短的见面会之后，陈大姐一行人便打道回府。接下来，我作为主角登场。

首先是召开全镇干部大会，各村支部书记、村主任、镇办企业法人、场镇各单位负责人，加上镇机关全体干部，一百多号人把会议室的长条木凳挤得满满当当。前边台上摆了一张长方桌，两把椅子，只有我和镇长坐上去。镇长受托宣读了县委对我的任职文件，三言两语做了个介绍，便把麦克风递给我。说实话，就我之前的身份，平时登台讲话是家常便饭，再大的场面也没怵过。但眼前面对受众不一样，"宣传腔"那一套在这里可吃不开。日前有长期泡在乡镇的老江湖、我的一位好朋友给我暗授机宜：对基层干部和农民群众讲话，千万别翻大道理；话语要耿直，别拐弯抹角；言辞要粗犷，最好带点"把子"，比如"关键时刻要经得住考验"这样一句话，要说成"莫要格老子临拜堂了脚抽筋"，这么表达才能接地气，受欢迎。其实这些道理我都明白，头晚还认真打了腹稿，并告诫自己：初到一地，下车伊始，一定要慎言，讲话不能长，只需要表明自己到基层工作要尽快转换角色，融入本方水土的诚意，与大家齐心协力共谋全镇发展的信心，并结合提前了解的镇情，对未来工作着力方向做一个简要概述就行了。至于说粗话，一时的确张不开口，就尽量让语言生动风趣一点，讲话声音洪亮一点。按照预设的计划，我的"就职演说"控制在半小时以内，由于一直努力往上"挣"着嗓门发声，以至于后来音质都有些嘶哑变调了，讲话完毕后赶紧仰脖子灌了一大盅凉茶。如此卖力，台下反响却并不热烈。如果是迎考打分，恐怕及格都勉强。后来听说有几位村干部散会后边走边发小议："讲个话像吼唱词，到底还是个文人骚客……"我明白，"文人骚客"在他们嘴里可不是啥好词，那是贬损挖苦人的意思。我闻之颇为难受，但一个人的语言风格和性格特点要扭转变化，哪可能那么容易啊！

　　下午快下班时，一个电话打过来，是县里某经济部门的头儿。他告诉我，几位平素跟我要好的局长已邀约从县城赶过来，聚在镇街口河边"曾猫鱼"饭店，特意来为我下派工作壮行。我只管酒水（点名要喝当地产的"跟斗酒"），饭钱他们凑股子。我听了心里一热，赶紧带了一位副职做助手，先陪我去酒厂买酒。所谓"酒厂"，原来就是个极其简陋的作坊，开办在镇边田野里几间往年生产队遗留的茅顶烟房中，老远就闻到浓郁的酒糟气味。一间库房里排列着一堆大小高低参差的储酒坛，作坊小老板殷勤地把我们领到一口大瓮坛跟前，拧开坛子底边的龙头，一股白里透黄的浆液淙淙地灌入一个塑料桶子。我眼睛随意一瞟，看到瓮坛半腰上用红漆画了一个醒目的五角星，不解其意，便发问。小老板满脸堆笑地解释："这是头子酒，上好的品位，里面还勾兑了人参、天麻之类补品。"

　　拎了酒桶来到"曾猫鱼"，一伙人已围坐在一张圆桌旁喝着红白茶等候，上席给我们留着。桌上油酥猫鱼、卤板鸭、凉拌猪耳片几个下酒菜已摆好。一人面前摊了个粗釉浅底碗盏，那是川西坝子乡镇饭馆豪饮"跟斗酒"的惯用器皿。

几位哥们见了我竟如久别重逢，上来就是拥抱问候。入席坐定后，我首先打揖声明："都晓得我是不胜酒力的，平时喝一杯啤酒都立马上脸。感谢兄弟们对我的这份情谊，但这酒我只能表示一点，各位尽兴就好。我力不能及的酒，由我的助手代劳……"我话未落音，几位哥们七嘴八舌将我打断："不行不行，你从今天起是乡官了，再不许文绉绉的。今天必须开怀畅饮，一醉方休。弄得大家高兴了，今后你镇上要钱要物要项目我们全力支持。"话虽然带有玩笑的意思，但几位兄弟都是县里重要经济部门的负责人，此番专程前来，若是因我而煞了风景，的确说不过去。一咬牙，我将粗碗摊开："上酒！"豪气一嗓子，立马赢得满桌击掌喝彩。头两盏入口，唇舌间甚觉苦涩烧辣，仰起脖子强忍着呕意往喉管里硬灌。再往下喝，口舌便已麻木，只觉得血脉偾张，激情陡涨。于是端着酒碗主动出击，来者不拒，逐一碰杯交盏，喝得个酣畅淋漓，天昏地暗。到最后，酒局是如何收尾的，我送别朋友没有，意识全然断片了。迷糊中只隐约觉得有人把我架着走，恍惚看到天光是奇怪的黑里透红。最后将身子横陈于镇机关寝室的床上时，觉得有人抬着床快速地转圈子。我感到一阵天旋地转，眼冒金星，挣扎着大叫了一声"别再转床了，难受"，便陷入一片混沌之中……

经受了如此几番历练，我的酒量和酒胆居然迅速产生了飞跃。在后来镇上迎来送往的一些重要应酬中，我在酒桌上已能闲庭信步，对应自如。那个年代，酒水几乎成了乡村基层工作的神妙兵器。我们没少凭借它化解矛盾误会、争取各方支持。有时候，一些事情在会议桌上谈得硬头冰梆，油盐不进。转场到了酒席上，一番觥筹交错的勾兑，侠肝义胆的表白，先前的梗阻随之冰释。看似深沉的隔阂瞬息即化为无形，费尽九牛二虎之力的麻烦事情谈笑之间轻松搞定。

# 三

跟我搭班子的镇长是个敦实的小个子，爱把头发梳成整洁的背头，从侧面看很有几分"主席像"的味道。此人是农技员出身，对农村工作驾轻就熟，出任镇长有年头了。前任书记调走那一阵，镇里乃至县上一些部门都风传他要接替党委书记的位子，本来这也是顺理成章的事情，但县委最后的决定却出乎意料。这种情况下，站在镇长的角度，换了谁，多少也有些不快，此乃人之常情。镇长总体上还算稳得起，态度上没有情绪化，工作上照常十分卖力，与我的分工配合也无大碍。日子风平浪静地往前推移。然而，有一天，镇长却猛不丁地给我下了一着蹩脚棋，让我着实有些难堪。那天，在镇机关农业工作周例会上，我强调水稻扬花期田间病虫害防治工作时，有两处专业术语表述得不是很精准。问题本身不算本质性的错误，也不至于给与会乡村干部造成工作误导。但镇长却非常较真地打断我的讲话，插言说："书记，你那说法不对，准确的概念是……"我脑袋一热，当众闹了个大红脸，场面一时十分尴尬。

当天晚上，我找镇长单独交心，我坦诚地表白："农村基层领导工作对我而言，的确是一门新课。专业上难免把握拿捏不准。这方面你是专家，希望多给我提醒帮助。但方法上希望你讲究一点，像今天这样的场合，你可以事前提醒我一些需要注意的问题，也可以在你部署具体工作的时候帮我巧妙地把过失弥补回来。那种当面揭短的简单方法，既影响我的威信，也很容易让人误以为我们之间不默契，甚至有深沉的矛盾……"这一番大实话让镇长很入耳上心。他当时更多的是默默地听，并没有太多地接话。但从此之后，我们在工作中相互提携，彼此补台，相处甚是融洽。在急难险重的关键时刻，镇长也不再对我见外，勇于发挥长期在基层一线摸爬滚打练就的特有睿智和本事，一次次拿出锦囊妙计，与我共克时艰。

秋收之后，县里召开新一季小春生产动员大会，各乡镇书记和镇长双双出席。会议布置了一项硬任务，要求大宗农作物小麦的"免耕栽培"新农技推广面要达到百分之九十以上。主持会议的领导反复强调，这是自上而下的部署，刚性指标，必须不折不扣地完成！因为我下派工作的镇是农业大镇，领导讲话时明示，过段时间县里的新农技推广落实现场会将在我们镇里举行。

这会开得我压力山大！这样的任务要是放在人民公社时期，那简直不在话下。每天集体出工，干部吹声哨子，一挥手招呼社员们往东去，绝不会有人往西跑，谁敢扯拐（方言，指故意出乱子），就不给记工分。可而今农村早已实行分户承包经营，农民往土地里种什么，怎么种，已有很大的自主权。对于"免耕栽培"这样的新技术，你上面说得再好，农民一时是很难全面接受的。祖祖辈辈种庄稼一直是在田垄间先翻耕再撒播，千百年的农耕传承岂能是开个会、发个文件就可扭转乾坤的？会后我火速回镇上，安排驻村干部下社队摸底，反馈的情况果然不妙，村民们普遍疑虑重重，不少人甚至很反感，说那是教唆人种"懒庄稼"，是烂脑壳想出来的馊主意！

我焦头烂额地找镇长碰头商量对策，他却一副成竹在胸的轻松表情："这事不急，交给我和分管副镇长来办，到时现场会保证梳个光光头。"接下来一段日子，镇长调兵遣将，在田间地头和村舍院落间好一阵忙乎。现场会召开前夕，他把我拖上镇里的北京吉普，亲自开车，顺着机耕道去视察现场会准备的情况。平坦笔直的机耕道两旁是大片方正井然的田园，这是当年学大寨改土条田遗留的成果。透过车窗，清晰地看到新播的麦苗已经破土而出，每一个田块都是标准的"免耕栽培"模式。在一片适中的位置，顺着田埂竖立了一行纸板，上书醒目的红色等线体标语："大力推广新农技，促进产量创新高！"周围还点缀插着一些彩旗，正迎风猎猎招展。这是现场会核心区域，氛围相当到位了。我当然是喜出望外，挥拳捶了一下镇长的肩头，以示首肯和感谢。果然，现场会召开得十分成功，县里为此还给镇上颁了个专项奖。

## 四

镇办水泥厂虽然粉尘污染重，却是全镇经济效益最好的企业，是本镇企业产值争创"亿元镇"，跳摘"红灯笼"（县里设的重奖）的排头兵。原厂长年龄大，又生了病，没法再撑着带兵打硬仗了，急需换将。镇党委、政府经过反复研究，决定把一位拥有多年经商办企业经历，品行口碑很好的年轻人从外单位抽调过去接任。新厂长上任那天，我安排了一名党委副书记和分管企业的副镇长亲自护送到位，以显示镇上对水泥厂班子建设的高度重视。一个时辰以后，我正在办公室与人议事，副书记一个电话打过来："书记，出幺蛾子了！新厂长任命会没法开下去，有人砸了场子……"从来电急匆匆的话语里我基本听清了头绪：闹场子的是水泥厂一位副厂长。方才新厂长任命会刚开始，副书记展开镇党委的任命书还没宣读完毕，他跳起来一把提起面前的茶几摔得玻璃碴飞溅，同时狂吼道："这厂长的位子过去有领导早就许给我的。今天你们不仁我也不义了，事情不给我个说法，我跟你们没个完!"早听闻副厂长是个不一般的角色，过去当过村主任，做事劲头猛，但生性偏狭，认死理。村里人都惧他三分，每年催收"双金"任务时，他只消在村里的高音喇叭里吼两嗓子，村民们就赶紧把任务完成了，生怕他寻上门兴师问罪。听说他曾经因事与前任某领导闹别扭，酒后满脸通红，当街咋呼着把领导拦住，要"汇报思想"，闹得那位领导一脸狼狈，满身冷汗……

当日镇长因公外出，只有我独自面对这一盘僵局。我在机关工作那么多年，还从未见过有干部胆敢这样明目张胆地"要官"，一股怒火从心中陡然腾起，老领导的叮嘱那一刻也在耳畔嗡然作响："宽猛相济，恩威并重!"此等境况，必须着实"威猛"一下了!我迅即带上两名年轻力壮的镇干部，出门时又叫上派出所所长和一名干警，五人坐上警车直奔水泥厂。车到门口，我让所长和干警隐伏在外，密切注意二楼会议室的动静，若事态失控立即行动，防止意外。然后，我镇定了一下情绪，率领两位年轻人步上二楼。推门走进会议室，一股凝重的气氛扑面而来：环会议室一圈安放着扶手矮木椅，所有人都如雕像似的"塑"在椅座上，会场中央一片散碎的玻璃碴，还有四分五裂的瓷茶杯残骸。我强作镇定，背着手用目光扫视着众人，大声问道："咋回事，发生地震啦?""是我干的，本人敢作敢当!谁让你们做事不地道，胡乱派发官帽……"副厂长一副天不怕地不怕的模样，迎着我站了起来。那一刻，一股热血轰地冲上我的脑门，我两步跨到他面前，指着他的鼻尖头厉声呵斥："你个混账，简直无法无天!企业干部任免，是党委、政府集体慎重研究定板的事，岂容你为所欲为混闹?你大小还是个干部，组织培养教育你这么多年，你心中有没有一点规矩?懂不懂得啥叫敬畏，晓不晓得这是共产党的天下，绝不允许任何人横行霸道!"说到慷慨激昂处，我朝着跟前的茶几一巴掌猛拍下去，只听哗啦一声，金属边框的玻璃茶几瘫下去散了骨架。副厂长一愣神："嘻，想以官大欺我？"袖子一挽向我冲来，似乎要来武的。伴随我的两位年轻镇干部见状机敏地阻隔在我与他之间，一人架住他一条胳膊，一边劝阻："冷静些，别冲动，有话好好说。"一边将他摁回座位上。说实话，凭身子骨，副厂长要真付诸武力，我哪是对手。眼见他已被牢牢掣肘住，我心中才有了底气，闪到门边朝警车方向打了个手势：撤！然后回头再上前一步："想来武的，好啊，我奉陪到底，正好很久没习练拳脚了，来，过两把试试……"强镇住对方那股邪气后，我拿出宣传部部长的看家本事，气势如虹地将他从头到脚一顿酣畅淋漓的批评训斥。析之以害，晓之以理，明之以规，最后动之以情。副厂长终于蔫下去，深深地勾垂着脑袋，不再申辩。其他人也为我一番大义凛然所折服，暗中颔首赞许。我当众掏出三十块钱，作为自己那一巴掌损坏公物的赔偿。中断的任命会继续进行，我带着两位助手鸣金收兵，春风得意地步行回到镇上。

此后，我在镇里工作的时段，这人再没给我找过麻烦。然而事情却并未真正了结。后来我回县里提升了职务，以县领导的身份再去我曾下派的乡镇检查工作，有好几次被副厂长撞上了，非要拉住我"汇报思想"。说是那件事后来越想越想不通，我一个书生文官为何要当众拍桌子甩巴掌地动粗，弄得他颜面扫地，伤了神光，好久都在别人面前抬不起脑壳。就这么在镇机关院子里拉拉扯扯的，搞得我很狼狈，却又碍于身份，不便过分计较。很明显，我的那一时逞威，人家口服心不服，跟我结下"梁子"了。如今，轮到我如芒刺在身，不去不快，却又不知以何良策来除却这一小患。后来，还是亏得一位与他交好又尊重我的镇干部出面，私人办招待请我们同桌喝了一台酒。彼此豪放交杯，谈天说地，却只字不提那件事。席散分别时，副厂长跟跄着对我双手相合作了一揖，从此相安无事。

# 五

三伏时令，突然接到县委政法委保密通知：全国统一部署，集中行动抓捕负案在逃的重大犯罪嫌疑人，我们镇上的具体任务是抓捕一名几年前持刀伤人的疑凶。这次行动上级高度重视，作为强化社会治安综合治理的重要部署，要求基层党政主官亲自"靠前指挥"。那天得到可靠线索：疑凶近日正潜返在家。我和镇长、派出所所长立即碰头研究了抓捕方案，决定事不宜迟，当晚采取行动。深夜时分，天上浓云密布，不见星月。我们率领几名干练的警察和民兵，同乘一辆越野警车，关闭了车灯，就着村道两旁稻田折射的些微波光做参照，小心翼翼地缓慢前行。汽车在距离疑凶家院一公里以外便停驶熄火，一行人摸黑步步逼近目标地。转上田埂后，别人仍灵猫似的轻捷行走，唯有我不时脚下打滑陷进水田，又悄声拔出来继续前进。到了院前，按照既定方案行事，由一名干警先越墙而入，打开院门让所长率队持枪冲入，我和镇长则留守在后院猪圈矮墙外策应，万一疑凶从圈舍越出，立即阻击呼喊。很快，院子里便爆发出混杂的讯问声和哭骂声，强光电筒的光柱在夜色里陡然刺出雪亮，四处扫射。我和镇长猫在后院墙外，置身如此特殊的氛围，犹如初上战场的新兵，彼此能听见对方咚咚的心跳。"万一……那家伙从这里……逃出来，你个子高一些，挥拳使劲袭击他的脑袋。我个头矮，偷袭他……他的下三路……"镇长说话明显失却了平时的利索。"这样，很好……"我的牙磕子也有点儿打抖。要知道，可能与我们狭路相逢的毕竟是个欠有血债的凶徒啊！我俩正紧张不已，院内一迭声发喊："看到了，看到了，在这里！——你出来！"我和镇长闻声跑进院门，只见院坝中垂挂晾晒的烟叶下，蜷缩着一个黑色身影。在阵阵呵斥声和聚集的电筒光束的逼压下，黑影不得已从烟叶下爬出来，干警们一拥而上，不费吹灰之力，疑凶束手就擒。我借着电筒光仔细打量，眼前瑟缩着一个蔫巴瘦小的老头，一脸委顿可怜相。这就是那个负案在逃的疑凶？他一副风都要吹倒的样子，当年居然有胆量和脾气动刀杀人？我实在是有点不敢相信自己的眼睛，同时，又觉得当晚势如雷霆的行动有点儿用力过猛，小题大做了。

# 六

光阴荏苒，转眼间我下派锻炼的时间已近尾声。盘点镇里的主要工作，从数据看，成绩单还过得去。但那时我还有一桩心病未了：下去近两年了，一直致力于招商引资，动用各种关系想给镇上引进一个规模像样的"外资"（这里指外地投资）企业，镇里得利税，我出政绩。可是，忙乎一阵，光听打雷，不见下雨。一家国有机械公司老总来镇里实地考察了几次，有意收购镇上处于半停产状态的轧钢厂。都草拟意向合同书了，老总却突然纠结迟疑起来，说了一句让我们摸不着头脑的话："轧钢这生意，三年不开张，开张吃三年……"言毕，挟着"大哥大"手机包走人了。还有绘了蓝图雄心勃勃要在鸭子河下游拦坝蓄水，打造水上乐园的；煞有介事提取了水质和土壤样本，号称要利用镇里成片鱼塘，建设大规模淡水海鲜养殖场的……一拨拨风风火火地赶来，最终却都是虚晃一枪，拖欠镇上饭馆的招待费账单子却记了长长一串。

终于碰上一个铁心要玩真的。有位做磷化工行业发了大财的老板找到我和镇长，想在鸭子河西岸一片平整肥沃的农田上建个黄磷厂。"产品直接出口创外汇，利税高得很，保证一个新厂的产值盖过你们眼下所有企业！"老板牛气冲天，信心十足，还表态：镇里只需帮他解决几十亩用地指标，并做好农户征地拆迁工作；征地费用他包，建厂经营资金他出，厂子建成投产后，镇里除了可以稳获高额税收，还可以每年从纯利润中按比例分红；项目若是谈得好，合同一签就先打一百万保证金过来。镇长似乎有些犹豫："那片土地属于基本农田，要转换使用性质恐怕很难。再说，磷化工污染问题估计也是个大麻烦。"面对递到嘴边的肥肉，我却不想错失良机，赶紧表态："土地调规的事我找县里有关部门和领导通关节搞定，污染问题重在防控，关键是人防技防要舍得花本钱，这方面相信老板也是明事理的。""那是、那是，我一定把污染防控摆在首位！"洽谈结束后，我立马兴致勃勃地陪同老板去鸭子河边看地。"镇里要办黄磷厂了！"消息像生了翅膀迅速传播开来。次日早上刚上班，一帮村民把我堵在办公室："书记，我们那一片田坝是全镇水土最好的，粮食、晒烟、蔬菜，种啥啥旺相，你弄个化工厂插进来，不是把风水宝地全毁了吗？""平时老百姓都念你好，说你体恤种田人，这会儿咋个想出个惹祸患的馊主意？""你们要真是敢把污染企业办到我们家门口，我们老百姓就敢抢起锄头把镇上这大龙门给你们砸毀了！"……群情激愤，众怒汹涌，我一下子仿佛成了过街老鼠。镇长等人闻声赶紧跑过来解围："项目还在论证，群众的担心书记和我们一定充分考虑，请大家先回村里去吧！"经受这场突如其来的刺激，我情绪骤然低落，独自冷静了好一阵，叫上驾驶员，驱车几十公里来到早些年办在石亭江荒河滩边上的一家磷化工厂，暗中仔细观访了一圈。厂子相当有规模，厂房设备看上去也很规范、上档次，厂区空地上还点缀了一块块花圃。然而，林立的烟囱和河边的排污管排放的废气废水却充溢着强烈的磷硫气息，呛得人眼鼻十分难受。排污河里的流水呈暗绿色，看不见一尾活着的鱼虾……触目惊心，如梦方醒！我幻想打一场创造"政绩"的突击战，为下派任职收个"豹尾"的念头就此打住。

经年之后追忆此事，不禁暗自慨叹：幸好此事未成，恶果未生。那一刻，多亏了老百姓指着鼻子的一番围骂，那真是当头棒喝，醍醐灌顶啊！

# 守望者

"读罢来信,真是感慨不已,想不到你们已经取得了那样大的成就,实在令人欣喜。你们不愧是耕读文化的执着守望者……"

1986年10月16日,八十二岁高龄的著名作家沙汀先生撑着重病的身体,在北京床榻上为川西平原什邡马井乡李显清等一群农民作家亲笔回信。德高望重的文学界老领导收到刚出版的《马井农民作品选》和《四川文学》期刊隆重推发的"马井农民作者专辑",心中由衷欣慰。满满两页纸签的回函,充满了殷切希望和热情鼓励。

二十世纪六十年代,沙老在四川省文联和作协任主席时,就以独到的慧眼相中了李显清等一批满带鲜活"土气"的农民作家,并几度到马井下村入户,发掘乡村文学的浑金璞玉,与农民作家们打成一片,结成莫逆之交。一群一手握锄,一手拿笔的乡村文学爱好者,以"农民创作组"为旗帜,数十年活跃于水草丰茂、沃田万亩的鸭子河畔,在文坛掀起朵朵莹澈亮眼的浪花,他们的作品纷纷刊载于各级报纸杂志,他们富有传奇色彩的故事曾被《四川日报》、《人民日报》、新华社等媒体报刊广为宣传报道。

## 一、翻身道情，满腹的心里话总想说出来

一方耕读之风蔚然形成，自有悠久脉源可溯。马井，因当年刘备入川途经此地坐骑失陷井洼而得名，紧傍璀璨奇瑰的三星堆遗址，境内有商周遗碑和汉代墓群，历史文化底蕴幽厚。一乡之内，在清代曾出过两个翰林、一个进士，双石桥村翰林书院至今遗迹尚存，喻指"五子登科"的五株红豆树是翰林罗光烈祖上种植，四百多年过去，依然遒劲苍翠。耕织且尚文，是此方世代传承的雅风。

二十世纪四十年代末，随着中华民族历史的重大转折，这样的传承透溢出鲜明的时代辨识度。其时，共和国新政权刚刚建立，马井乡与全国一样迎来了天翻地覆的巨变：土地改革、互助组、合作化、人民公社……李显清、黄代坤、吕武堂、王开华、邓阳金，一帮穷苦青年农民被火热的社会变革灼烤得热血沸腾。多年的长工佃户有了自己的土地，放牛娃分到了心爱的牯牛，守磨坊的苦孩子终于把磨坊变成了自己的家业。随后，散沙一盘的庄稼人被组织起来开展集体生产劳动，上夜校识字扫盲，参加群众大会听工作组传达党和政府的文件、宣讲新人新事新风尚，还让每个人凭心选举自己中意的人大代表……什么叫翻身解放？李显清等人说不出大道理，但他们从自己亲身经历和感受的桩桩件件事情中深深体会到了。感恩之情像春天的涌泉从心底汩汩奔突，他们觉得五脏六腑都憋着一股子情绪，总是想倾诉，想歌唱，想把自己翻身当家做主的真实感觉和由衷感恩大声喊出来！文学创作的原动力缘此滋生、聚蓄、不可遏止地爆发。他们凭借念过三五年私塾、小学的浅薄文化底子，用笔头在烟盒、废纸片上以顺口溜、民谣、金钱板、四川清音等乡俗文艺的方式记录自

己的心声，抒发真实的爱恨。那时没有发表作品的渠道，就用粉笔或木炭书写到村里的路边黑板报或幺店子的土墙上，遇上不会写的字词就画图符代替。写完后摸出随身携带的竹板铜锣，一板一眼地向过往路人敲击吟唱。驻村土改工作组组长黄同志是省工商导报编辑，目睹这样的场景颇为感动，热情赞扬了农民作者们的创作积极性，支持他们组成宣传队，到各村去巡回表演。黄同志还鼓励李显清把唱词《不走剥削路》寄投给《四川农民报》，不久后，作品竟然真的刊登出来。李显清收到处女作样报欣喜不已，其他农民作者也受到很大鼓舞。1953 年秋后，大家一合计，一支志趣相投的队伍拉起来，名号"马井农民创作组"，李显清、黄代坤被推举为组长，二十多位组员来自全乡各村，男女老少皆有，清一色庄稼人。参加集体劳作之余，夜里他们常聚在村小或晒烟房里，点着油灯、照着竹篾火把搞创作，讨论交流作品；遇上天气燠热蚊虫叮咬，就把双脚伸进盛了水的盆桶瓮坛里。坚忍的意志和抱团取暖的力量使这支队伍充满蓬勃向上的朝气。接下来，他们的作品和名字越来越多地出现在《群众文艺》《都江文艺》《四川曲艺》《四川农民报》《工农兵丛书》等报纸杂志上。因为文学创作的贡献和积极表现，李显清还被村民推选为首届乡人大代表，担任过村长。

## 二、声名鹊起，泥腿子当上大学客座教授

1964 年初夏一天黄昏，李显清正与人民公社社员一道在田间薅稻秧，抬头忽然看见自家院子那边，一位头发花白的瘦高男人在二儿子李先运的引领下，正往田坝走来。跨越埝河时，男人猫着腰在碗口粗的独木桥上挪移得战战兢兢。李显清心中一热：那不是省作协沙汀主席吗？年逾六十的沙老上午才在公社与马井农

民创作组座谈，此刻又亲自问路寻上家门来关怀。李显清赶紧甩着泥腿迎上去，夕阳里，俩人在田坎上席地而坐，亲密促膝聊生活，谈文学，话理想，不觉间，已是月上柳梢头。

生龙活虎的马井农民创作组引起了省文联和作协的高度重视。此后的两年多里，沙老三赴马井乡，给这支独特的文学农民军鼓劲加油，指点方向。在他的垂范下，随后一些年，艾芜、陈之光、李友欣、周克芹等知名作家和许多报纸杂志的编辑老师相继来马井采风、蹲点，悉心辅导农民作家。同为穷苦娃出身的山东作家高玉宝从新闻报道中闻知了创作组的事迹，主动与李显清联系，结对帮扶，信函交流创作体会，还寄赠作品《高玉宝》以作勉励。

1981年，镇上成立了文化站，挑选酷爱文学且富有责任感的复员军人卿立强担任文化站站长兼新一任创作组组长。站里办起文化茶园，为创作组提供活动经费，并开辟了图书阅览室等场地。后来，县里又授予马井"农民创作之乡"称号，宣传文化部门轮番派员下来大力扶持，各方对繁荣乡村文学的重视融汇成强大助推力量，加之改革开放的春风席卷乡村大地，更让田野上的写作者们抑制不住涌动的文思。一个个争相奋笔疾书，言说自己的喜悦，勾画心中的憧憬，表达期冀与追求。创作组的作品从内容到形式不断丰富拓展，水平有了很大的提升。二十世纪六十至八十年代这段岁月里，马井农民创作进入一段黄金期。李显清、黄代坤的小说先后在《人民文学》发表，二十多位作者的作品在《四川文学》《四川日报》《戏剧与电影》等多家省级报刊发表。《马井农民作品选》等专辑、专栏被出版社和报刊争相推出，在越来越广泛的读者群中传播，美名远扬。1965年5月，创作组骨干黄代坤赴北京光荣出席全国青年文学创作积极分子代表大会。1983年德阳建市之初，马井农民作家新秀林贵祥、傅正深被破格招录为市文化局首任创作专干，他们创作的《春回桃花寨》《丑公公》《端阳雨》等影视戏剧被拍摄编排公映公演，几度荣获四川和全国演展奖项。老组长李显清坚持创作数十年，个人发表作品累达四百多篇，七十年代中后期分别被四川大学、四川音乐学院聘为客座教授。面孔被阳光雨露镀成古铜色的乡野老人，梦幻般登上高等学府文学讲坛，面对莘莘学子，手中没有厚厚的课件，以浓重的乡音、风趣的俗语、真实深刻的感悟，摆龙门阵一样娓娓谈说"生活与文学艺术"的大课题。台下乌泱泱一片，听得如痴如醉，结束时报以经久的热烈掌声。

似乎觉得这样偶尔听一堂农民作家课不过瘾，1976 年春季，四川音乐学院把声乐系毕业班带到李显清所在的马井新安村开门办学，整整半年扎在村户人家中，与农民作家和社员同吃同住同劳动，在广袤的田野里体验生活，捕捉灵感，吮吸鲜活的艺术滋养。结业时，全体师生在县城剧场与马井农民创作组共同编排完成了一场汇报演出。那一夜，台上台下互动联欢，泥土芬芳与高雅艺术浑然一体的精彩节目赢得满堂喝彩，剧场变成了欢乐的海洋。

## 三、浪退潮落，冷遇之下痴心不改的坚守

星移斗转，时光之船驶入新世纪。随着商品经济兴起，文学的社会热度悄然减退。许多报纸杂志也逐渐改变了风格品味，把目光从基层收起，聚焦于大家名作，追捧各种新潮流派，文学作品刊发的"门槛"日益增高变窄；马井农民创作组感受到，曾经令人热血偾张的文学激流退潮了，他们和他们的作品跟不上迅速变化的时代，开始遭遇冷落了。组员们渐渐心灰意冷，不少人放下笔杆，外出经商务工谋生活，不再追念那一怀文学梦想。

此时，马井镇党委和政府班子站出来力挺本土农民文学军。他们说，马井农民创作组风雨兼程半个世纪，已经成为镇里和什邡市的一张乡村特色名片、文化品牌，更是家乡传承弘扬耕读古风的示范楷模，旗帜不能倒，队伍不能垮！其时，组长卿立强已近退休之年，却再度昂扬激情，带头继续坚持创作投稿，其作品顽强地冲上省市报刊阵地，诗歌佳作入选巴金文学库，并出版个人作品集《浪漫乡情》。镇里几度以党委和政府名义组织农民创作笔会，以此振奋军心，鼓舞士气。波动之后，尽管部分组员最终离去，但那些铁杆组员们还是坚定地留下来。经年累月，一份文学的追求已经深深植入骨髓，融入流动的血脉之中，此生再也放不下来。

　　文学审美标准在与时俱进，他们以变应变，努力去适应新形势。李显清老人把文风文体的重点转向故事新编和参与民俗文化集成上，在八十八岁高龄之际出版了个人作品集《李显清作品选》；他的二儿子李先运是他一手带出的文学徒弟，一边在镇街上经营家电维修，一边坚持写作诗文，纸刊上不了就发自媒体或朋友圈，以清雅文字怡养心性；七十多岁的镇农机站老会计邓阳金，拜巴金文学院大作家为师，潜心学习小说创作，用神经痉挛的手指一字一句敲打电脑键盘，耗时几年，敲出一部二十一万字的长篇小说《水月村》，并顺利入选中央文明办、文化部、中国作家协会等六部门隆重推出的纪念改革开放三十周年"百部农民作品"（首批二十部）。作品以水月村这"一滴水"浓缩折射太阳之光，通过生动的人物塑造和故事叙述，反映出新的历史背景下乡村人民在物质日丰之时对精神文化的新追求。中国作协主席铁凝亲自为丛书作序，盛赞邓阳金们是伟大改革的"在场者"，真实记录了农村改革开放的历史进程，"视觉独特，意义非凡"。作品出版后广受欢迎，初版五万册供不应求，随即再版加印。邓阳金为之自信大振，又启动了篇幅更宏大的第二部长篇小说创作。老人说，这部乡村叙事将追溯共和国诞生之初至新世纪前夕之间数十载的乡村剧变，力求写出另一种视角和感悟的川西农民版的《活着》。

更令人欣喜的是，一些后续生力军正踊跃跨入农民创作行列。马井双燕村青年学子王忠礼临近大学毕业，突然罹患罕见眼疾，两日之内双目失明。沉重的人生厄难没有将他击垮，家乡农民创作组的传奇故事既为他提供了鼓舞的力量，也给他点亮了希望之光。返回家园，凭借厚实的文学功底，王忠礼在黑暗中摸索学会电脑盲打，与志同道合的妻子携手互助，踏上网络文学创作之路。短短几年，已写作推发作品三百多万字，并创办了公益杂志《倾听》，拥有了越来越多的粉丝，也收获了可以维持生活的经济回报。

马井农民文学创作的火源还在燃烧传递，执着的精神守望依然在那片沃土上延续……

# 舞　台

　　"今后，这个舞台就交给你了！"那个清凉幽幽的晴秋黄昏，站在天窗逆光斜照下的川西龙居公社新店大队礼堂舞台中央，党支部副书记长英很郑重地拍拍我的肩膀，话语和眼神里充满了信任与期冀。

　　二十世纪七十年代，每个成建制的生产大队必有一支业余宣传队，配合各阶段国家时政和农村工作重点开展群众文艺宣传。在文化产品稀缺的岁月，这也几乎是乡人聚集娱乐、聊以抚慰精神需求的主要文化渠道。长英书记是前任宣传队队长，多年率队活跃于乡村舞台，曾经闻名遐迩，拿到现时，必属一方"网红"。可当时，她们那一拨队员已经年龄偏大，体态走形，嗓音喑哑，蹦跶不动了。长英队长又升任大队干部，成天为计划生育"刮宫引产"一类事务忙得喘不过气。宣传队工作已搁浅颇有些日子了，急需有人接过旗帜扛下去。虽然这样的机会早就在我努力争取和翘首以待之中，但此时，我仍然受宠若惊，啄木鸟似的连连点头，几束光影在舞台上缓慢移动，光柱里有细小粒子上下翻飞沉浮，不知是微生物种，还是我们的脚步惊起的纷扰尘埃。

　　十八岁高中毕业，背上简单的行囊来新店大队插队务农，成为浩浩知青大军中的一员，转眼间，一个季令已经过去。好在中学时代喜欢文艺，吹拉弹唱、写写画画自学了一手，于是大队礼堂这个舞台让我有了充分亮相展示的机缘。

凭着长英书记的口头委任，我这个宣传队队长立即走马上任。一天的躬耕劳作结束后，匆匆吃过晚饭，我总是率先来到大队礼堂，打开双扇木门大铁锁，径直步上台口，摸索壁头，顿一下拉线开关。台沿上方两盏一百瓦白炽灯呼啦一下涌出灼灼光波，黏稠的黑暗被生生挤开，舞台焕发出令人心旷神怡的一袭明媚。

礼堂是早几年前汇聚各生产队能工巧匠的聪慧和技能修建的，居然没有耗用一根钢筋半袋水泥。房顶呈大跨度人字形，叠着密密匝匝的小青瓦。其余四围墙体、高高的半圆形舞台、台下上百条光溜溜的座墩，都是石灰砂浆镶嵌砖块垒砌的。板平高耸的大门上方，正中浮雕一颗硕大的五角星，白日里闪烁着鲜艳红漆光泽，在大队部一群低矮房舍中十分亮眼。

陆陆续续，宣传队队员们从各家院子汇聚而来。年轻男女拢共十几人，是从七个生产小队中选拔出来的。在方圆两里地内，模样算得上标致，性格都落落大方，敢在众人面前劈叉亮嗓子，不怯场。能进宣传队的人个个感到荣光。各人不仅有了在父老乡亲面前登台亮相表演的机会，还可以获得一份不小的实惠：每次排练补贴劳动工分二分，演出一场记工五分。长英书记交代的任务是秋收后宣传队要在礼堂为社员群众汇报演出，还要参加春节期间全公社的学大寨文艺会演，争取冲进县上的调演。压力大，心气也高。我是带头豁出去了，把无师自学垫巴的一点文艺细胞全部调动起来。自编、自导、表演、竹笛伴奏、舞美道具制作，身兼数职；歌曲、舞蹈、样板戏、金钱板、三句半，五花八门，杂烩一锅。首场排练，长英书记亲自到礼堂来看了，给大家做了一通很提神的动员讲话。临离开，仰头虚眯着眼看看电灯，说夜夜这么亮着太浪费，于是立即叫来电工搭梯子把百瓦灯泡换成十五瓦。舞台一下子暗淡下去，像是从一派欣欣向荣突兀地陷入某种堕落。这种明晦逆转让人莫名惆怅，一时有些不应。不过大家很快缓过来，嘻嘻哈哈的笑闹声抹掉了微妙的心理阴影。一伙人就这么在半明半暗的虚幻光景中折腾了十几个夜晚，终究编排出一台像眉像眼的会演节目。

全大队完成稻收任务那天晚上，礼堂舞台重新亮起百瓦电灯，台口两侧各又加挂了一盏，照射得整个台面和前排座席如同白昼。空洞的台口没有垂垂幕帘遮掩，演员们猫在墙角化妆候场，引来一帮小孩趴着台沿探头探脑。背景墙上贴着一溜弧形剪纸——新店大队学大寨文艺演出。台上鼓乐喧天，台下黑压压地挤满了男女老少，无数杆叶子烟枪明明灭灭，礼堂宛若烟雾缭绕的大蒸笼。自编节目都是取材本村真人真事，演到某一处，剧中原型恰恰就猫在观众席一角。于是熟人带头起哄："演的就是他呢！"现场因此就掀起一波接一波喜气洋洋的高潮。

接下来，我们的队伍真的演到公社，入选了县上的文艺调演，捧回了一张大红奖状，宣传队人气猛一下旺到爆棚。队里几名回乡青年到了婚嫁年龄，有人帮忙做红媒都特别要加上一句："人家还是宣传队的好角色哦！"

再走到田间，时常就有村人远远对我指点评价。大队干部们路上见了我也主动招呼，嘘寒问暖的，热情得很。同为知青的好友獐子，觉得他为集体捣腾点儿紧俏建材的那份贡献影响力相形见绌，于是让我在宣传队给他也安排一个角儿。偏巧他又先天缺乏文艺细胞，唱歌跑调，跳舞肢体不协调。后来专门为他量身编了个小话剧《支农担》，让他扮演一个思想落后的供销员，跟着一位先进模范姑娘送春耕农资下乡，边走边发牢骚，姑娘则一路苦口婆心地帮教他。就这么简单的剧情他也入不了戏，耸着瘦削的肩头挑副空箩筐，一点沉甸甸的戏感都没有，单薄的身架子幽灵似的满舞台乱飘，还老忘词，惹得台下观众一阵阵哄笑。

一座小小的乡村舞台，那一阵竟让我生出叱咤风云的自信与快活。公社领导的干儿子大成也想加入宣传队，却被我以"形象欠佳，条件不符"挡在门外。其实，不让他入队，根子上是我们彼此性格不投契，发生过几次肢体冲突，算是结下梁子的。我找理由阻止他登上众人瞩目的舞台，是借故拿捏他，排解往日淤在心头的闷气。大成不服，那天在知青点独自往深夜里拉二胡。平心而论，他的二胡技艺真还不错，出任宣传队琴手绰绰有余。他拉了一曲又一曲，弦外之音挺明白：我长相粗一点，不登台面，躲在角落里拉琴做个伴奏还不行吗？说实话，当时我心已然有点发软，若他那一刻从隔壁过来叩门再求我一句，我也许就点头了。可是大成也是有拧巴劲的，只以琴声发泄，不再对我说半句软话。我总不能倒过去涎着脸三顾茅庐对不对？没办法，那时就只有针尖大的心胸。大成从此天天收工后苦练琴技，锲而不舍。那年冬天，他报名参军远赴山西，几个月后，给我写来一封书信，主动冰释前嫌。信中特别告知：他已光荣入选师部文工团，不过没拉二胡，改作了架子鼓手。随信附了一张他们下连队露天演出的彩色照片。画面上，他的脸庞色泽明显比别人深浓一筹，像是上了一层厚厚的釉。

宣传队每场演出登场前照例是要化妆的。队员们或照着一面小圆镜自描，或相互帮画。除了反派角色，通通用黑眉笔勾描两道剑锋一样的浓眉，眉梢夸张地向额角上挑，再用红粉膏调和凡士林在脸颊上揉一团胭红。有个女队员叫菊儿，是个只念过三年小学的半文盲，却格外灵慧。刚过十七，已显露早熟的丰腴，相貌身材是女演员中最漂亮的。她的舞蹈肢体动作透溢着一种天然的柔韧舒展。《白毛女》《洗衣舞》《北京的金山上》……所有的舞蹈节目，我都安排她担当一号主角，全队上下口服心服。每次化妆，她总要找我帮忙，说我化的妆容最漂亮。我与她贴近对立，拈起眉笔先替她描眉。她忽闪着明眸定定与我对视，然后，眼睑就闭合上了，黑亮的睫毛轻轻地眨动。我将红粉膏挤在手掌根，搓匀，往她脸蛋上轻轻晕开。菊儿的脸蛋极其柔软细腻，烫烫的，有点灼手。有好几次，我手掌上的红粉膏还没点上去，她两颊上已有红晕像桃花一样粲然。细细的鼻息呼出来，杨柳清风微微拂扫着我的面颊，幽幽的馨香让我内心一阵悸动……

农闲时节，宣传队时不时会受邀去邻近乡村联欢演出。出行往返，我们凑几辆自行车，一人搭一个，在弯弯曲曲的碎石土路上快乐骑行。每一次，菊儿都捷足先登一侧身跃上我坐骑的后座架。演出结束返回，沿途没有路灯，漫天星月为我们的车队引道。大家沉浸在舞台表演的欢悦之中，一路纵情欢歌笑语。路边田野里叽叽呱呱的秋虫都自甘示弱，一时缄了口舌。坎坷的路面颠得自行车像是打摆子，后座上的菊儿身体与我若即若离地挨挨靠靠，一双手下意识地向我腰间环过来，忽然又收回去。复又伸出右手，轻轻拽住我的衣摆一角。我顺势将腰背往后送送，方便她靠我更紧一些。扯着衣角的那只手终于环到我腰上，我没有推辞，我希望那样的夜路更长一点，路面更颠一点……

有一天下雨没出工，我一人在大队礼堂舞台上用纸板绘制布景。菊儿不知何时走进来，没戴斗笠，头发淋得湿漉漉。她径直来到我身边，叫我一声，顿了一下，从衣兜里摸出个信封塞到我手里。"我学写的一首歌词，请帮我看看……"话未落音，快步匆匆离开，像一缕小风溜出礼堂大门。我启封抖开信纸，上面歪歪扭扭地写着一行蓝色水笔字：

"哥，喜欢你！我们耍朋友（方言，指男女交往），好吗？别跟人家说……"

我心中一颤，一股热劲儿一下子涌遍全身。说实话，菊儿有一份独特的村姑韵味，颇迷人的，平时交往中我对她确实有朦胧的好感。但是，万没想到，姑娘竟主动发起进攻，并用了这样火辣的方式，一句话直奔主题，没有任何修饰遮掩。信纸上的字迹谈不上一丁点儿娟秀，但是，从一笔一画之间，看得出她下笔时竭尽全力的认真。基本的理性告诉我，我与她不可能往深远处延伸情感。但是，我又不忍心伤害她，不舍得那一缕朦胧浪漫的异性友谊从眼前溘然消弭，我迟迟没想好如何给她一个恰如其分的回复。

　　就在这时，菊儿出事了，事情像一团火，呼啦一下蹿过来，燎到了我的眉梢。原来，菊儿早些时候由媒人牵线介绍了一个男朋友，男方是邻村一个正在服兵役的军人，半年前回乡探亲两人见过一面，一起上李家碾街镇下过一顿饭馆，看了一场电影。男孩还赠送了她一张戎装照片和桃木梳、小圆镜、花手绢、毛线围脖之类的小礼品。不承想，前几天菊儿突然找到媒人，退话说她与男孩不合适，"不干了"，把男孩送她的一应礼品打在包裹里，一样不留悉数归还。媒人和双方父母一头雾水，挖根究底追问她"变心"的理由。菊儿被逼急了，直愣愣甩出一句："我已经另外有了男朋友！"再追问，菊儿守口如瓶，父亲气得抢手扇了她两耳巴子，她咬紧牙关仍没吐露心中的秘密。但这团火到底没包住，有天晚上，宣传队在礼堂舞台上排练，菊儿憋不住把自己的心事悄悄告诉给一个闺蜜，完了叮嘱："千万莫说给别人。"闺蜜惊诧之余，嘴巴却没关住，转瞬就咬着耳朵告诉给另一位队友，当然也没忘招呼一句："切莫再传言。"结果，不出三天，宣传队已传得沸沸扬扬，只有我还蒙在鼓里。直到那天长英书记专门来知青点，把我单独叫到栱楼院门外，板着面孔一通劈头盖脸的训斥，我才知道麻烦惹大了。长英书记脸黑得几乎要拧出水："人家菊儿是在跟解放军谈恋爱，事成了那就是军婚，破坏军婚是啥行为、啥性质，你莫非不晓得？这汪水你都敢去蹚？你还要不要你的政治生命、事业前途、人生远大理想？今后还打不打算回城进厂参军上大学？"支书的连珠炮轰得我晕头转向，招架不住。

"我……我与她是正常清白的队友关系，从来没别的想法。也许……也许是她一厢情愿的误会。"我嗫嚅着辩解。

"一厢情愿？一厢情愿你在宣传队咋老跟人家眉来眼去，专门给她描妆粉脸，骑自行车也只搭她，两个人黏黏糊糊，还暗传书信?!"所有蛛丝马迹都没逃过长英书记的火眼金睛，我释放在田野间一点朦胧的青春悸动，被当头一盆冰水浇得透凉。

已是小寒时令，气候干冷。那天晚上，长英书记召集宣传队全体队员在礼堂舞台上开了一次集体帮教会。长英书记先发表讲话，大家裹着厚棉袄缩着脖子席地围坐，她一脸严肃地兀自站立，边讲边把五指并拢的手掌在空气里劈来劈去，像是在斩草除根："我们宣传队，是宣传毛泽东思想，传播大寨精神的播种机、战斗队，是高尚纯洁的思想阵地，绝对不允许资产阶级私心杂念腐蚀年轻的心灵！"长英书记不愧训练有素，嗓音脆亮，话语顺溜，表意确切。她面前并没有扩音话筒，可声音却形成一股强有力的波流，在空旷的礼堂里环绕回荡，振聋发聩。

接下来轮到当事人检讨。我先发言，展开自己熬了一个通宵反复琢磨写成的《我的认识》。是"认识"，而不是"检讨"，这是问题定性的关键词，马虎不得。我反复掂量过，这场所谓的"事件"对我而言的确有点莫名其妙，我从骨子里没有觉得自己犯有多大过错，我应该趁机当众撇清，自我保护。我低下头，一字一句念读，以字面委婉却表意确切的陈述为自己开脱，表明此前彼此的交往是"同志"式的，自己并无非分之想。以后一定加强修养，在与异性交往中更注意友谊分寸，以防闹出莫须有的误会……

待我宣读完毕，略微沉默一阵，菊儿站起来，捋了一下垂在额角的头发，平静地开了口：

"我承认，前一阵是我心乱，想多了……"她目光扫我一眼，继续说，"追他，是我主动的，我还写过一封求爱信……给他。"我心中咯噔一下，原本想把那封信交给长英书记，担心会过于伤及菊儿的隐私，就作罢了。没想到这样的场合，菊儿自己却把它公之于众，那样的坦荡。"我……影响不好，不配再当宣传队员了。"菊儿说完这一句，向大家鞠了一躬，头也不回地离开了舞台。

一场风波过去了，我却精神萎靡了好一段日子。缺少了菊儿这样的主角，宣传队也似乎伤了元气，活动时锣齐鼓不齐，队员们渐渐有些散心。加上国家政治形势开始发生巨变，乡村宣传队渐渐成了过时黄花，不再被村人关注赏爱，大队礼堂和那一墩舞台一天天冷清下去，终于归于沉寂。

凭借着那方乡村舞台的历练，插队务农两年后，我被招工到县城剧场做职员。临离开的一天傍晚，在大队代销店门口碰到久未见面的菊儿，她傍着一个长相敦实憨厚的男青年，提个玻璃瓶来打醋。菊儿主动热情迎上前招呼，给我介绍身边的男朋友——还是早先那位兵哥哥。"这就是我们大队宣传队的头儿。"菊儿转头这样向男友介绍我。男青年恍然有悟地点点头，认真打量了我几眼。看来，过往的事情他都知道。淳朴的乡人没那么多小肚鸡肠，一些事，风吹过，雨飘过，就放下了，日子该咋过还咋过。菊儿告诉我他们已经订婚，来年开春她就要过门出嫁，到时请我喝他们的喜酒。我笑容满面，向他们提前表示了热烈祝贺。

时过境迁，那杯喜酒，我当然没有勇气去喝。

# 方寸土

大地一直在那儿，这是泪流满面的事实。

——毕飞宇

时间的长河中，某一刻犹如南柯一梦。我从一团迷茫混沌里初醒过来，步履蹒跚，摇摇晃晃地跨过卧室的门槛。我穿过青苔瀌瀌的院坝，从木格栅门的缝隙中鳅鱼一般溜出去，踮起脚尖，努力撑起低矮的个头，第一次放眼打量家院以外的世界。那一刻，天空澄澈如洗，红彤彤的秋阳高悬头顶。川西坝子一望无垠的沃土连同铺陈其上的金色稻谷，汇成茫无际涯的巨大潮汐，席卷呼啸着扑入我的眼帘。如此宏阔的宽幅式场景大大超出了我稚嫩微小的视觉承载能力。我冷不丁一下被怔住了，面前的景象开始像木马一样急速旋转。我一阵头晕目眩，惶然中一屁股跌坐在一摊泥水里，哇哇大哭。正在隔壁房间忙碌的母亲循声而出，赶紧将我搂于怀中，拍着背轻声安抚。故乡的原野大地就这样以如此震撼的画面在我记忆源头镂刻下深深的初原印记。

现在想来，我智窦初启时面对大地的那份诚惶诚恐，应该是一种天性使然吧。想一想，我们赖以生存的足下之土是多么的质朴淳厚，与芸芸众生之间缔结着怎样千丝万缕的难解之缘？人这一辈子，出生时算作"呱呱坠地"，辞世时讲究"入土为安"。寻常百姓熬度日月，追求的是"脚踏实地"地安居乐业；君临天下叱咤风云，最终求索的也不过是"封疆拓土"。四时更迭，阴晴无定。大地始终一如胸怀博大、爱意缱绻的母亲，以自己丰腴的胎腹和超强的生殖能力，源源不断地滋育出人们豢养肉身所需的五谷杂粮，缔结不计其数的奇果天珍。大地还慷慨地将自己肌体深处经年蕴积的宝藏倾吐出来，满足人类更多更高的幸福祈愿。大地上那些纵横交织的山河湖海和莽林荒原，无时无处都有甘甜的乳汁在汩汩流淌，普天之下各类生命得以哺育，蓬勃竞发，万物欣荣。大地还是所有陆地动物的安居处和避难所，哪怕各式各样的巢穴戳得她遍体鳞伤也在所不辞。大地又是各类生命的终极安息园，即便是一只夭亡的蚁蝼，一片飘零的枯叶，她也会把它们揽入温暖的胸襟，为它们深情吟诵惜别今世的挽歌和浴火重生的祈祷……

七岁那年初春，我意外拥有了人生第一块土地。那时我们居住在一所简陋的乡村小学里，麦秸覆顶的教室端头有宽约丈许的一溜儿空地，它长时间荒凉着，散布着碎石子、板筋草和斑驳的苔藓。那一年春天，我们几个教师的孩子突然灵光乍现，把这一角无人问津的旮旯当作了可供我们探幽寻宝的"新大陆"。一连几天，一伙小子你争我赶跑马圈地——各自用砖头与瓦片隔拦出方寸一围，代表着从今后这领地就归我们分而管辖了。虽然只有巴掌大个地盘，但是这已足够让我兴奋，我想要植入土地的梦幻太过丰富了！我蹲在地上，挥着短柄的小镢锄，一点一点地翻挖板结的泥块，剔骨一样去掉那些石子瓦片，把土饼培得很细。无意间，我发现泥土地里蛰伏着猫冬的几只蝉虫和蝈蝈。它们深藏地下整整一个季节不吃不喝，甚至连呼吸都屏蔽了，可却养得又嫩又胖，一个个像慵懒的雏儿。还未到它们该苏醒的时候，受到我的惊扰，它们老大不高兴地撅着屁股往泥土褥子深处龟缩。油黑的土壤从下面翻过身来，在早春的阳光下舒爽地吐纳着气息，空气里弥散着清新沁鼻的腥湿味儿。我仿照平常所见的农人耕种的式样，在小园地里打理出蛋糕一样的厢垄，掘好窝穴，找邻居农家讨来一些菜秧，一棵棵精心地植下，扶正根，培好土，再用手轻轻压实窝蔸。然后逐棵浇了水——还没忘记撒一泡尿兑上做底肥。倒腾了一身泥水，满头大汗，直起身来扳着指头检点一番艰辛换来的战果：分别有莴笋、茄子、黄瓜、辣椒各七八苗。仍觉得意犹未尽，又去小溪边削了一些桃李柳槿的枝条，绕着小园子一周栽插上。从此，我像个地主老财一样天天围着小园子转悠，盘算着未来的收获。我边浇水、拔草、捉菜虫，边仔细观察植物的长势。两天之后，土厢上的菜苗昂起了蔫耷耷的颈脖。继而，追着时令展劲地抽茎、发叶、蓬窝，过了一阵子，已有星星点点的菜花花在茎叶间斑斓闪烁了。那些栽插的枝条，一粒粒新叶芽也含苞绽放，探出醒目的鹅黄尖头。我欣喜若狂，由我亲自耕植培育的新生命在土地上隆重诞生了！这太神奇了，是童话还是魔术？我满怀希望地想象，不久的将来，我的小园子定将是一派蔬果丰茂、花木飘香的动人景象。那样的奇迹，将使我的父亲母亲、弟弟妹妹和所有见证的人赞不绝口，叹为观止！

我的美梦哐当一声被碎为齑粉。那是一个星期日，我懒睡后起床，顾不上洗脸吃早饭，趿着鞋匆匆去看我的园子。扑面而来的一幕让我猛一下傻了眼：昨日满地鲜活的光景荡然无存，几个由孩童自垦的错落园圃已全部夷为平地，一位工匠正在忙碌着搬砖运石垒砌一座新规划的花坛。被拔掉的菜苗与树苗如弃儿般被抛在一边，嫩白的根须在晨风里微微颤抖。这情景让我心如撕裂般疼痛，我脑袋一热，号叫着猛兽一般扑上前，抱住工匠的腿杆又揪又啃，嘶声哭喊："赔我的地，还我的苗！……"校长闻声从办公室跑来，把我拉到一边，努力劝慰，晓之以理，告诉我说："植树节快到了，学校要统一布置绿化美化，过去凌乱的东西必须通通清理掉。""我的地，我的苗！"我不听那一套，仍旧竭力抗争。这时父亲也赶来了，我像是见到了救星，眼巴巴地盼着他帮我力挽颓势——父亲平时遇事总是向着我的。但那一刻我的心骤然灰冷，父亲扫视了一下眼前的场景，啥话也没说，挤出一丝尴尬的笑容朝着校长歉意地点点头，然后不由分说使劲把我拽回家。等我一股子莽劲过了气，父亲看着我，一脸肃然："哪里是你的地，你凭啥子？这里每寸土都是学校的。学校要统一规划建设，一个小孩家怎能由着性子来阻挠？"父亲的话犹如一盆冷水，浇了我个透心凉。这真是冤破了天啊！那块地，它原本闲置撂荒在那儿，明明是我汗流浃背一锄一锄垦出来的。那些蔬菜花木，是我怀着一份执着而神圣的祈愿，一株一株唤醒了它们的生命。这怎么就不能算作"我的"？我满肚子憋屈却无从申辩，连爱我疼我的父亲也不能为我撑腰。我彻底蔫了，小小年纪，第一次品味到失地者的那份无助与忧伤。

长大成家立业之后，很长一段时间却无以"安居"。在乡村中学当教师那会儿，夫妻分居两地，平时在学校享受集体宿舍待遇，节假日二人团聚只有到亲戚朋友家借宿打游击，尝够了"寄人篱下"的滋味。辛苦打拼了半辈子，终于攒够积蓄买了一套商品房，建筑面积两百多平方米，十楼跃层，似乎够得着用"宽敞"来形容。产权证上庄正地写下妻子的名字，尽其所能配置了一应舒适的家具。我长长舒了一口气——此生总算有了属于自己的窠巢之地。乔迁新居，一阵喜悦过后，细细品咂琢磨，心中的滋味却又复杂起来。是时，房地产火爆如日中天，每平方米售价噌噌攀高，公摊、阳台均要计价，毫厘不爽。我家那套房嵌在十几层楼的大半腰上，一层层分摊折算下来，也就仅仅占有十余平方米屋基，好可怜的一块"弹丸之地"。再顺着往深处想，其实我足下夯着的那方寸之间哪里算得是"地"呢？那明明是搭搁在半空中的几片钢筋混凝浇铸板块。托身其上，上不沾天，下不着地，俨若老电影《杂技英豪》中的"空中飞人"在那儿炫技，想想竟觉得心中有一种"失重"的飘忽感。悟透了空中楼阁四面无土的实质，难免生出一些颓丧，却又十分地不甘。我辈凡人非神仙，不让居家沾点儿地气怎么行？于是在那一溜儿阳台上打主意，一口气搬回大小几十只盆钵，雇花工运来几大口袋田野熟土，拌入渣肥，分别种下月桂、玉兰、蔷薇、蜡梅、栀子、太阳菊之类花木。还蓄水一缸，养了一对龟，妻授名为大玄、小玄。下班归家总喜欢待在阳台，呵护陪伴着些微泥土之上的每一株纤纤草木伸枝展叶，花开花谢；守看丛叶里那些蜗牛、小蚂蚁和甲壳虫来来去去，生生不息；聆听蜂鸟和喜鹊在枝头嬉戏啼鸣，而后画一道优美的弧线展翅凌空……这样，即便宅身楼宇，总还能沐浴一缕天籁灵泽，抚慰心灵深处那份日久弥浓的自然乡野情结。

还有一隅净土，那便是我和几兄妹牵肠挂肚的精神家园。父母健在的时候，他们的定居地就是我们的老家。无论我们平常怎样四下奔走忙碌，经受多少生活的曲折和磨砺，节假日总会回聚到他们身边。二老的居所极其逼仄简陋，阖家团聚之时连椅凳都不够，有人不得不侧身挤坐在床沿边上。但那却是风和日丽的港湾，是舐犊情深的牛栏，它让我们内心注满了蜜一样的温馨和善爱。重回生活的旋涡，我们便有如辟谷禅修归来，意志毅定而心性淡泊平宁……如今，二老已长眠于地下，他们合葬的茔园位于故乡西南一片幽静的慈竹林盘里。生前，父亲为土地的事情一辈子愁眉不解。曾几何时，祖上先人处心积虑囤积土地和粮食，风光最甚时已拥有上百亩沃土。然而，时过境迁，到了父亲懂事成人时，家族的浮华业已土崩瓦解。父亲非但没有从中享受到福祉和荫庇，反而为此背上沉重的精神包袱。回忆中父亲早年老爱缩着脖子弓着腰身行路，而且诸事小心翼翼，胆怯拘泥，他那是一直被一张虚无的"地契"折压着腰身啊。父母离世，关于土地的沉重包袱终于从他们身上卸下来。如今，他们以化实为虚的形态，将自己浓缩于方寸一匣，深土一角，淡定而静虚，与世再无争葛，只给曾经生养自己的大地和自己悉心照料的儿女留下丝缕牵挂和纪念……

墓茔安置在妹夫老家的宅基地边，茔前是一片四时葱郁的肥沃农田，有一练清幽小溪静静地蜿蜒而过。此处没有地权纠纷之虞，没有市声尘嚣惊扰，二老可以高枕安卧了。每年清明，我们兄妹阖家齐聚茔园，往墓庐上垒添些泥土，洒扫清除台阶上的杂草乱叶，指着大理石墓碑向晚辈讲一些家族陈年旧事。然后，一边焚着香蜡纸钱，一边喋喋不休地与二老倾诉一年来的生活工作过往。汇报种种收获和可喜的变化，尤其是他们最为牵挂的几位孙子孙女天天向上的景况。

我相信，至亲骨血的絮语二老是听得到的。虽然他们的肉身早已化为无形，但蛰居于这样幽宁的风水宝地，他们的灵魂一定已经超度涅槃。他们就在我们头上三尺之处，从另一个维度无尽慈祥地观照着我们，细细倾听我们的心声，分享我们的快乐，并暗中为他们的子嗣的勃勃繁兴助力加持。这样的时辰，总有仲春的煦风在故乡的土地上和暖吹拂，迎面送来油菜田垄阵阵浓郁的花香……

# 碾坊回眸

新稻谷从田里收打回来，趁着雷火太阳，摊在三合土晒坝上接连暴晒五六天，谷粒就透脆了。卿二爸很老到地俯身捉两粒以门牙试嗑，点点头："嗯，今晚去李家碾坊！"

大春收割季，优先缴足了公粮，余下的生产队才按人头和劳力人摊分给各家各户。那时还不知高产杂交稻为何物，公社社员一年到头铆足劲在大田里劳碌，田亩产量总是上不去，家家口粮都吃紧。辅以瓜菜，好不容易熬到新一季主粮成熟，实在是等米下锅的光景了。

晚饭后，银盘样的月亮升起来。良娃跨过晒坝来村小这边邀约："跟我们去李家碾坊碾米？"我乐呵呵地就蹿出门跟去了。良娃是我小学五年级同班好友，他家与我住家的村小共拥一座竹林院子。不记得出门前是否请示过父母，好像我们那一拨童年是享有相当的自由空间的。夏日夜晚有时在田坝草垛上玩着玩着就睡过去。夜深了，母亲站在门口唤猪崽鸡鸭一样长声吆唤几声，没回应也不急，留了门兀自先睡。半夜里自己被田野露气熏醒，梦游一样摸回家去。

一大一小两副细篾箩筐，盛了满满的谷粒。卿二爸当然挑大的，良娃挑副小箩筐，因个儿矮小，麻绳往上多挽了两圈。父子二人荷担前行。扁担在肩头闪闪悠悠，时而肩膀轻轻一抖一掂，扁担就换了肩。空肩那边的手臂大幅度甩摆，有如船桡划波。蹚着如水月光，他们像是跳着奇妙的舞步在赶路。我在后面连走带跑，才能跟上他们的节奏。

李家碾在三里地外的乡街场口上，是我们赶街必然浏览的一道风景。一间石垒基脚的土坯瓦房横坐在洛水河上，河道宽丈许，水脉源头在鋈华冰川，终年清流汪汪，淙淙不绝。由于有纷扬的糠麸粉末长日洇染，碾坊从瓦楞到墙体里外一色透彻的粉白，像是经年不化的积雪。那位看不出年岁的碾坊师傅也不例外，四季一身灰白（衣裤的原色早已无法辨识），连头发和眉眼都像是覆了浓密的霜雪。

碾坊骑在河道的落差截面上，地板是悬空的。一根粗实的乌黑木轴从上面洞穿而下，在河面连缀着一轮硕大的木质轮盘。轮盘周边镶嵌着一瓣瓣涡轮叶片，也是木削的。碾坊上首的堰塘，泄水槽出口正对涡轮。碾米磨面时，碾坊师傅只需牵绳提拉水闸，蓄足势能的河水即刻如腾龙呼啸而下，冲击涡叶，带动轮盘欸乃一声转动起来。木轴上端，一柄柄曲轴牵连的石碾盘也随之隆隆旋动。碾坊运转的气势是宏大的，其激水奔腾的浪涛声，木轮的齿牙咬磨声，石磨的沉沉滚轧声，交织成一种振聋发聩的混响，整座碾坊陷入痉挛般的颤动中，令近在咫尺的人感受到难以言状的亢奋和震撼。

然而，水碾房这样的原始机械，其效能的滞慢是可想而知的。那个晚上，为了亲眼看看谷粒怎么化身白米，我竟然跟着卿二爸父子在碾坊挨磨到半夜。先是一串谷箩筐排队等候，蜗牛一样往前蠕动。终于轮到卿二爸家碾米了，我迫不及待地凑上前去。卿二爸侧翻箩筐往碾槽里倾倒，碾坊师傅用木耙子把谷粒摊均匀，然后拉绳提闸，水带轮转，石碾盘绕着碾槽不紧不慢地兜圈子。一圈又一圈，吱吱呀呀，像是哼唱一曲古老而没有首尾的民谣。谷粒终于不耐挤压，纷纷褪却金黄外衣，吐出晶白的米粒。好不容易碾完箩中谷，又连糠带米上风斗车。风出一地半壳米，扫起来，撮回碾槽，再碾压，再上风车……待到卿家父子和碾坊师傅忙碌停当，我已经不知何时倒在一堆麻袋上迷盹一觉了。

两副箩筐，黄灿灿的谷变成白晶晶的米。除去秕糠，箩筐像蚀了水的池塘，不如来时那么丰盈了。秕糠也是不肯舍弃的，拿回去做上好的猪饲料。卿二爸悉数撮进麻袋，扎紧了，牵拉在扁担两端头。

跨出碾坊门槛，月亮不知何时匿去身影，四下里黑咕隆咚。定定神，勉强能辨认脚下灰白的路埂。卿二爸荷担在前面引领，良娃挑着小箩筐亦步亦趋，我跟跄着缀后。沿洛河堤岸行不多远，我俩有些跟不上趟了。良娃两手抓紧箩绳，下意识地加快了步伐……扑通！一声异响，良娃从路埂上消失了！惊骇之中定睛一看，良娃在泛着亮光的河水中扑腾着站起身来。水淹到他的脖颈，那副小箩筐浮浮沉沉，还没翻倾。良娃一把捞过扁担，居然重新挑起箩筐，在河水里一点点奋力往前挪。前边有梯坎，他想从坎边挣扎上来，让一担米失而复得。可是梯坎前紧挨着分水涵洞，那里水流湍急，漩涡暗藏。"良娃，你不要命了！"卿二爸闻声折返回来，见状一边大声喝骂，一边纵身跳下河。一把将良娃推到岸边，我伏身使出吃奶的劲才把他拉上来。卿二爸回头再将两只米箩筐拖住，小心翼翼地托举上岸。

夜半秋风中，良娃直打哆嗦，此刻，他是又冷又怕。我们都晓得，他老子脾气向来暴躁，火气一冒，揍起娃儿是没轻重的，眼下，良娃这场祸可是闯得不小。"我……我以为明晃晃的是路，哪晓得，一脚踏到河水里……"良娃抖着牙壳子小声为自己辩解。

"你娃简直不要命。你娃……你娃啊！……"卿二爸这回却没动良娃一根指头，他嘴里反复嘟哝，听上去，声音有点发哽。他把良娃揽到跟前，扒下水淋淋的衣裤，使劲拧干，抖掉泥沙，再费劲地帮他穿上。

泡过河水的大米被卿二婶用晒簟晒干，照样下锅煮饭。只是那段日子，他们一家人的饭碗里总是飘溢出一种带酸馊的气味。但一家子仍然大口咀嚼，大碗扒拉，似乎浑然不觉。

# 渠　事

　　遥想当年的川西坝子，千里沃野之上，密密匝匝地布满了纵横交织的大小溪河。在大集体化生产的农业基础设施架构中，它们被统称为"渠"——依据水道建制规模和泄流量排序，分类为干渠、支渠、斗渠、农渠、毛渠。若是以人身上的血管喻称，干渠相当于动脉，毛渠则是毛细血管了。这些溪渠，一年四季里大多时候都清流淙淙。登上高处放眼俯瞰，田畴村舍宛如被罩在银光烁烁的巨大蛛网之中。尤其是夏季，在充沛水系的汩汩哺喂下，一望无垠的稻田俨然成了亮汪汪的水世界。

　　那些干渠和支渠，因其在农田水利体系中位居首要，被人民公社统一调配劳力和物资，集中在冬季农闲时节进行水利"岁修"大会战，精心构筑，反复整饬。会战时，但见千军万马麇集渠墼，各乡村以民兵建制列阵，工地上一面一面绣着"民兵营""民兵团"金黄大字的红旗迎风猎猎作响。高音喇叭里反复播放着鼓士气的时代进行曲和"工地战报"。在愚公精神和大寨榜样的激励之下，这两类河渠被相继改造成线条笔直的浆灰嵌沙石的"三面光"，一条条固若金汤，疏浚通畅。

　　而纵深于田间地头的斗农毛渠，则更多地保持着自然天成的原生形态。它们在旷野之上无拘无束地行游，其蜿蜒曲折的姿态很适合用"婀娜"来形容。每一座农家林盘院落，总会有一条小溪渠很亲近地贴身而来。它游走到院落边，打一个涡旋，咝咝地屏一口气息，一头扎进茂密的林盘根荄，倏然消失了踪影。你还以为它遁了地呢，正错愕，一眼却又见它从林盘的另一端嘻嘻哈哈地钻出来。小溪渠的埂陌上铺满茸茸青草，溪壁边苔痕斑驳。但凡不下暴雨，溪流总是晶莹剔透的。阳光打照下来，鳞状的涟漪被折射成明媚的花纹，清晰地投映在细腻的泥沙溪床上。五色斑斓的鹅卵石和小蚌壳在水底宛若绚丽的珠宝，不时可见银肚乌脊的鲫鱼在波光中如闪电般穿梭。傍近院落的小溪有一段腰身明显要丰肥一些。那是人为拓成的回水凼，水边铺有粗陋的石阶，还躺着几块卧牛样的大石头。院中住户浣衣、淘米、洗菜、磨刀、挑水一应临水琐事都在此落脚蹲身。那时乡下尚无化学污染，溪里的水是直接可以用手捧着喝的。院中没有掘井的农家，每天大清早村民会用木桶挑两担水倾入一口大陶缸，管全家人畜一日之需。

　　这么多这么好的水，都是从哪里汇流而来的呢？可以肯定地判断，它们不是源自井泉。尽管川西坝子地下水眼不算少，但那都蕴积于低处，不能自主外溢，即便架上踏轮水车不停地汲取，也无法支撑长年经久不衰的脉动啊。

　　那年一个春日，我们一帮小伙伴邀约结伴去平坝西北边缘的龙门采摘蕨菜，顺便也想去探究一下溪渠活水的源头到底在哪里。我们沿着一条溪水逆流而上，一路从小渠往大渠追溯，一直寻到山麓下的大寨渠。远远就有阵阵闷雷之声震撼耳鼓，待到攀上渠畔，只见一道道急湍从山谷间居高临下，以飞珠溅玉的气势倾注汇入渠中。目光再顺着湍流上移，一条条山间水脉宛如银练攀崖挂壁，一直延伸到杳杳云雾深处。视力已难追逐企及，凭我们的足力更是无法继续登高穷极探寻。一个个怔在那里，瞠目结舌，叹为观止。我后来才知道，整个川西平原属于都江堰灌区，其水源主要来自岷江，而岷江的源脉则是龙门山脉不计其数的山涧和冰川融雪的点滴涓汇。山高水长，敛聚成奔腾不息的滔滔江流。又凭借两千多年前蜀郡守李冰率众造就的宏伟水利工程，进行缜密的治理："深淘滩，低作堰"，"遇弯截角，逢正抽心"。一番巧具匠心的疏导与驯驭，引得江水温驯地分流成万千溪渠，恒久造福蜀地芸芸众生。自此，川西平原被滋育成水旱从人、物华天宝华的"天府之国"……

渠中水脉虽然丰腴，却也难免偶有捉襟见肘的困窘。川西坝子盛产水稻，每年小春收割之后，九成以上的农田都要赶在立夏至小满这段时令打水泡田，赶趟子把秧苗栽插下去。一旦错过栽播佳期，大春稻谷的产出必定歉收。这阵子，农民要兼顾种收"双抢"，格外忙碌辛劳。溪渠里的水源也会出现季令性的短缺。所有的秧田都张着干渴待哺的嘴巴，从干渠奔涌而下的水龙行不了多远就被分流弄得瘦骨嶙峋。到了下游，水势纤弱，已然形同奄奄一息的蛇蟮。人民公社为了力保农灌供水平衡，协调各村用水高峰期矛盾，召开专门会议，苦口婆心地晓之以理，动之以情，要求"上游兼顾下游，中间照顾两头"，并实行临时轮灌制。尽管如此，社员们求水心切，仍然时有争水的纠纷发生。有时候为一缕流水，相邻的两个生产队甚至结伙对峙于秧田水缺边，用锄头与钉耙在水口上相互叩挖，铮铮搏击，弄得火星四溅，剑拔弩张。争水的双方不少还是亲戚老表关系，但那时彼此都瞪着血红的眼珠子，互不相认，甚至还发生过情急之下把人抬起来扔进河渠的事。遇到这样的日子，公社机关干部们自是不得消停，赶紧放下手中的日常事务，分头包片下村社，通宵奔忙在渠埂上，及时协调纠纷、制止冲突，大事化小，小事化了。紧张的栽灌期终于熬过来了，所有的秧田最终还是如愿地实现了满栽满插。秧苗在润泽的泥水里扎下根须，几天就返了青，眨眼间又分蘖夯林，田野如同铺开偌大一席柔软的葱绿地毯。农人们的心绪于是重归于平宁祥和。争水时结下的一点儿小怨仇随之烟消云散，彼此在田坝里、渠埂上迎头照面，热络地招呼问候，相互敬烟点火，亲善如初。

大人们在渠河间奔走，操心忙碌的是农事生计。而少小的我们成天与溪渠耳鬓厮磨，则纯粹是为了从一朵朵浪花里尽情打捞童年的快乐。家园前后的那几条毛渠，夏日里简直成了我们任意撒欢的乐园。我们时而结伴行动，一人在小溪下游用竹篾筲箕设伏，一人从上游蹚水下来，把那些慌不择路的小鱼虾诱入埋伏圈，来个一网打尽；时而在溪中拦腰筑上一道泥坝，让溪水迅即蓄成盈汪汪一泓，然后赤条条跃进水中玩"狗刨"，打水仗，或是把谁家的洗澡盆抬到水中当船撑；时而齐心协力把上游分水洞封堵上，让一条溪沟临时断流，那些悠游于石缝密穴的鱼蟹懵懂之中悉数搁浅，乖乖等着我们提着鱼篓来"瓮中捉鳖"。

随着年龄和胆略的增长，些微小毛渠的乐子已不能满足我们寻求新的惊险刺激的欲望，于是，我们将视野和触角投向更为深阔的河渠。虽然初学游泳时免不了呛几口水，但我们还是很快精通了几套戏水游玩的野招式。我的特长是可以双手高举着衣物，踩着"假水"蹚过深深的泉塘；还能憋一口长气扎猛子，在水下睁着眼睛寻找一枚小分币；再就是四肢不动仰躺于河水上面，随波逐流"冲死人"。那年暑假的一天，我和几个同学邀约来到一条支渠寻凉戏水。这是一段靠近碾坊的河面，拦河有一道木闸用于堵蓄水流冲涤磨盘。河水到了这里一下子放缓了脚步，显得格外舒缓温情。阳光映在河面上闪耀着金子般的光芒，让人目光和神思都有点儿迷离。那天我们在渠里玩得很嗨，那渠流简直就如同一条温驯无比的小马驹，任由我们骑跨嬉戏。兴奋中不知是谁提议来个扎猛子比赛。众伙伴欣然响应，我当然不会甘拜下风，这不正是我的强项嘛。轮到我比试了，我深深吸了一口气，一头扎进水中，双手如船桨一般飞速划拉，身子灵性得恍若一尾浪里白条。在轻快的潜行中，我感觉不一会儿就已超越了所有对手的起水点。但我意犹未尽，那口憋得十足的肺气还绰绰有余呢。等着瞧吧，我将要创造一个惊艳全体伙伴的新纪录！于是，继续向前、向前，直到最后一点余气用尽，我才抬头浮向水面。然而，意外突兀发生：一股强大的吸附力将我拽往水下，使我无法出水。慌乱中，我两手下意识地向上一抓，抓住了河闸板的上沿。原来，我已潜至堵水闸板前面，木闸的底部有一条窄缝，暗藏的漩流将我牢牢粘住。我拼尽最后的力气向上昂起脖颈，想努力将头探出水面——其实水面就在我头上不到一寸的地方，我已经能清楚地看到水面上同伴晃动的面孔。还有一双小手向我伸过来，大概是有人已经发现了险情，想援手以助。但是不行，阳光和空气被继续屏蔽着，我使尽浑身解数却始终无法超越那浅浅一寸的生死距离。我感觉身体的下半段已经被强力的水压挤出闸缝，巨大的恐惧将我彻底裹挟吞噬。我憋不住了，本能地张开嘴巴，想要呼吸新鲜空气，想要大声哭喊呼救。可是口鼻翕动之间，我没能吸进一丝氧气，发出半点儿声音。无边的水流趁机一拥而上，咕噜咕噜呛入我的喉咙和胃部。"妈妈呀，完了！"这一个念头清晰闪过后，头脑瞬时陷入混沌。双手无奈地一松，放弃了徒劳的挣扎，整个人被水涡继续吸附下去，卡在闸缝底部。我意识开始出现幻觉，恍惚看到有一口深不见底的隧道，正向我启开阴森的门洞……混沌之中，突然眼前一亮，整个人最终被水流强行压出闸口，顺着一道滴水斜坡，滚下落差十几米的回水凼。我挣扎着抓住渠壁一丛蒿草，被赶来的同伴七手八脚拖拽上岸。我惊魂甫定，剧烈地咳嗽，大口喘着粗气，下颌、胸腹、肩臂、腿膝，全是成片的擦伤，血迹斑斑，触目惊心。我狼狈不堪地瘫软在地，半天爬不起来。

一条波澜不兴的溪渠，竟然轻而易举地将我推送到鬼门关口走了一遭！好在渠水终究是怀柔多情的，体恤幼稚的我对生命的那份万般留恋，最后怜悯地放了我一马，让我得以化险为夷，重返生天。但经历这场险恶之后，我的心智仿佛一下子被催熟了一大截。从那一刻起，我开始明白人的生命有如一枚精美的玉器，异常宝贵；但须得小心珍惜，倍加呵护，稍不在意，一次大意失手，它就会碎为齑粉，灰飞烟灭。我还恍然顿悟：那渠中之水看似纤弱无骨，可任由把玩，其实是柔中蓄刚，绵里藏针的。水的脾性自有其底线，一旦藐视和僭越，祸患即生，最终吃亏的必定是人。"水能载舟，亦能覆舟"，这句先贤哲言，我是后来念高中时在课本上才读到的。但是，那个令我刻骨铭心的夏日，瘫软在那条寻常的小渠河边，我的灵魂已提前对其中的要义做了预习。经历这番醍醐灌顶，我从此学会虔诚地低下头颅，景仰自然，敬畏天地。

# 畦上女人

时令刚刚踅入夏日门槛，川西坝子已经像是开始上劲的蒸笼。太阳明晃晃地挂在东天，没一丝云絮，空气里淌着阵阵热浪。毛狗趴在窝边丢了春日里的精神头，树上鸟儿的啼鸣也透着几分慵懒。

雪门寺，一座普通农家院子侧畔，蓬蓬勃勃一垄菜畦，像是无风生了浪，有窸窣的动静。透过绿丛，闪烁的身影依稀可辨，是一位女人正在畦上忙碌。其实，天边星月刚谢幕那一刻，她就起了床，利索地喂了一坝鸡鸭，匆匆吃过早饭，便赶紧下了地。

眼下，她正埋头沉湎于自己一手缔造的"神秘园"。那是一亩多黑里透红的旱地，被打理成宽窄起伏的厢垄；土颗粒培得面团子一样细腻精致，在阳光下泛着油亮的光泽。

畦上傍地生长着茄子、辣椒、黄瓜、红薯之类。因为覆了地膜，长势挺好，果熟期也比传统种植方式快了一筹。一垄垄，蓊蓊郁郁，像乖孩子般在女人为它们圈定的界域之内潜滋暗长。

顺了垄沟，用白荚竹子编搭着几溜棚架。苦瓜、番茄、四季豆、小金瓜们一窝蜂地吐着盘丝往上攀爬，沉甸甸的青枝绿叶压得几竿嫩竹有些闪腰。

以女人的体会，培育这些庄稼一点不比养育自己的孩子省心。头年秋冬就要选种、备种、窖藏，开春后要忙着翻垄、育苗、移栽、播撒、追肥、薅草。偌大个菜园，全靠了女人像绣花纳鞋底一样悉心照料。

眼下，畦上作物刚刚进入收获旺季。挂在棚架上的那些瓜豆最是显摆：溜圆的番茄像年画中描红的娃娃脸蛋，盏盏小金瓜酷似琳琅满目的灯笼，四季豆生得像一段段小竹节子，那一条条悬垂的白玉苦瓜，光听名字就让人心动。而地面上生长的蔬果们则要矜持得多，它们把青葱或是成熟的容颜掩藏在繁密的枝叶间，仿佛有几分害羞的样子，需要那双巧手将开严丝合缝的遮挡方能觅见。还有藏身于泥土中的土豆与红薯，成熟时得像寻宝一样，看准蔸窝，用板锄从厢垄斜边省着力一点点挖刨。稍不精心，回报的便会是一堆残果。

女人忙碌时动作稔熟麻利。她一边轻手采摘那些刚刚成熟、饱蘸清露的瓜果，一边逮除肥硕的菜虫，剔捡掉枯叶，顺带把每一窝瓜菜的枝叶往上拢一拢，让根部更便于透气和汲取阳光雨露。枝蔓上新一茬花骨朵儿又打开了，鹅黄洁白淡紫地秀着，有的像一串串精巧的小喇叭，有的像栖歇着的花蝴蝶。女人心想：今年天道好，瓜菜们争抢着一拨一拨地开花结果。它们真像旧时候那些能怀养多胎的母亲，生娃下崽的本事高强得很啊！

劳作时，女人的身形被半掩于作物的繁枝茂叶中，只有偶尔在田埂边舒活腰肢、擦汗小憩时，你才能一睹她的囫囵身形。这是一位模样端庄、体态丰腴的中年村妇，为了方便劳动和防暑，穿了一件深藕色短袖汗衫。她引身展臂时，你会惊讶地发现，她的整个右手是缺失的！这是"5·12"汶川特大地震带给她的永久的创伤。幼小的儿子同时也在灾难中失去了左臂。而她的丈夫，那个百般疼爱他们的憨实庄稼汉子，连一句告别的话都来不及留下，瞬息间就与母子俩阴阳两隔……此刻，那人就静静地睡在近旁竹林里，任随女人如何辛劳，再也帮不上一点忙。

女人是倔强的，很快从灾难的哀伤中挣出来。为了孩子，也为了割舍不下的丈夫，执意不再改嫁。凭着勤劳坚韧，种地兼饲养家禽，强撑着这个残缺的小家。灾后国家扶持，八方支援，家乡建成绿色蔬果基地。农家地里的收成不用再肩挑背磨盘到场镇去叫卖。村里成立了专业合作社，统一收购，通过互联网电商，可以卖往天南海北呢！而女人是全村侍弄菜园子的一把好手，她种出来的蔬菜瓜果品相上乘，卖价总会高人一筹。

那个做儿子的，此刻咋不来给妈妈搭个帮手？

儿子懂事早，读书很用功，成绩一直名列前茅。过些日子就要高考，上线不成问题，燃眉之急是提前筹措足额的上学费用。有人出主意让他们找政府申请困难补助，或是请报社记者写篇报道募些捐款，但母子俩拒绝了。儿子说话颇有男子汉气质："我和我妈合起来也是一双手，自己的事自己能解决！"这些日子，他利用节假日和一切空闲时间，去城镇建筑工地打短工挣钱。母亲的话则是经过细细酌量："求人欠人的事，过后心里老是愧着。再说，比我们更艰难的还多呢！我们总还有些办法，慢慢来，会好的……"

女人这番话，是前几天在那片菜畦边对邻居言讲的。那天，她采摘的瓜果共计卖得人民币一百八十元零五角。她说这些话时，脸上洋溢着平和的微笑。那笑靥衬着五月的阳光，与畦上瓜豆绽放的新一拨花骨朵儿相映生辉，风致极了！

花草
随缘　／

chapter

03

# 草垛是秋收的余韵

　　一场盛大的音乐会结束，总会有一缕袅袅余音。一轮恢宏的秋收农事谢幕，也应当留有令人回味的余韵吧。

　　然而，寒露时节，置身稻谷净收的川西平原，眼前却是一片无尽的空茫。千重稻浪遽然退潮，畈田赤裸光秃，俨若干涸的滩涂。

　　秋收的故事情节中断得很突兀，田间场景画面有明显缺失，呈现生硬的断裂感。

　　一坝连一坝的谷物收打之后，缺少了什么呢？

　　草垛，是草垛消失了！

　　高效率的现代收割机把大地丰收演绎成作物剿杀，一株株稻穗丧失了在好脾性农人手中脱粒分身的机会。连穗带秸，在铁牙钢齿的啃啮下粉身碎骨。金籽玉粒被剥离，悉数归仓，零落草屑被遗弃，纷坠田泥。

　　曾记得，传统农耕年代，草垛是家乡广袤原野上收割季节不可或缺的时令物象，是乡村风情生动鲜活的妙笔点染，是田园牧歌娓娓动听的一段乐章，是与竹林院舍两相厮守的青梅竹马，是一季夏粮丰收后必然萦纡田畴的悠悠余韵。

　　草垛是中国的。"秋阳泻金彩，远树铺黛青。闲憩倚草垛，笑喧响溪汀。"在华夏农耕文明里，草垛如同淳朴守拙的乡人，恬淡安适，宁静致远。

草垛也是世界的。十九世纪印象派创始人、法国绘画大师莫奈，在1890年一个晴秋黄昏，骤然被巴黎郊区庄稼地上伫立的草垛深深触动。灵感来袭，他立即铺开画布，挥洒油彩，追逐阳光下那些草垛焕发的灵动光影。从此一发不可收，持续两年田园写生，创作出几十幅"草垛"主题油画。在莫奈眼里，阳光让大地与草垛流光溢彩，色调在瞬息之间微妙变化，炫幻至极。每一墩草垛在每一寸光阴里都充斥着不同的情感：庄重、威严、欢乐、愉悦、淡泊、沉默、孤寂……大师笔下的"草垛"成为传世之作，艺术瑰宝。

草垛，乃集草为垛，组合它的是一个个草把子。收割季，农人拖着方斗形木柈桶蹚入谷田，双手抡举长长的秸穗，往拌桶内沿嘭嘭摔打。脱粒后，回手将一束空壳稻秸拦腰扎束，顺势翻腕一抖，一枚草把便立于田中，下摆蓬开，形若翩然舞者。草把经历十天半月晒秋，被阳光炙透、风干，漂成一色金黄，透着些微银白。农人们复下田来，逐个儿攒收，或搬运回家储于仓房，或就在田畔将草把子层层累叠，堆成一座座蛮腰矮塔。

正是季令由暑转寒的节骨眼上，几多孱弱生灵就因此寻到了福祉。秋后的蚂蚁和田鼠在草秸间急急寻觅，采撷残留谷粒，为熬度寒冬囤粮备荒；成双的豆雀争分夺秒借垛筑巢，赶着繁衍一窝子嗣；斑斓的飞蛾收敛羽翅，凭草作茧自缚，进入生命的涅槃。偶尔，还有星夜兼程的苦行者路过，力不可支时，猫身遁入路旁草垛，暖暖身子，小憩半宿，蓄了精力，再起身赶路。顺便取草点火为炬，打照脚下一团光明。

茅屋，是旧时光里农家院落的主体居室。秋后农闲，家家轮着邀请本地匠人，从草垛上卸几把谷草，沿木梯爬上房顶，将一夏风雨撕扯的几处豁口牢牢织补。再夗伏身子，用一柄木梳耙，把屋顶细细梳理一遍——就像妇人精心捎饬一头秀发那样。修补过的茅屋顶篷斑驳却不失整洁，形同乡人身上的补疤衣裳，朴实而熨帖。"稻草高茨屋，绳枢窄作门。"宋人陆游笔下，稻草茅屋有一种别致的唯美，这属于文人雅士景由心造的浪漫。而乡人是从过日子的角度考量的：用草垛谷草盖房，耗的是庄稼地里的余料，省钱。茅屋土坯还有一点甚好——冬暖夏凉。

一些格外手巧的农人，还会趁闲时以稻秸为原料，编织出五花八门的玩意儿。随手扯几根稻草起个经纬，一番令人眼花缭乱的拨弄，一会儿工夫，草秸便化作种种物象：宽边草帽、麻耳草鞋、凉席、蒲团、绳索、门帘、草提篮。没有席梦思的年代，草床垫、草枕子，铺成千家万户夜夜安眠的温床。柔软的草秸散发出原野的芬芳，让梦中人睡得很香很甜。

草垛的去向不止于这些。它们或许还会被工坊收购用于捣浆造纸，被饲养场储存做牲口催膘的饲料，被蘑菇房拿去混合加工制作食用菌培养基，被家家户户垫敷为孵蛋的鸡窝……

说不准哪个日子，一墩墩草垛最终被耗用殆尽，连地上撒落的几团乱絮草也会被勤俭的村妇用竹耙揽回去，投进柴火灶孔。稻草不经烧，做不了主柴，却是引火的好料。将乱絮草挽成麻花卷，划火引燃，投进炉膛，一口冷灶豁然红亮。有絮草先暖场，硬柴火便趁势而上，虎虎生威，熬得满灶台热气蒸腾。

厨余，燃过的草灰掏出来，每每还有小惊喜：几团红薯、土豆从热灰中滴溜溜滚出，那是母亲给自己孩儿埋下的暖心伏笔。孩儿趋前拾起，两手团来团去，撮嘴吹几口冷气，猴急地剥开黑乎乎的脆皮，龇牙啖一口。那一味香，那一份甜，一辈子都忘不掉啊！

# 花草随缘

如果某天你来我家做客，情之所至，说不定我会请你去观赏我家的楼顶花园。又如果那天天气不错，冷暖相宜，有点蓝天白云什么的，也许我会铺设两把软藤椅，一只小茶几，烧熬一壶老家蓥华山红白茶，陪你款款小饮，闲赏满园花花草草，聊些随心所欲的话。彼时，大概率会有几只豆雀或斑鸠在枝叶间嬉戏喁啾，那是小花园的常客，我们彼此已熟络如亲戚。

其实，说那方花园是"我家的"，表意并不严谨，逻辑上有瑕疵。那年花费艰辛打拼的积蓄，购下南公园临湖小区电梯楼宇一套高空跃层。入住后，发现从后门步行楼道再往上，攀绕一串S形阶梯，可直通楼顶。顶上平台足有百余平方米，除了一溜通透凉棚，涂抹黑色防水材料的预制地板上空无一物。这情景让我心中就起了念想，立时下楼前去探问物管：可否自费将空闲楼顶辟作花园？如今政府不是倡导城市空中绿化嘛，也算是做点公益。物管"研究"后答复：楼顶属公共区域，欢迎美化，但楼幢业主共有共享的性质不得改变。另外，不允许在楼板上直接培土栽植，否则，损坏防渗功能后果自负。

得了允准，喜不自禁。先傍凉棚搭建了一座防腐木质花架，黑色地面加铺了缕纹瓷砖。待到雨水节气，夫妻俩即直奔龙泉驿花草市场，牡丹、月季、玫瑰、绣球、橘、桂、枫、梅、山茶花、幸福树……五花八门，林林总总，一口气买下几十盆，又另付钞票讨得几麻袋培花熟土。少时乡下居家十几年，未曾想遍地黑不溜秋的泥巴在城里变得如此金贵，居然论斤交易。我又雇请了两位花匠，齐心协力、挥汗如雨地忙活了大半天，一座小花园终于出落得像眉像眼。花架下面，特意栽培了金银花和蔷薇各一大盆。假以时日，它们定然藤蔓蓬蓬，花香勃勃。夏日里在花架下纳凉读书，何等惬意。

接下来，楼顶应该是一派繁花似锦、欣欣向荣的风华气象吧？从此我们与邻居将平添一方和乐共欢的温馨美地！

可是，情节的演进似乎有些不对劲。雄心勃勃地打造这块花园时，我完全忽略了一个现实：我和妻子赏花爱花是玉壶冰心的，而对如何护花养花却从来一窍不通。过去向来都是从花市选购嫣然招展的花枝，拿回家修修梗叶，插瓶享赏，憔悴了再换新。而今骤然面对一园子嗷嗷待哺的花木活物，我一下子发蒙了，弄不懂它们各自的胃口脾性，也看不明白专业园艺书籍上那些金科玉律。日常照料不谙章法，索性以公平心对待，一柄勺子统配"大锅饭"。无论细叶阔叶、花卉绿植、大棵小株，统统定时等量喷水；每隔一两月，再往所有盆钵施一次无机肥，一个牌子，同样配方。大而化之，懒得拖泥带水。

如此这般，一年不到，所植花木便大多呈现衰相。有的个头往矮处萎缩，有的瘦骨嶙峋，有的日渐化苗，以致最终遁形。花架下寄予厚望的那两盆，藤蔓牵出来，像是被缚住了手足，有气无力地耷拉在竹竿半腰，迟迟攀不上架顶。一树山茶挂结满枝蕾子，就是不绽花骨朵儿——形如一个满腹心事的人咬着舌头，半天不肯言语，看得急人。无奈之下，不吝破费再请花匠上门助力。花匠边打理边唠叨，说楼顶不扯地气，花盆泥土太贫，夏天日头太毒，我们照管也不得体。一番专业护理之后，园子稍有起色，却并未从根本上有所转变。眼见满园花木一日日往颓势里去，我却无计可施，苦闷之下恍然有悟：来自市场温室匠心精育的花木，就像那些个宠物猫狗，被人娇生惯养，已严重缺失倔傲自强的天性，生命力越来越孱弱。稍不遂意，便水土不服，命悬一线。唉，我莳花不得道行，经年累月不辍浇灌，已尽力而为。世事有定数，实在要离去的，挽留不住，只有随它了。

来年开春，一声惊蛰，花园里隐约有异动。仔细探看，另一些花花草草竟不请自来，在园子里投了胎。一个个化苗后的空盆里，一棵棵人工植株的根蔸边角，甚至是盆钵沿漫出的一点点泥土上，都摇曳着它们活力四射的青葱身影。四叶草、蒲公英、矢车菊、何首乌、篦子草……居然还有三株枣、桑、女贞树苗，从几只大空盆里昂首而起，天天向上。也许它们的种子是被一阵和煦的风吹送来，被从天而降的鸟雀衔来，又或许本就蛰伏盆土深处，一朝长梦初醒……

怕我挥舞刀剪鲁莽祛除荒芜，妻子谆谆告诫：别伤害这群小生灵，既然奔我们而来，这就是缘。野花野草也照样开花结果，也是一条条鲜活生命，好好养着它们吧，你仔细瞧瞧，它们多可爱啊！

其实，不用妻子劝告，我也有这份开悟：野生植株的命也是命。这世间，无论动物还是植物，每一枚生命个体都来自天地造化，都是独特唯一、无可替代的。细细品味，仪态万千，奇妙无穷。妻子向佛，她的善良怀柔常常令我感动。从此，寒来暑往，我对花园中的芸芸众生不问来路，不分亲疏，一律诚心以待，涓涓哺饲。

显然，野花野草们是懂得知恩图报的，一个个努力活出精神头，奉出它们不一样的精彩。四叶草的叶瓣又绿又亮，像是层叠的翡翠；花蕊那么一丁点儿，色泽却有玫红到玉白的完美晕染。蒲公英的花球是虚实一体的构架，看上去俨然几分科幻气息。儿时对它鼓腮一吹，欢快的童心就随着轻盈的丝缕飘上天。枣与桑争相挂果，大红丸把枝头都压弯了。我们忍住嘴，把熟透的甜枣与桑葚留给来园中嬉玩栖息的小鸟作珍馐。花架上，一株何首乌以铺天盖地之势填补了长期空架的遗憾。今秋更奇绝，泼剌剌开出密匝的洁白花粒，像是覆了蓬松的雪絮，两月不化。篦子草从一溜砖缝里漫出，已经蓊郁成大半人高的一丛。这草棵看似其貌平平，底蕴却极其深厚，乃古老蕨类之一，属最早登上陆地的植物，尔来已有三亿多年的生存历史。一些晨昏，默默与它们面对，用手掌轻轻抚摸那些沧桑的枝叶，心生无限感慨：穿越亘古时空回望，蕨类曾经与不可一世的恐龙共同繁衍于侏罗纪时代。星移斗转，沧海桑田，而今，庞然大物的身躯早已灰飞烟灭，身为草芥的柔弱生命却依旧薪火相传、不绝如缕。用人类生物学的标准衡量，蕨类生性愚钝、进化滞缓，迄今仍介于低等植物和高等植物之间。然而，执着于抱拙守朴，秉持基因传承，也许正是它们在优胜劣汰的大自然周期循环规律下百折不挠、长盛不衰的生命秘诀……面对眼前随风摇曳的篦草，我心中油然泛起深深敬意。

植物之间或许存在一种气场，可以相互感染。前两年活得很蔫巴的一些盆栽，似乎受到野花野草的鞭策，渐渐复苏生机，重焕容光。消沉多时的玫瑰与蔷薇开始含苞打朵，憋了一年的茶花树今岁终于一吐为快，满树明媚花貌。墙边一盆黄桷兰，右半已经枯死，左半却坚韧地活下来，像一个经历劫难的独臂老人。仲秋里，残存的枝叶间竟然奇迹般绽开繁花，一朵又一朵，浓郁的芬芳袅袅飘逸，令人嗅之心旌摇荡。

一个意外劈面而来，超出了我的控制力。花园中长势最旺、已初成亭亭华盖的那棵女贞，忽一日被物管强行驱离。原来它真身不是女贞，而是一棵大叶榕！此类树种生命力极旺，其根系所向披靡、进无止境。物管伐树那天，甚至动用了电锯和斧头。刨根时，掀翻了一串地砖，令人触目惊心。物管免不了凶我们几句：幸好及时发现，斩草除根，不然……不然，高楼上就长出参天大树了！

　　我自知理亏，埋头无语。但大叶榕不理亏啊，蓬勃旺茂是它的天性，在哪儿它都兀自活得舒展。它太得意忘形了，它不明白这世界人类自诩是全部生灵的主宰，一旦妨碍或危及人世间凡夫俗子的利益，它的劫数就到了。我向来信奉生命同体，但大叶榕倒下那一刻，我除了内心悲悯，爱莫能助。

　　是的，如今我的楼顶花园就是一片花草随缘的乐土。你若来做客，来园里小坐，能对每一棵植株心生欢喜，那你也是有缘人。这个时令，矢车菊正鲜花怒放（它们就是寄生在花盆溢出的一抔薄泥上那一簇），今年夏天持续高温，楼顶地面温度连日高过四十摄氏度，贴地附生的它们，不知道那些日子是怎么挺过来的。

　　温润的绛红色花朵很可人，采一束送给你，回家插在瓶中，养点水，置于桌案，正是一份清供。

# 在麦地边想一些事

　　每当我在旧历书上逐一识读二十四节气的时候，耳畔总会萦绕起庙堂高檐下风铃坠摇的清灵妙音。它们每一个名字都蕴蓄了时令的精气神，透溢着空灵意境和唯美诗韵。而让我尤为痴迷的是小满——我们古人给这个节气赋予的名称如此贴切而深含哲意：茫茫原野上，新一季小春农作成熟了。辛苦一季的农人心怀欢悦，却不至于大喜过望。每一棵植株上叠坠的籽粒，其包浆的韧度和水分正蓄养适中；新育的谷秧冒出一拃高，麦收后会一步不落地赶上大春栽插；溪渠里的春灌流水从井泉汲出来，盈而不溢地浸泡着板结的田垄。乡村大地上，一切都恰如其分，刚刚好。而不知何处传来布谷鸟的声声啼鸣……

　　这样的时节，我会选择某个时辰，独自一人，像一朵轻盈飘逸的白云，降临于一片丰收的田园。虽然那里没有一寸耕地归属于我，我无缘置身田垄去挥镰刈麦，躬耕插秧；但我觉得，一具由五谷杂粮喂养出来的血肉之躯，此时融入农时更替的原野之中，扩张自己的视听，饱览田间风物，沐浴自然天光，为即将离土涅槃的麦粮们致一个送行的注目礼，是一种必要的灵魂拨弦和内在修持。

　　油菜已先一步成熟收打归仓。那些青春期黄花怒放的绚烂生命，幻化为榨油作坊里飘溢出来的缕缕油枯异香。眼前一望无际，全是开镰收割的麦地。我特别留意观察过麦子从青涩到成熟的嬗变过程，在一个月左右的天然催熟期里，麦子们像是经历了一轮又一轮淬火冶炼：起先是墨绿中透溢出些许浅黄，其色质似若青铜；继而濡色日深，渐渐镀成灿炫栗金；最后又悄然褪色，淡泊成宁谧的白银……

　　此刻，我伫立于一大块麦地边缘与它们对视。颇具绅士风度的麦子，直到老成仍保持着修竹一样挺直的身姿。它们密密匝匝地跻身田畴，穗头微微低颔，相互彬彬有礼，仿佛在肃立静候一场典雅的音乐盛会。然而，隆隆而来的却并非华丽乐章的前奏，而是一台台形如战车的庞大收割机。来自中原的麦客，脸膛被风尘焗得油黑，他们傲然站立在机位上，驾驭着机车步步逼近，似若在指挥一场势不可当的战事。眼见灭顶将至，麦子们却一任坦然，毫无惧色。螺旋齿轮迎面裹卷而来，一瞬间，鲜活的麦穗被抽离秸秆，在钢齿铁牙的机体内完成精准的碎穗、脱粒、去壳、扬尘。当其从另一端口倾泻而出时，已净身为千籽万粒金褐色的玑珠。接下来，它们将经受连日曝晒，然后被送往乡村动力站，研磨成纯白的面粉。再往后，它们分道扬镳，依凭机缘化身为馒头、大饼、挂面、水饺、面包、西点或更繁多的花样。最终，源源不断地滋养了世间俗人的肠胃，转换成延续人体生命的原动力。

　　突然想起儿时拾麦穗的情景。曾读过一些追溯当年拾麦穗的怀旧文字，把那份情景抒描得浪漫无比：蓝天如镜，白云悠悠，田野满目金黄，脱粒的拌桶声宛若远古歌谣。每一次弯腰，拾起来的都是一串唯美的诗句……老实说，我们那时拾麦穗可没有这份飘飘欲仙的心境。也许收割季麦地里那个"场"的确妙不可言，但我们却无暇旁顾。粮食短缺是当年所有家屋的困窘，饥饿让我们个个一脸菜色，而幼小的心智却被催得早熟。那一刻，我们的全部心思都专注于麦地里的每一方寸。尽管人民公社强调"颗粒归仓"，收打之后已组织社员逐田捡拾过一遍，但细致入微的我们仍然有所斩获。我们反复扒拉窝苫，梳理乱草，掘开一个个田鼠洞，将发现的穗粒一点一点拾捧到竹篮里。东坡居士曾有"为鼠常留饭，怜蛾不点灯"的至善之吟，可是饥肠辘辘的少儿无法持有这份佛心。鼠洞夺粮是我们拾麦穗摸索出的独门绝招，后来想，为此也不知断了多少田鼠的生计呢。

拾捡的麦粒积少成多，家里磨成连麸麦浆，做成馍饼，以应缺粮之急。这种连麸面馍虽然清香醇厚，但入口却有些粗涩刺喉，吞咽颇费力。显而易见的好处是易饱，经饿。但这毕竟是我们凭借弱小之力为家里挣回的一份养口之食，吃在嘴里，别有一番滋味！

据资料显示，全世界八十多亿人口，以小麦为主食的占了半数以上，毫不夸张地说，一份麦粮养活了大半个世界！麦子残留的那些麦苫、秸秆、穗瓤、壳麸，它们也各有妙用：或就地还田沃肥，或被收集用于合成制造禽畜饲料、纸张、纤维板、新能源基材……

麦子从头到脚都献给了人类，可谓功莫大焉。但是千百年来从没有一位帝王君主为它们封过号、加过冕；也未曾听闻民间有人专门给它们竖牌坊、立碑传。《说文解字》中关于"麦"的描述极其简拙："麦，芒穀，秋种厚薶麦金也。金王而生，火王而死。"《现代汉语词典》里给予的注释也只有寥寥几十字："一年生或二年生草本植物，籽实用来磨面粉，也可以用来制糖或酿酒，是我国北方重要的粮食作物……"措辞完全是白描式的，品咂不出丝毫感情色彩。麦子先天短缺口舌，当然无计也无心为本族争讨什么名望功德。它们将自己的生命走向和最终归宿视为天道自然的轮回，秉持平和的心性坦然接受，随遇顺应。它们超越物喜和己悲，世世代代以强韧的繁殖能力延续着物种的昌盛，为芸芸众生缔造着取之不竭的福祉。

一茬小麦从垄亩上被收割了，麦粒变成面粉和各种美食供我们怡然受用，残存之物被悉数"利废"，这象征着它们此生的有形之身从此灰飞烟灭。但细细一想，作为生命的能量波流，它们何曾坠入"虚无"？它们经我们的口舌肠胃源源不断地输入我们的肌体，潜移默化之后，与我们的骨血融为一体。我们每一块突起的肌腱，每一寸增高的身体，每一朵绽放的笑容，每一滴闪光的智慧都蕴含着它们不可或缺的因子。完全可以说，麦子穿越了时空维度，将其草本生命与人类血肉之躯对接贯通，物我浑然一体了；或者说，我们也是这大地之上麦子蓬勃生长的另一种表现形式。我们的每一寸成长，都隐喻着小麦的分蘖拔节；每一个举止，都投映着麦禾的伸枝展叶。我们与麦，原来是如此经络相连，灵魂相附，命脉共搏！……

收回遐思，我俯下身，从眼前的麦垄上采摘了一大束麦穗，回家后，把它们插入一只竹编筐篓，置于客厅醒目处。那里距餐桌只有一步之遥，一日三餐，每当我在桌前捧起碗箸，一眼便看到筐中那拙朴一束，鼻息里就觉有阳光、泥土和原生态植株的混合馥香幽幽沁入，顿然念想起麦粮的前世今生和与吾辈苍生的重恩深缘，心中不禁泛起阵阵温软的感动……

# 山溪夜钓

　　鱼天生两粒珍珠一样的圆眼睛，终其一生都不眨巴一下。它们对水下纷繁世界目明心清，对岸上垂钓者千年不变的诱惑却缺乏起码的戒备，在嗟来之食面前屡屡中招。鱼睡觉是什么样子？这个问题我一直没弄明白。不过它们至少不会像人那样四仰八叉地酣眠，那种姿势的鱼怕早已一命呜呼了吧。也许，鱼在水中偶尔一动不动地垂悬，那便是它们的安睡之态吧。鱼似乎也没有夜眠的习惯，不然我的夜钓故事就无从发生。

　　川西龙门山峡马口谷地，那个蒸笼般闷热的夏日，熬到傍晚，终于转为一场惊天动地的滂沱雷雨。散布坡谷的红星煤矿厂房——无论是敦实的砖瓦楼幢还是简易的牛毛毡工棚，全变成了大大小小的皮鼓。任凭倾天雨注密集地抡动棒槌，在它们身上敲击出亢奋激越的鼓点，随之绽开千万瓣昙花一现的水骨朵儿。先前沉闷厚重的云痂，被惊艳的闪电撕割得七零八落。强劲的凉风如决堤的悬湖之水，在长长的峡谷里呼啸着席卷奔突，一路打着尖厉的口哨。谷底那条溪河，白日里还温婉文静地盘在那儿低吟浅哦，这时也被撩拨得激情偾张，雄性尽展。借助上游的潮涨，一时间惊涛拍岸，浊浪排空。河床上滚动着阵阵低沉雄浑的咆哮，恍若触发了潜隐大地深处的胸音……

这样惊心动魄的山谷夜晚，这样气势宏阔的自然交响，对于少年的我来说，既是兴奋剂，又如催眠曲。我趴在矿区食堂炊房的连架通铺上，隔着泛黄的塑料薄膜窗户，痴痴地打望着迷茫无边的夜色。连空接地的漫漶星河似乎把矿区繁密的大小灯盏一股脑儿融化了，一团团光明柔软地流淌着、交融着，幻化为斑驳陆离的霓虹，把矿山渲染成缥缈不定的海市蜃楼。我尽情赏看这一台精彩纷呈的情景大戏，心中涌动着难以言述的愉悦。不知过了多久，睡意轻烟一样从心底袅袅升腾起来。我身子一歪，任自己舒爽地瘫软下去，醉酒一般横躺铺上，没有任何过渡，一个猛子便扎入沉沉梦乡。

迷糊之中，有人连连拍打我的屁股，将我生生从酣睡中拉拽出来。我费了好大的劲才将眼皮撑开，床边站着姑父——煤矿食堂炊事员，一位敦实的矮个头男人。

"快起来，雨都停了一阵了，溪河涨了半宿水，正好钓夜鱼。"姑父头戴矿灯，脚穿长筒雨靴，一手提个大鱼篓，一手握着两柄鱼竿，已然披挂规整，一副勇士出征的样子。我懵懂中恍然想起，这个暑假来矿区，不就是要跟姑父钓夜鱼吗。姑父旧时候是苦出身，文盲，无子嗣，但天生喜野趣，跟我们几个侄子挺合得来，一得闲便像个娃娃王似的与我们耍乐。往常，我们没少跟他进山采蕨菜、摘山枣，上树掏鸟窝，下水田捉黄鳝。常听姑父绘声绘色地描述他山溪夜钓的奇闻异趣，我听得心痒难耐，早就心驰神往，于是趁着假日，迫不及待地要来圆梦。只是眼下这熬更守夜的艰辛令我始料不及。我连连打哈欠，睡眼惺忪，心理上多少有些不应。

姑父让我下床用凉水冲一下脖颈，一个激灵，我的精神头终于提起来。赶紧穿上小号筒靴，拿过一根鱼竿，跟着姑父出了门。

雨后，洗濯之后的天空格外幽深高远，重重幕帘被一卷而空。一弯上弦月明晃晃地斜挂西天，寥寥几颗星辰不规则地嵌在苍穹之上，释放着小而炫亮的精致冷光。前半夜那场雷电正渐行渐远，遥遥地，还能见到天际有微红的剑影闪烁，伴随着隔有明显时间差的隐约隆轰声。

姑父说谷底的河道此刻不能去，水太急，鱼停不住，还得提防上游泥石流。他在路边拾起两根被风刮断的树杈枝，顺手递给我一根。"我们上山找小河吧。"说罢扭亮矿灯在前面引领，顺着一条小径侧转登上山坡，一头钻进幽深茂密的原始森林。泥泞的黄土山径像糯米面一样滑腻，虽然足下的雨靴都镂有深齿，踩踏下去仍很难咬住地皮，每前行上攀一步都分外吃力。要不是手中有木杖支撑，不知一路要摔多少跟头，弄不好甚至有坠下崖坎的凶险。姑父在前边盲人探路似的不断伸杖打草，时不时有什么东西被惊动，窸窸窣窣地从脚边一溜而过，蹿到丛林深处。姑父说那可能是蛇，或许是野兔、山猫，又或是松鼠、穿山甲。林子里滴滴答答的雨声仍不绝于耳，那是葳蕤的阔叶上积水的绵久残漏。其间又穿插着一些不知名的夜鸟和兽类长一声短一声的啼鸣。那些声音带着环绕的音效，在峰谷间涟漪一般荡漾得很远。林中的空气湿漉而清新，松树、香樟、楠木、栱桐、白桦……不同树木的体味源源不断地透溢出来，复合成一脉奇异的馥香，凉幽幽地扑入鼻息，沁润心肺，令人有一点儿醉氧的感觉。我们深深浅浅的脚步声惊扰了栖歇在路旁草叶间的萤火虫，它们倒并不慌乱，悄无声息地腾空而起，以优雅的弧线在丛林中飞舞流曳。高天上星月的清辉瞅着丛林缝隙透进来，把一枚枚湿漉漉的叶片和丛生的草窠镀得银光烁烁。整个山林弥散出一种梦幻般的氛围，让人置身其中有如踏入空灵虚无的仙境，心旌摇荡，不能自已。多年以后在影院观看美国3D科幻大片《阿凡达》，儿时的这段记忆在电光石火中被瞬时激活。片中那颗遥远星球上美丽的丛林夜景，与我当年夜钓穿行原始森林的经历，一下子产生了通感。

姑父引领着我在迷宫秘境中向上攀爬了约莫一个时辰，耳畔突然传来阵阵飞珠溅玉之声。姑父循声将矿灯探照过去，眼前，茂密的森林豁然洞开一隅，一座巨大的峭崖笔直兀立。峭崖正中，一挂瀑布凌空跃下。崖壁脚下是一泓幽深的石潭，在雨后瀑流的冲击搅动下，潭水浑浊泛黄，像是被熊熊炉火烧得滚沸的汤锅。浪花咕噜着起伏跳跃，涡旋在凝滞中翻卷。靠石潭边缘有一带回水，瀑流在此稍作盘桓喘息，尔后束成一练，沿着山涧继续向下游斗折蛇行，消失于黑夜中的丛林深处。

"好啦，就在这里，这可是上好的鱼窝子！"姑父一副胸有成竹的模样。拽着我，小心翼翼地登上临潭一块平整的岩石，然后解开渔线，往钓钩上穿诱饵。就着矿灯的光圈，我瞄了个仔细：与我们往常在平原渠塘垂钓的家什相比，那渔线要粗得多，坠子是一粒沉沉的铅丸，其下串联的钓钩竟然有三枚，都是倒须锋利的大号钩；诱饵也不是常用的曲蟮和蛆虫，而是青绿微黄的面团。姑父告诉我，这山涧里生存的鱼叫岩巴子，靠着吸岩液、嗛青苔长大，挑嘴得很。这饵料是专门搜刮苔衣混合玉米粉特制的，不然它们根本不下口。姑父把矿灯射向水面回湾，让我尽量把渔线抛向光晕处。姑父说夜鱼趋光，并告诉我不用看浮标，那没用。在涌动的水域垂钓，关键要凭手感。我展臂甩竿，渔线一入水便像是丢了魂，在漩涡中战栗踉跄，根本搞不清是被浪头推着还是被鱼嘴衔着在水中游走。无奈之下，我干脆心中暗自数数，从一数到五，然后果断起竿。那渔线猛一下伸直了，拽着竿梢往下顿。我心中一阵窃喜，绷着鱼竿与水下那一端稍作僵持，然后手腕顺势发力，提竿收线，哈，钓钩上三条半尺来长的岩巴子组团破水而出，活蹦乱跳。我将过渔线攫取战利品时，它们愕然张着嘴巴，对眼前的变故完全不明就里。我清晰地看到，岩巴子的确非同寻常。它们体态浑圆，乌亮的皮肤上有隐隐的文身，通体不带片甲，头部扁平形似鸭嘴。我们寻常嬉戏时熟悉鲤鱼、鲫鱼、鲇鱼、鳅鱼、白条鱼、千年鱼等各色鱼儿，却从来没有见过这样奇葩的鱼类。而且，从那以后，我再也没有在任何地方重逢过岩巴子。前些年我曾邀约几位钓友重返峡马口，姑父早已去世，失去向导的我们遍寻山林幽谷，却始终找不到当年夜钓的那片森林、那道山涧和那汪石潭。偶见几条山间小溪沟，水流纤弱，连小鱼虾也藏不住。莫非当年我的夜钓仅仅是南柯一梦？抑或与我邂逅的岩巴子是遗存于某个原始生态水域的一种古老水族，随着时光的流逝，已与我们不辞而别，悄然消失了？

夜色中，两柄鱼竿此起彼伏，几乎没有消停片刻。我从来不曾想到一泓窄小的泉潭会挤揉着如此之多的群鱼。它们似乎被激荡的洪波漩流冲昏了脑袋，一尾尾如同出席盛宴一般争相咬钩啖食。被钓起的岩巴子瞬间化身为杂技英豪，在半空中表演一段惊险刺激的蹦弹杂耍，随即坠入垂钓人预设的囚笼。后来者执迷不悟，继续义无反顾地踊跃上钩。不一会儿，偌大一个鱼篓便充塞得满满当当。姑父说："好了，今天可以好好打一盘牙祭了。"

起身舒展一下筋骨，叔侄俩带着一身泥水和令人欣慰的斩获往山下折返。不知何时，星月已隐去身形，萤虫们也熄灭了小灯笼，黎明前的黑暗浓墨登场，笼罩了天地间的一切。雨后的丛林仿佛变成了一个巨大而深邃的黑洞，把我们一寸一寸吸进去。姑父头上的矿灯此时也显得电力不足，暗晦的光晕勉强打照着我们脚下的咫尺跬步。除了我们沙沙的脚步声，林中一袭阒寂，别无他声。这种极度的宁静和一味的黑暗，令我心理上突然滋生出惶恐不安的应激反应。我紧跟着姑父亦步亦趋，总觉得身后有异形的魔邪暗中缀行，说不定何时会防不胜防地猛扑上来，致使我遭受灭顶之灾。我的整个背部，一直有芒刺根根竖立，热汗冷汗，涔涔地腻了一身。

感觉返程比来时的路长了许多，仿佛熬过了整整一个世纪。谢天谢地，终于穿越完漫漫黑森林，我们跳下最后一级坡坎，踏上了坚实的碎石马路。一抬头，东边一线沉暗的云絮正在着色，先前的混沌乌黑渐渐由浓至淡，漂染成轻浅的乳白色；眨眼间，又有胭脂般的暖红从云絮里浸润出来，一丝一缕向周遭晕染、洇开。

天光启明了。

这是我人生第一次伫立于黑夜与白昼的交替点上。

# 仰头读树

　　小区北门台阶旁边有一棵盘龙状的大树，通体苔痕幽幽，藓衣斑驳，分明颇有寿数。低腰处佩有树牌标识：蓝花楹。凑近细看，树龄已逾百年。它是何年何人手植？是遗世独立的原生还是经历过迁徙辗转？涡旋般的年轮里藏着怎样的传奇故事？向小区物管打探，惘然无以相告。

　　但这并不影响我的一往情深。对这灵物，我的景仰几乎到了痴迷的程度。每逢春暖花开，途经树下，总要呆呆地驻足仰望良久。此时，这棵树俨如一柄巨伞团团撑开，铁褐色的曲干虬枝劲勃向上，细密的枝梢缀满细齿状叶片，宛若一把把灵巧的梳篦，在半空中打理虚拟的云鬟。一咕噜一咕噜玫蓝色的花苞争相绽放，像精微的小喇叭在播报春天的清音。

　　这株历经百年沧桑的老树，奇迹般地守住了囫囵一身的天然气韵。没有人为的嫁接斫削，看不到意外灾险的触目硬伤，它的每寸肌肤和筋骨都保留着造物主写意的自然舒张。一百岁，在世人的眼里谓之"老迈"，而于一棵树，却犹是风华正茂。蓝花楹，生机勃勃地透溢着婀娜多姿和仪态万方。它的风骨显而易见：从树干到枝丫，从叶片到花朵，找不到一寸纯粹的单调直线和呆板构图，一枝一节看不见片缕重复造型。那贯穿通体的曲折与奇巧，不拘一格的恣意和洒脱，是它超凡脱俗的底蕴。

仰头读树，不觉心中怦然：平常我们肉眼可观的苍茫寰宇，寓形大地的芸芸众生，有多少"曲折奇巧"的存在？光耀天地的日月星辰是圆亏明灭、与日常新的，苍穹上的行云流霞是缥缈聚散、形无定形的，滔滔奔腾的江河是一波三折、九曲回环的，视野尽头的那条看似平直延伸的地平线，其实是一道舒缓走笔的宏阔弧线。

再把目光聚焦到那些飞禽走兽。看那青藏高原幽蓝天宇间展翅翱翔的雄鹰，非洲辽阔大草原上风驰电掣的猎豹，南极圈皑皑冰雪中憨态可掬的企鹅，湄公河水草中伺机而动的凶悍鳄鱼，亚马孙热带雨林里扑翅翔舞的硕大彩蝶……自然界的诸类物种，无论巨微，哪一族的体态不是由造物主凭借灵性的曲线勾勒出来的呢？那些鲜活无比的圆、弧、凸、凹、棱、角、褶、皱，各得其所又互为融汇，最终贯通一体，浑然天成。神来之笔点染出一尊尊曼妙绝伦的尤物，惊艳世界。

作为高级物种的人类，我们的身形无一例外也是"曲线"的走笔。女性姿态那绰约婉蜒的丰腴与阴柔，男人们肩臂胸腹上鼓凸肌块的雄健与阳刚，难道不是由上苍在人类天体上精心烙印的"异曲"同工之美？

然而，我们一些同类，主观审美意趣和价值取向有时候却情不自禁偏爱于"直"。他们或许觉得"直"与"曲"相比，易于删繁就简，利于整齐划一，有益于求得高效率、快节奏、大气势。于是，在某些乡村，原生态的起伏田畴和弯曲的小溪土渠被改造了，统一定制成清一色板平的"沟端路直树成行"，水草萋萋的溪河被抹成留不住一尾鱼虾的"三面光"。都市拔地群起的摩天大楼，楼体大多是由精准的直线来衡量约束，长宽高毫厘不爽。彼此间形同克隆，个性难分。我们身临不同城市，举目所见总是似曾相识，独特的异域风情几近消弭了。有人还勤勉地挥舞刀剪，竭力让园圃里的草窠像"板寸"一般齐，行道树的个头如仪仗兵一般高。那年夏天在巴黎香榭丽舍大街，我惊讶地看到，道旁挺拔葳蕤的法国梧桐，正被锋利的电锯切割成一墩墩方正的"蛋糕"。全球闻名的浪漫之都居然也未能免俗，凭人力去"定制"自然……

圣人有古训："和而不同。"朴素的解读，这应当是勉励世人在维护和谐大势的前提之下，尽情舒张表达各种不同风格的"曲"吧？"曲"，是一种大包容、大藏纳。它兼蓄各种拙朴与奇巧，平宁与参差，跌宕与突兀，标新立异与特立独行，它成全"一切皆有可能"，竭力弘扬世界的多样性。它以丰润的走笔勾描出万事万物的鲜活意象。使每一个个体都凸显不同凡响的特质，每一枚生灵的神形都富有醒目的"辨识度"，每一个"自我"都成为世间万象中无可复制和取代的唯一。

仰望一棵树，我思绪曲曲折折，浮想联翩。神性的蓝花楹，相对无语中，它吐气若兰，熏沐了我的心智。

# 居有竹

有一种感觉——但愿是错觉：我的故乡川西坝子，一座座乡间庭院，竹影婆娑的情景，正在悄然与日消退。新建的院舍，许多已变身为堂皇小洋楼，再配以幽幽纤竹，似乎不搭调，品质上差层次了；从势利的实用角度考量，昔日诸多功能的竹器，亦已被花花绿绿的塑胶或元素不明的合成材料制品取代。竹，在乡间黯然失宠。

回首昔年，竹林盘，曾经是川西乡村民居的代名词。那时，几乎家家户户的茅屋瓦舍都掩映在一片蓊蓊郁郁的竹林中。楠竹、慈竹、绵竹、水竹、罗汉竹、观音竹，一色青绿，婀娜多姿。少时我曾经跟随一帮割猪草的农家孩子爬上龙门山坡梁，纵目俯瞰，平畴沃野之上，一团团翠竹拥揽的院落，恍若一连串偌大的温馨鸟窝。

我老家那座院子，寻常中有些与众不同。它是由一间简陋村小和一户卿姓农家共同构成的四合院。彼此无隔栏，院中一方石灰坪地，兼有操场和晒坝的共享功能。说四合院，其实表意不严谨。院子除了一段残缺的泥石垒墙，其余三方并无墙垣合围，皆由一簇一簇盘根错节、勾连交织的慈竹为藩篱。

植竹为墙，给学校和村邻省下一笔土建开支，这在困厄年头是挺要紧的。慈竹贱生，村邻在院子周边土埂上埋植一些带胚芽的母竹，才经三年五载，就蹿成一围蓬勃丛林。窝苑密匝，枝杈纵横，防护功效毫不逊色于敦厚的实体墙。一日傍黑，有野地黄鼬溜进院子，想去农家鸡笼边偷鸡，村邻见了一迭声咋呼追打。那黄鼬惊惶逃窜，一头卡在竹杈上动弹不得，被当场生擒。

二三月里，竹林盘里始发春笋。透过地面厚厚的腐竹叶，这里那里，变戏法似的不断拱出一些尖尖角。新笋都穿戴了严实的铠甲，一身毛刺，不小心沾在手上拔扯不掉，又痒又疼，我们小孩子都遭过暗算，个个避而远之。待其冒到一拃多高，村邻卿婶会去林中将生得太密的采撷一些，分送几户教师人家。母亲小心剥掉笋壳，新笋鲜嫩极了，鹅黄中微微泛青。母亲切笋成丝，用开水漂过，加上几叶藿香焓炒，好可口的一味春菜！

制作各种竹器是村邻卿大伯的拿手好戏。夏天白日里忙完田间农活，吃过晚饭，卿大伯会趁着月明如水之夜，在晒坝摆开架势做篾活。工具很简单：一把厚脊砍刀，一把薄刃篾刀。卿大伯嘴上悠然吧一管叶子烟，将白天从竹林里伐下的成竹斜担在一墩高脚条凳上，先用砍刀剖竹。锋利的刀锋在月下幽光一闪，嗥然一声，逢中切入竹根苑，顺势游刀，一如裂帛，干净利落地剖成两瓣。如是解剖再三，转瞬间，囫囵一竹即成条状细软竹料；再用篾刀层层剥启竹肉，分离黄篾、二黄篾、青篾。然后卿大伯顺势落座木凳，摘了刀柄，凭借纯手工，以黄篾作骨架、以青篾为经纬，稔熟地编织心中构想的什物：箩筐、背篓、簸箕、提篮、筊苑、抬筛、蔑凉席、小靠椅、烘笼儿，一天天变着花样做。大伯粗粝的指掌那一刻显得特别灵巧，随着十指的拨弄，柔韧的篾条翻飞曼舞，像是受了点化，突然活泛过来。编织出来的东西，除了家用，卿大伯会挑到镇街赶集叫卖，赚些小钱聊补家中油盐酱醋之需。

耳濡目染之下，我也曾尝试竹编技艺。在付出指头破口流血的代价之后，好歹捣鼓出一只差强人意的鸟笼，还编扎过一尾老喜欢倒栽葱的风筝。

对于儿时的我们来说，竹林盘里总是有无尽的乐趣或惊险令人既迷恋又怀揣几分忐忑。我们在茂密的枝叶间时不时会觅得一枚枚蓝宝石一样的鸟蛋；我们忘情地追逐一种翩跹于竹林、芳名"七姑娘"的精微蜻蜓；我们举着蛛丝网罩寻声搜捕长声吆吆的叫蝉；我们睁大双眼在层层叠叠的笋壳中觅捉肥黄的笋子虫，用火烧烤嚼食以解贪馋；我们摘下肥硕的竹叶折成一艘栩栩如生的小舟，放入溪流，并追随它泛波逐浪好远好远；我们吵嘴打架以后用小刀把对手的姓名歪歪扭扭地刻上竹干，再赘上"小狗小猪"字样以宣泄一时之恨；我们把夜色笼罩下的竹篁当作玩猫捉老鼠游戏的惊悚地带；我们曾在竹下一隅与一条菜花蛇不期而遇，吓得夺路狂逃……

我家屋檐外紧傍一丛竹。晚上熄灯卧床，侧身转眼，婆娑竹影借着星月辉芒投映在纸糊的窗棂上，仿若变幻莫测的皮影戏。偶有风过，竹子枝叶齐刷刷摇曳律动，沙沙之声酷似酥雨飘拂，令人心旷神怡。

竹子蕴含天然药性，可济人病患。那时乡人偶感热毒，一般不会去医院，径去竹林盘，信手翻检竹梢，抽取一把新绽的竹芯，再去陌上寻几株车钱草、蒲公英，熬了汤药，连服两天，药到病除，十分灵验。

居有竹，实在是我辈凡人的福分。东坡居士千年之前留有咏竹名句："宁可食无肉，不可居无竹。"这位宦海沉浮却刚正不阿的旷世奇才尤喜共竹而居，修身养性。曾去先生少时生活过的眉山故居拜谒，曲水畔、山石旁、回廊边，千竿修竹亭亭玉立，风姿绰约。先生尚竹，是超乎物象的。他景仰的是修竹精神：高雅脱俗，清正自洁！

# 家的园

　　由乡村闯入城市，秉持当年躬耕陇亩的韧劲不懈打拼，经年累月，好歹算是有些"出息"了。一个有说服力的标志是，居家景况与日向好。从早先寄身廉租屋、二手房、小户型，到后来的双居室、三室一厅。如今，一家人终于入住跃层式独户电梯洋房。时尚装修、高档家具、现代电器，一应硬件配备精良，称作"华居"想来也不算夸大其词。

　　然而，坐拥这样的雅室精舍，心中仍有不甘，总觉得依然有所缺失。严格说，我们寄形都市的居所，无论造型多么考究别致，开间布设如何阔绰时尚，都称不上真正意义上的"家园"。它存在着明显的先天短板，令人难免怅惘。常常呆想，假如凌空掀开任何一幢楼宇的顶盖往下层层探瞰，真相就会一览无余：我们耗费大半生积蓄购置的商品套房，从骨质上讲，无非是经过粉饰的钢筋水泥筒子，格子套格子，如同放大的抽屉。左邻右舍咫尺一距，生硬冷漠的切割与障碍却如隔天堑。每一方寸面积都被精明算计，连一绺儿挂边吊角的露台也纳入报价范围。除了底层，别的房间都无以吸纳大地灵气。是的，我们就这样跻身于密密匝匝的空中水泥巢穴，所有的楼屋都是封闭的蜗舍，被千篇一律地定制为方楞的几何形，是呆板的、单薄的、孤独的、促狭的、悬浮状的。

"我们正在拥有越来越多的房子，但我们也正在失去越来越多的家园。"这是著名社会学家费孝通先生《乡土中国》中的一句经典名言。字字走心，淌着一往情深的乡愁，蕴含忧心忡忡的隐喻。那一日偶然读到这一段，心中咯噔一颤！恍然明白：无论内涵还是外延，当下，我的一家，还有成千上万的都市人，我们各自的寓居，都只能叫作"房子"。真正意义上的家园，我们很多人也曾经拥有，但一不小心就把它弄丢了，丢失在旧时光的那一片乡野之中……

老家在川西平原辽阔的田野村庄之间。儿时所见，所有的乡人居舍都以低矮的姿势匍匐在大地上，屋基像树根深深扎入土壤中，墙体由泥草或砖石夯砌而成。因家境各异，房顶分别是小青瓦和稻麦秸草覆盖，屋脊镶嵌着几片玻璃或塑膜亮瓦，白天凭借漏入的一缕日辉点亮堂屋，夜里就有床前明月光洇一地水霜。隔着土墙和木格窗棂，夏日蛙鸣虫吟声声入耳；草屋顶、瓦屋顶，常有窸窣的风雨声响。屋基地面没有灰浆硬化，寒暑之气溢透泥层，氤氲满屋。人居家中亦感念岁月不居，天时更迭。

旧时的乡舍，大都是先人与后辈薪火传承、接力建造的。除了阔绰大户，普通人家，屋舍皆由男主人领头亲为，一砖一瓦艰辛垒筑。宅子年代久远，墙体会漫出幽幽青苔，那是屋舍养活了，变成了大地上的一簇植株。老屋经历风霜剥蚀难免残破，房主人便趁农闲天搭梯上房，像巧妇缝衣那样精心补缀。人与宅相互体恤、长相厮守。

所有的乡间房舍都不是孤立的存在，每一个"家"必然连缀着一片"园"，好比瓜核之外会裹一层柔软的瓜瓤。园，是家的舒展扩张和自如延伸。紧紧簇拥屋宇的，是一座四合院。有竹林盘环绕院落，林盘里除了葳蕤的慈竹，还有麻柳、椿树、冬青、楠木之属；院坝边角少不得几棵桃李杏樱，年年一番开花结果的欢喜。一座院子丰茂而包容，那些飞禽走兽也就有了休养生息的依托。鸟雀在树上筑巢，蝉蛙在林盘蛰伏，甲壳虫和菜花蛇倏忽游弋，蜻蜓与蝴蝶在竹梢间飞啊飞。栏里埘外，还有鸡鸭猪狗声声吠鸣。乡人与众生，就这样同拥一篷屋檐，共享一方天地。

院落多为柴门，虽设而常开。透过门洞，家园继续拓展，还有一畦生机勃勃的菜地，那是集体划给农家的"自留地"。再往外，毗连着广袤的人民公社大田，家园因此而更加放达宽泛，抽象为一个宏阔的地域概念。公田与私田之间无缝连接，"自留地"象征性地编织了一围篱笆墙。"墙"也是活的，枝枝蔓蔓地绕生着刺蔷薇。地气旺，春天里花开得特疯，一泼一泼翻篱越栅，常常揽住田埂上过路人的头发和衣襟。人也不恼，轻轻拨开刺藤，一低头从花下钻过，染一身馥香。

畦上厢垄籽得精细，四季瓜豆蔬菜一趟赶一趟迭出。南瓜与红薯生性不拘，根藤吐着须蔓四下游走，时不时把瓜蛋生在邻家地盘上。瓜熟蒂落时，邻居采收了，用竹筲箕盛着送过来。这边主人连连摆手："留着你家吃吧，莫消见外……"

岂止几串瓜蛋，早先的乡村家园，很多凡俗琐碎的人事是互为渗透、不分彼此的。乡下人过日子，你中有我，我中有你，千丝万缕的交道，天长地久的相濡，谁能厘得清彼此。你家的蜜桃红了，摘一筐子给我家品鲜，我家的新辣椒酱捣出来，捧一钵送你家尝味；你家的耕牛借我家犁田，我家的石磨任你家碾米；适逢某家有婚丧嫁娶的大事喜事，全村人都上门赶礼帮忙，分享快乐，也分担忧伤。川西坝子乡人讲究"竹根亲"，方圆几里地，追根溯源理脉络，论辈分，大凡是沾亲带故的。挑担荷锄田间路头一相逢，张口就是"老表""幺爸"……

　　哪里还有独立"小家"的清晰边界？一方村野，百家乡人，风雨共济，苦乐同当，浑然交融成亲亲爱爱的一座大家园！

# 野有蔓草

　　阳光像是忽然间调大了功率的暖色灯泡，明晃晃地耀眼。有风阵阵掠过，仍捎带些寒意，却不再刺骨。风向也有了方寸与定力，韧劲儿朝着东南，一浪赶一浪。几只花里胡哨的纸鸢从谁家小孩儿手中抖擞着精神御风飞扬，斗胆要与云中飞雀试比高。猫了一冬的人，心中就复苏了一份野性，启开紧闭的门户，昂扬大踏步跨出去，往敞亮的郊野里走，往苍茫的田畴中行。

　　川西平原一望无际的田畈上，透彻的绿，是盎然的时令流行色。小麦是蓊郁的墨绿，烟叶是幽幽的沉绿，抽薹的油菜是玉质的荷绿，芹菜、莴笋和一些瓜豆正在拔苗，是娇嫩的翠绿……绿意如涨潮的水，从陇亩泛漫到宽宽窄窄的田埂上。隆冬里板结光秃的一条条乡间小路，趁势洇出一脉悠悠草色。细赏这些野生植株，其种类纷繁，浩如满天星子，远胜田间人力培育的农作物品类。每一棵小草都身形妙曼，各具情味，单观其叶茎状，就足以令人眼花缭乱：瓜柳叶、星星瓣、锯齿茎、针尖棘、莲花朵……当然没有人刻意栽培浇灌，谁也说不清它们最初的衍生基于怎样的机巧。也许源于风中纷扬的微粒，也许源于横空飞过的鸟儿口中的遗失，也许源于农人脚板或牛蹄子漫不经心的捎带。同样低到尘埃的命运使它们自然结盟，彼此不分族类，无论强弱，叶攀着叶，茎交着茎，相依为命地簇拥成茸茸蔓草。我曾经用铁锹铲开一片表层土，探究野生蔓草的根系，那是一张错综交织的极其繁密的地下管网，像是万千条白皙纤细的手臂互相紧紧扣挽。田埂有多长，它们的根脉连缀得就有多远。如此众志成城的底气，成就了蔓草"野火烧不尽，春风吹又生"的顽强生命接力。

行走于春草织就的毡毯之上，脚下软绵绵的，有些蹈虚的感觉。神思恍兮惚兮，倏然浮想到《郑风·野有蔓草》的唯美意境：

野有蔓草，零露漙兮。有美一人，清扬婉兮。邂逅相遇，适我愿兮……

显然，也是春和景明的时令，旭日东升，旷野里芳草萋萋，草叶上镶坠着晶莹剔透的露珠。多情爽性的男儿郎与眉目清婉的妙龄女子路上不期而遇，热辣辣的四目相对，大胆诚挚的相识相交，没有任何算计与防范，爱慕在电光石火间碰擦出灼灼烟花。良辰美景，一见钟情，两心相悦。再度相逢于蔓草摇曳的野径，年轻的心已被燎得滚烫，爱悦之情喷涌而出。于是不再它顾，比翼双飞，往芳草深处共赴甜蜜的幽会。一曲"与子偕臧"的田园牧歌余音袅袅……这样的诗意场景发生在先秦时期，故事的主人公正是我们的华夏先民。并非随意轻佻，而是最恰当的时间遇到了最恰当的人，一切都是那么顺其自然，一切都是那么顺理成章。那时候，先人们像初生的婴孩一样单纯，一场婚恋的诞生，无须门当户对之类附加累赘，不受任何限制苛求，只要两情相悦，便可以在迷离的蔓草间率性萌发！大自然的温润葳蕤，青春的激情张扬，原始的浪漫甜蜜，人性的自由狂放，一切都是那么质朴圣洁，浑然天成。

早年生长于乡村，岁岁逢春生发的莘莘蔓草铺满了乡间的每一条埂陌溪堤，也深深根植在我的心田中，缀结成永恒的记忆。它不仅仅是历时弥新的往日风景，也曾是当年乡人维系日常生活不可或缺的补给源泉和乡村稚童流连忘返的秘境趣园。缺食少粮的年头，青黄不接的日子，村人会去野地陌上，采摘折耳根、蕨菜、马齿苋、灰灰苗、青蒿、红梗艾、地耳之类无毒可食的野草野菜，既当菜肴，又混搭粗粮充替主食，聊以果腹充饥。谁家有人害个头疼脑热、咳喘血虚，一般不会去诊所，家中主妇束上围裙去田埂上走一遭，拔扯一大把车前子、灯笼草、何首乌、鸡矢藤之类毛毛草草，再去竹林盘里抽几丝竹芯，桑园里摘几片桑叶，兜回家熬成汤药，病人连饮三两日，症状立竿见影消退。更有村墟奇人，家藏祖传秘方，能慧眼识读蔓草中隐生的神性异株，专门选择惊蛰时令的雨天，披蓑戴笠独自去野地里采寻，捣成青泥，再配制秘药封存于老釉瓷坛。村人患了跌打损伤疱疹恶疮一类顽疾，寻上门来，一汤碗米麦即可换回一瓶药膏，涂抹伤患处，保准药到病除。有邻家汉子进山打柴被毒蛇咬伤，腿肿如水桶，连敷几帖奇人研磨的药膏，最终竟也化险为夷。

还记得，幼时的我们曾经是跟着味蕾的导引去亲近陌上蔓草的。那时，困顿的乡村农家没有花花绿绿的水果糖娇养我们的童趣，但小儿们对甜蜜滋味的天性渴求却无法泯灭，势不可挡。我们没有怨天尤人，也不觉得有多么委屈，各自想招解馋。口中汪着涎水的一帮小子相互邀朋呼伴，去野地草丛中四处扒拉寻觅。尽管尚未听过神农氏尝百草的故事，但我们无师自通，凭借贪馋的眼光和灵敏的舌尖，在蔓草里小心翼翼地探索尝试。我们真的有了令人欣欣鼓舞的发现——把茅尖草白净的根须拔出泥土，捋净了，塞进牙缝里咀嚼，有股淡淡的清甜味道；四叶瓣的酸酸草，味道名副其实；有一种蛇泡草，名字听着瘆人，其实叶片掩映下的花蕾像精巧的红灯笼，一枚枚摘下来，噙在嘴里，水嫩蜜甜；还有一些草间小花卉，趴在地上张嘴对着花蕊用力吮吸，会有一缕琼浆凉凉地滑入舌底喉头……那些时光，我们沉溺于一团团草窝子里，津津有味地品咂着自己发掘的天然美味。草叶间的甜蜜实在是太细微，无法大快朵颐，但我们的味蕾会放大和延长那种美妙的感觉。我们自得其乐，俨然忘乎所以的食草小动物！

时光倏忽，转眼已是少年。原野蔓草丰腴的春日，我仍时常出没于埂陌之间，却不再是为那一味童趣。乡村少年出场，人手一柄刃锋银亮的月牙扁刀，背负竹编大背篓，去田埂荒坡上打猪草。那时乡下家家养猪，为猪儿采草供食是农家少年不容推卸的劳务职责。好在当年猪儿口味也打得粗，除了野棉花、断肠草，其他各色杂草均可采割喂食。青草饲料铡成半寸长，清水熬煮了，加拌少许糠麸，用瓜瓢儿盛入猪栏石槽，猪儿们争先恐后地挤上来抢吃，口中发出无比响亮的吧唧声。

割草是一门苦活细活。下刀时人得深蹲下去，尽量低伏腰身，左手薅着蔓草辫儿，右手握捏扁刀斜斜切割，嚓嚓嚓，刀锋紧贴着左手指头飞快地游走，场面险象环生。纵使再谨小慎微，也难免失手自伤。时不时会听到小伙伴一声尖叫，扔了月牙扁刀，跪在地上，慌忙把吃了刀刃的手指头喂进嘴里，使劲吮吸，殷红的血水随之从嘴角牵着涎丝溢出来。眉头皱一皱，却并不掉眼泪，稍息片刻，继续蹲身割草。乡里娃没那么娇气，这样的情形见惯不惊。在家乡，几乎所有割猪草的孩子手指上都有几道曲蟮一样的醒目疤痕。

割草的孩子劳作时腕指频繁翻动，分寸和力度却拿捏得恰到好处。割草不能连根拔扯，那样会灭绝草种，自断后路；也不能铲得太狠，要留下浅浅的桩蔸，蔓草才会像畦上韭菜一样一拨接一拨发茬。就这样，像是给青草剃头，耐着性子一寸一寸剪剃；

双腿随着手的牵引，一点一点往前蹲步挪移。大半天时间过去，背上的空竹篓被柔软的蔓草一团一团填充起来，终于垒成了堆。少年们方才直起身，舒活一下麻木的腰腿。蓦然抬头，一轮橙红的日头已缓缓西沉，半个月亮悄悄爬上来，为即将来临的又一个春夜戳下一枚银亮的印章。遥遥地，各家母亲呼儿回屋消夜的长长吆喝声在炊烟里此起彼伏。

　　如今，世事变迁，猪也活得讲究，再也不稀罕当年吧唧着嘴筒子抢食的野草，而要享用配方精制的混合饲料。丰衣足食的人们，除了新春时节偶尔采摘几枚野菜尝个鲜，再也没谁凭靠野地草卉为食为药。新生代的孩童们被宠成宝贝疙瘩，想摘天上的星星都有慈爱的长者帮着搭梯子呢，哪里还有意趣去荒野里品咂那些沾满清露的野菜？没有人畜的觊觎与厮磨，脚下的春草恣肆地舒张蔓延，势头明显比早些年蓬勃苍劲。然而，野径间少了那些流连盘桓、寻寻觅觅的身影，兀自蓬勃的蔓草却又透溢出隐隐的孤寂、荒凉与落寞，让人行走其间平添几分怅然。

# 夏日田趣

七月溽热，学校照例放了暑假。旧时岁月里，老师是不会压一大摞假期作业的，出了校门，学生娃肩挎的布织书包和烂漫的心情一样轻松。漫长的假日，乡村小学生没有热闹的游乐场和惊艳的动物园可逛，但广袤的田野却是他们免费享用的专属乐园，无尽的田间趣事等待着他们。

平原上连畈的谷秧拔节分蘗正盛。放眼四望，大地如同织满绿色锦绣，又像是蓄成泱泱翠湖。置身这样的田园，少年不会只做美景的看客。他们头戴草帽，手执竹杖，高挽裤腿，俨然小农夫模样，跟着大人下田去薅秧。薅的是清水秧。

少年撑着一根竹竿在秧行间缓缓蹚行，裸脚板绕着秧窝疏松的田泥。蓝天白云倒映水中，一步一步软软绵绵，恍若凌空蹈虚。毒日头有草帽遮着，脚下泥水温凉，溽暑也就不在话下。少年细细地端视，要在漫漫绿禾中精准识别和拔除混迹于稻秧之中以假乱真的稗草，还要掐灭那些蜷缩在稻叶温床上的贪婪苞虫，没有火眼金睛的本事可不成。少年起先有点小迷糊，经长辈手把手指点，很快就醒豁了个中窍门，再往下便越发得心应手。

倏然眼前一亮：一团草窠蓬在秧丛中。响动声惊起一两尾羽影，画出一道弧线飞入远处树林里。不用说，那体形精微的是胡豆雀儿，若是肥硕而略显笨拙的，必然是秧鸡了。这样的奇遇时常有，但少年却总是在惊鸿一瞥中与那些灵鸟失之交臂。不过，间或在草窠中觅到几枚玉丸一样的鸟卵，也是满心欢喜的。

偶尔还会在秧沟里与几尾游弋的鲫鱼狭路相逢。鱼儿夺路狂奔，却一头把自己网入一团水草，或撅着尾翼钻入一凼秧窝。少年双手呈合围之势，一招钳制。阳光下，银亮灼灼的身条倔强地蹦跶着，飞溅少年一脸草腥味的泥水花。

牧鸭当然是一件美差。赶着一群半大的麻鸭走出村院，任由它们扑打着翅膀欢快地钻入稻田觅食戏水。禾苗拔节时放鸭入田农人是欢迎的，它们长长的扁嘴是灭虫除草的利器，排泄物是天然的有机肥。牧鸭少年可以在田塍上寻一团树荫悠然闲坐，翻看一册精彩的连环画；或裸身躺在芳草上酣睡半晌；或猫着腰在草窠间追逐翻飞栖息的红蜻蜓。有时候鸭儿们嬉游忘形，误入稻田深处，它们略显惊惶地引颈张望，嘎嘎向主人求助。彼时，牧鸭少年只消站起身，用它们耳熟能详的嗓音一声呼唤——鸭儿啰啰啰……少顷，群鸭嘎嘎欢叫着，翻田越坎，争先恐后集结到少年脚边。细细检点，一只也不曾少。

去自家菜园采摘，又别有一番妙趣。畦垄上，瓜菜正值收获期。赤橙黄紫白各色花朵嫣然绽放在枝叶间，与一些栖歇的花蝴蝶互为混淆。傍地的辣椒、茄子、黄瓜、西红柿，一拨一拨的果实层出不穷，坠得那些母体植株有些不堪重负。一棚夹竹叉架在土厢上，丝瓜、苦瓜、豇豆、蛾眉豆蜂拥着攀爬而上，它们吐丝牵藤是讲究范儿的，从不走直线，沿竹竿婉转攀行，一副婀娜的样子。那些玲珑珠串的瓜与豆，在棚架上竞相炫艳，每一款身形都是曼妙绝伦的。少年背着竹篾篓，一头扎入这样的畦上画境，下手是很注意分寸的，小心翼翼地用指甲把成熟的瓜菜从茎秆上一颗颗掐断，哪怕指头摁得生痛，也绝不贪图省力去用力扯拔。

那样的莽撞，会伤害到瓜菜母体筋骨，影响它们旺盛的生育力。偶尔，少年会停下手来发一番呆想：这些瓜果使劲疯长，每天能蹿出几寸，它们会不会像电影中的慢镜头那样蓬勃生长？少年探近身，久久凝视竹架上的一枚白玉苦瓜，想亲眼一睹那神性的嬗变。可是，盯到眼睛都酸涩了，眼前之物却纹丝不动。少年有点儿怅然，使劲眨巴几下眼睛，再定神瞅去，那苦瓜却有了明显的异样。少年更为迷惑了，他还不明白，大自然的某些玄机，对凡人肉眼是作了屏蔽的。

接下来的日子，还有更多的田间趣事在等待着那些乡村青葱少年：大小溪河天然浴场里的狗刨式戏水撒欢，一场太阳雨后老林地里变魔术般冒出来的蘑菇菌朵，旷野间凭空架起的炫幻七彩虹桥，夜晚乡野草木间欢悦的鸣蝉、田蛙与萤火虫，月光下早稻谷草垛子垒砌的神秘城堡，晒场上纳凉老人口中那些神秘惊险的传奇掌故，早稻收打后空旷田坝上欢声笑语的露天电影……

# 与谁同坐

阳春三月，时令撩人得很。

老友伯林君电话邀约春光里坐坐。我说，好啊，去哪里？回答说，随便，你等着，我这就开车来接。

下楼步出小区，街边稍候，车悠悠而来。还是那辆银灰色老款"现代"。坐上副驾位，后排有人热情招呼，扭头看，是电视台张兄，同为投契老友。

伯林君把握方向盘，不紧不慢地穿街绕巷，驶出闹市，沿一条偏僻的沙土路弯弯拐拐爬上东山。一路不见酒馆、茶坊、农家乐，也没有路标指向什么旅游景点、网红打卡地。车行近坡峰处，路面突然陡峭，老迈的发动机吭吭喘气，有点吃力。恰好路边临渊一小块坪地，车顺势一拐，泊下。伯林君说，就这里吧。一副随遇而安的架势。

伯林君下车拧开尾厢，变戏法似的捣鼓出一堆东西，眨眼间捋顺了，令我和张兄眼睛一亮：落地支棱一方小茶台，台面上铺展一套紫砂壶盏，坐一墩蓄电池开水瓶，另有镂花茶罐，盛着熟普洱茶叶。围茶台安放三只折叠椅，各人落座，带点儿弹力，有袖珍沙发的意思。眨眼工夫，开水瓶咕噜咕噜雾气蒸腾。伯林君帅气地把棒球帽檐往一边拉拉，卷起袖子展示茶艺：醒茶、温杯，然后泡茶。先是提起滚水沿着茶壶猛冲，如飞流急湍；水将满时手腕却一顿，倏然缓下来，若余音袅袅。待开水与茶叶在壶中激荡交融少顷，方拎壶出汤。我俩有些迫不及待了，捉起茶盏送到眼前，褐红汤色中透溢着纯清。仰头一口，甘滑醇厚，顿时舌下生津。咂着嘴巴，由衷点赞：伯林兄，山间野地里邀友请茶，你这是越活越浪漫了。曲径寻幽，独成意趣，还省了包厢钱和茶席费。伯林君得意笑答：这是我的流动茶坊，一套家当不过千余元，网购的，随车携带，想去哪儿，一轰油门就到。去年夏季桑拿天，我自驾去神瀑沟，把茶席置在清凉溪流中，光脚丫子浸在水里独自小饮半日，鱼虾儿嗦喋得脚板心痒酥，心想，做神仙也不过如此安逸嘛。瞧伯林君兀自得意的劲儿，忽然想起明朝崇祯年间，那个万籁俱寂的寒冬，拥毳衣炉火，独往湖心亭看雪，饱览天水之间上下一白的张岱。可惜家乡没有这样的一泓雪湖，若有，伯林君的流动茶席只怕也要摆渡过去，呼朋引伴，来一番围炉煮雪的。

三位老友颇有时日不见。边呷着热茶，边其乐融融地叙旧。人年龄大了，话题自然而然是聊早先时候的多。散漫回忆昔年共同追逐的青春时尚、怀揣的文学梦想、天长地久的友谊花絮，一些尘封的雅俗趣事，细节也跃然鲜活。我忍不住抖出伯林君一桩糗事：某一回，一帮年轻朋友打平伙去烫火锅，号称海量酒仙的伯林君酒过三巡，突然痴痴盯住桌上银光闪闪的调味碟，说，哪里去寻这等绝色的酒杯儿呢。餐毕，借着酒劲，用纸巾擦拭一只，掖在怀中"顺"了回去……张兄听得捧腹大笑，伯林君却并不窘迫，理直气壮怼我：自古饮者行事粗犷不拘，横刀夺取个小酒杯，那算啥事！

良久，起身舒活舒活筋骨，临风伫立坡坎边，放眼赏春，视野很宽阔，山下平畴起伏，连畈翠绿的麦苗，金黄的油菜，红红白白的桃花园与梨花圃，隔得遥远，都洇成条条块块的色带。目光收回来，细观近景，咫尺之距耸峙的一脉丘峰，虽难堪比青城的幽、峨眉的秀，却自成一味。其岩层如刀劈斧凿，肌理线条凸鼓，有力道，是入得古意水墨的。人工栽植混着野生物种，水杉、翠柏、冬青、槐柳、慈竹、葛藤，高低错落，彼此攀连，虽远不够郁郁苍苍，却分明可见欣欣向荣之势。有斑鸠匿身林中不知何处，时不时梦呓般咕咕一啼，与山坳农家鸡鸣狗吠遥相呼应。蹲身看脚下漫地野草，像是铺了绿茸茸的织毯，绽放着星星点点的五彩碎花。每一朵都极其精微，花形各异，其中不乏豆粒大小的覆瓣和多色同株的蕊子。很惭愧，大多数野花我们都叫不出芳名。而多情的蜜蜂却惦记着这些山野尤物，结伴嗡嗡振翅而来，轻轻降落在那些花朵上，流连忘返。端详蜜蜂，又与寻常所见不同，身材也异样，娇小得很，堪称蜂群中的奇葩。神奇的大自然总能让般配之物因缘结对，浑然天成。

　　灿烂的春阳暖融融地笼罩着静静的山野。时光慢下来，三个老朋友，款款啜饮着一壶普洱茶，与一坡无名山丘同坐，与遍地野草同坐，与花丛中采蜜的小蜜蜂同坐，与林中隐者一样的斑鸠同坐，与一寸醉人春光同坐……

# 醒　花

　　那一刻书房坐读乏了，放下卷册，信手拿起手机闲翻，朋友圈里恰巧有娴雅女士晒图。伊人低眉颔首，握一柄小剪，正专注侍弄一束玫红色的郁金香。图眉上飘一行字——偷得半日闲，凭心来醒花。

　　醒花？我心中怦然一动，却苦于植养知识贫乏，不解个中真意。忍不住发去一条微信讨教，俄顷，云端飞来一段温软的语音留言：花儿被摘离了枝干，便遁入涅槃。养花人请回家来，得先唤醒它们。方法并不复杂，但一定要精心细致。需逐一把花枝的根部斜剪四十五度，剔除赘叶，再放入盛了净水的桶盆，让它们斜倚其间静待半日。这个过程切莫碰触打扰，任其深度吮吸水分，充分蕴蓄再生能量。之后，将花束插入瓶胆，再适量斟水，那些瓣朵儿一激灵，就全醒过来。接下来的日子，它们会挺足精神头，款款绽苞放蕾，弥久芬芳。

　　我听得入神，继而心动。次日赶早去花市，捧回一簇五彩雏菊，依照伊人传授的要领，小心翼翼一番醒花，果然唤得花魂回还。瓶中一束，逾时半月尚且嫣然。

　　想起往日家中也常插瓶花，四时鲜花讨买回来，只当是厅堂陪衬摆设之物，养护从不上心。粗枝大叶束入瓶中，一股脑儿灌满水便完事。那些花朵看上去总是强作欢颜，撑不了几日就娇容失色，黯然委顿。也不知惜疼，随手当垃圾扔掉，来日再去花市寻觅新欢。

如今一朝得了醒花之道，方才恍然：花儿虽属乡野草芥，却也是沛然大化的一属，芸芸众生的一类，与我们共为新陈代谢生命的聚合体，只是躯体构造不同，生长形态各异。花无语，却一样具有敏锐的灵性和细腻丰富的感知。醒花，其实是两类生命之间的一种情感交流和心灵沟通。养花人醒花过程中的每一个细微呵护的举止，每一点滴珍重的良苦用心，都是对花儿物我同体的施爱。一如父母对新生婴儿的悉心哺喂和摇篮边一声声柔情似水的呼唤。而瓶中一束骨朵的粲然怒放，是花儿梦醒之后的知恩图报，是美丽与善爱之间惺惺相惜的执着守望，是人心与花魂碰撞之后袅袅环绕的一曲妙音美韵。

以怀柔之心呼唤花儿，花儿就会醒来，报以甜蜜的恒久笑靥。凭善爱之心呼唤天地万物，万象无论巨微，也必将报以赤诚的应和。倘若有一天，这样的一声声呼应汇聚为恢宏的琴瑟和鸣，响彻我们头顶蔚蓝的天空和足下苍茫的大地，泱泱世界将会氤氲一派怎样的温馨与祥和？

听 春

/

chapter

04

# 鸟儿你说些什么话

　　我如今的定居地德阳，这座崛立于川西平原的现代化新兴城市，该怎样定位它的品质和硬度呢？——从整体风骨上叩击，它的刚毅雄奇无可置疑：共和国重大技术装备制造业基地，全球最大的铸锻钢特大件出产地。中国二重、东方电机、东方汽轮三大企业是全市之基，被誉为世界水电行业"珠穆朗玛峰"的白鹤滩百万千瓦水轮发电机组即在此横空出世。然而，再细细触摸这座城市的人文精神肌理，你又会感觉到它蚀骨的柔软与缱绻：城市中心地带，繁华的楼宇街市敛住脚步，各往东西两侧避让一步，低首呵护一泓碧水由北至南幽幽贯通全城，蕴成温婉的旌湖。两岸簇拥着葳蕤的湖滨绿化公园，披纷的丛林掩映着一条条标美步行健道，其间点缀着一座座袖珍广场、一间间异域情调的咖啡屋。城区郊外，四季葱郁的东山和水岛相拥的东湖，如同镶嵌着两颗璀璨的翡翠钻石；浩浩三千余亩的柳梢堰湿地公园，新近也在城南初建成形。这一切，更加烘托点染了这座城市的清宁、典雅和怡然。

　　而斑斓于这座城市的最为靓丽的暖色风景，当属于那些翩跹媚舞的鸟儿们。尤其是冬天的季令里，成群结队的候鸟从西伯利亚、北冰洋等地万里迢迢翔集而至，与本土的留鸟欢聚一堂，快活翻飞游弋于美丽宁谧的旌湖和郊区湖山湿地，高峰期竟达三万余只。红嘴鸥、黑鹳、反嘴鹬……两百多种异鸟珍禽闪亮登场，全球仅存不足千只的极危鸟类青头潜鸭也连年在旌湖惊艳亮相。闲暇时日里，旌城人扶老携幼，呼朋引伴，流连于灵秀的湖光山色，陶醉于同靓鸟们的亲密接触。他们深情地观鸟、拍鸟、投食，共鸟嬉乐；鸟儿们也再没有昔日那种对人的芥蒂和疏离，胆大俏皮的红嘴鸥甚至忘形地飞掠到投食人的手边啄食，好一派琴瑟和鸣的温馨情景。德国、法国、美国、加拿大、巴西等国家和国内多地爱鸟者慕名纷至沓来，争睹奇观。英国 BBC 广播公司明星主持人、动物探险家奈杰尔·马文也专程远道赶来，在旌湖边痴迷赏看，流连忘返。一座重工业城市中居然藏纳着一方"鸟的天堂"，老先生对此惊叹不已，竖起大拇指一迭声赞叹称奇。

人鸟亲善，众生和乐，自然谐美，使这座城市在重装之都的"硬"品牌上，又加上了一沓"软"名片：爱鸟名城、国家园林城市、国家森林城市、中国人居环境范例奖获奖城市。

然而，在旌城，人鸟之间并非先天就亲密无间，彼此的信任关系是一点一滴修来的。四十年前建市之初，穿城而过的是一条残堤缺埂的排洪河。泛洪时黄汤滚滚，没路淹街；枯水期乱石横陈，满目荒凉。几尾鱼虾都无计苟延残喘，更难见飞鸟惊鸿一瞥。时任主政者高屋建瓴，响亮提出"再造新德阳"，主旨十分明确：既要追求重工业的振兴加速，也要注重人与自然和谐相处，营造良好的生态环境，给城市注入更为丰富包容的内涵和更加鲜活恒久的生命力，让千家万户真切享有幸福和谐生活的获得感。

政令既下，雷厉风行。旌湖饬治工程率先启动，与城市 GDP 指标同步挺进。十里湖岸筑起石坝雕栏，分段设闸，蓄了一汪绿水。一道道跨湖大桥势如长虹，飞架东西；两岸植被拔地而起，欣欣向荣。随之而来，人们惊喜地看到，成群的鸟儿从浩渺的云天飘然而至。它们时而在波光里穿梭凫游，时而在低空中盘桓翻飞，时而在石栏边梳理羽毛，时而跃上岸林枝头嬉戏鸣啭。其中，大约几十只靓鸟的身形他们从来未曾见过。经过追根溯源，旌城人第一次明白——那是候鸟，来自冰天雪地的异域他乡，它们是想来这儿"猫冬"的。但是，头几年，群鸟们在旌湖一带时聚时散，老待不长久。候鸟们更是把旌城当作了旅途客栈，歇歇脚，喘喘气，似乎有所顾忌，扑扇着翅膀又远走高飞了。是什么事情做得欠周全，让鸟儿们不肯在此安营扎寨呢？市政园林和水利部门工作人员实地观察调研，通过鸟儿的活动行迹分析它们的习性，了解它们的喜好，还广泛搜集听取民间爱鸟人士的意见和建议。接下来，一项项顺应"鸟意"的整改举措付诸实施：把此前旌湖冬季排水清淤工程改为其他季节，以避开候鸟与留鸟栖居高峰期；清淤期实行分段拦水施工，确保湖中水源不枯竭；改变一湖均衡深水的状态，在湖中置建适量人工滩涂小岛，并密植芦苇水草，方便鸟儿嬉戏栖歇；还择时往湖中投养鱼苗，补充水鸟食源。一番悉心的改良整治，十分契合鸟儿们的心意，它们渐渐爱上了这片为其量身打造的水域。它们对这儿人们的良苦用心满怀感激，并努力用它们的方式报以感恩之举：先期而至的候鸟们为这方宝地四处传口碑，打广告，呼朋引伴。旌城在鸟世界中开始声名远播，一年又一年，越来越多的远客慕名而来。一些越冬的候鸟来了竟不肯再走，自我寻求"归化"，把自己变成留鸟中的一分子，安然定居下来。它们在这里品享着属于自己的幸福，也为这里的生态优化悉心地奉献着自己细微而不懈的努力。

大量鸟儿恋上旌城，更是缘于这儿的民风中有一种生命同体的善爱与善待。在旌城民间，爱鸟护鸟已成一种广泛的时尚雅趣，甚至升华为许多人的德行和修为。旌城人爱鸟惜鸟，真正是称得上掏心掏肺的。德阳爱鸟协会，这个由李涛、李小刚哥儿俩发起组建的民间社团，其触角延伸至社会的方方面面。他们利用各种时机，时常深入社区、厂矿、机关、学校，义务开展爱鸟护鸟知识培训，举办流动图片展览，赠发宣传手册；他们还在旌湖水岸架起照相机、观鸟镜之类长枪短炮，组织会员、邀请中小学生和市民现场体验观鸟的种种惊奇与美好。协会的影响和带动，有如亚马孙河热带雨林中蝴蝶的鼓翅，能量与日叠加，成千上万的市民踊跃加入爱鸟队列，汇成一股澎湃浩大的都市新潮流。

有时候，爱鸟人士们的举止甚至涉及"参政议政"。2008年冬季，李氏兄弟等爱鸟志愿者经过细致缜密的观测记录，发现旌湖水域鸟群聚集数量呈几何级增长，自然生态中的食物源已无法满足鸟儿们的果腹之需。湖岸边，一些鸟儿难以觅食，在那儿缩着脖颈东张西望，神情委顿。他们心急如焚，紧急动员协会成员，最终筹集到几万元善款，购回玉米和小麦，为鸟儿施以援手；同时，起草一纸倡议，分送市政府、园林部门和媒体平台，建议广泛动员，举社会之力实施"鸟粮工程"，确保旌城的鸟类居民们饮食无忧。这一满含温情的呼吁立即引起强烈反响。一时间，大大小小的社区院落和居民的阳台上都摆出了盘儿、盏儿、竹筛儿，里面盛着为鸟儿特配的各式佳肴。市园林部门根据协会的建言献策，在城区园林栽培时特别增加了浆果类和籽粒类草木；政府也专门议决，特批经费，让熬冬的鸟儿吃上"财政饭"。"鸟粮工程"启动迄今延续不断，旌城的鸟儿们从此再无饥馑之忧。

另一些时日，爱鸟协会的人又捕捉到一种异常：一些成双成对的鸟夫妻口衔枯草羽毛，在市区楼宇间往复盘桓，一副不知所措的样子。熟谙飞禽习性的他们立即明了鸟儿的心事，那些亟待筑窝生蛋孵仔的情侣正为寻找方寸"宅基"而着难。将心比心，他们体恤这些鸟儿的苦楚。时下城市建筑几乎是清一色水泥铸造，通体板结又严实，鸟儿们要想像往昔那样率性地寻一处茅棚瓦沟筑巢已成奢望。而远方的鸟类移民又潮水般源源涌来，林木栖居场地已"客满为患"。于是，居无定所便成了一些待产鸟夫妻们面临的窘境。爱鸟协会的智多星们灵光一闪，脑洞大开，又推出一项"鸟儿安居工程"。具体做法上颇有些浪漫色彩：爱鸟协会与园林部门联手行动，设计制作出一座座富有童话情趣的小木屋，挂置于水岸丛林和滩涂苇草中；又上门游说房地产开发商，劝其在筑楼造房时设法为鸟儿留一席筑窝之地。于是，人们发现，在近年兴建或修缮的万兴、湖水云天、天韵等一批商品楼盘中，墙体的某些部位刻意镂空了一道道缝隙，房檐边垂悬出几多精巧的陶罐。鸟儿们十分惜福，它们落落大方地入住这些人造巢穴，絮上柔软的窝团儿，一对对鸟夫妻转眼间繁衍成和美融融的"大家庭"。它们的喜悦感激之情难以言表，时不时从童话小屋里探出脑袋，亮开嗓子，朝着路人鸣唱一段清越的欢乐颂。

爱鸟协会副会长李涛是资深媒体人，也是一位痴情守望二十年的飞禽观测摄影师。他的业余时间几乎全都泡在了旌湖泽畔，迄今为止，已累计跟踪抓拍了数万幅鸟儿美图。一说到鸟儿，他眼眸里便闪现着兴奋的泽光。在他看来，那些从四面八方飞来的鸟儿，它们各呈异彩的锦羽，曼妙纤巧的身姿，飞行中自如洒脱的神态，嬉戏时天真无忧的举止，无不透溢着摄人心魄之美。如此丰富多彩的美感，全球多种生物中难有比肩。鸟儿的世界里没有丑美尊卑、宗教异见和种族歧视；它们天生自由，完全不受人为国境的羁绊，可以随心所欲地奔向诗意远方；天南地北的族群可以共拥一片水域，不会彼此排斥，更不会明争暗斗；它们的语言清丽而单纯，不会混杂阿谀奉承、虚言假语和恶意中伤；许多鸟夫妻终身恩爱，不离不弃，有的痴情到夜眠时也保持着交颈的亲昵……这些禀赋和品性多么令我们人类羡慕和景仰。从某种程度上讲，它们是人类的一面镜子，过着我们向往的另一种理想生活。目睹鸟儿清纯的身影，耳闻它们欢悦的天籁，人的灵魂会蒙受一种清沐，某些狭隘的心性也会随之释然打开。李涛等爱鸟者们有一个共识：爱鸟不能怀有一味把玩和居高临下的心态。鸟类与人类同属自然生命，必须平等相待。"只要用心倾听，鸟儿说的话我们便能懂得。"他说，许多资深爱鸟者都能从鸟儿叫声的急促与舒缓、高亢与低抑、清越与婉转，以及探头扭颈、扑棱飞翔的姿态差异上解读出它们的不同语意。不同形态的生命之间，只有彼此懂得，才能和谐共处。

李涛当然是"懂"鸟的。他刚迁入的新家有不大一座户外花园，为了欢迎鸟儿光临，布局上可谓是苦费心机。平地一汪浅水，是为鸟儿打造的专用嬉水渴饮池；院中常设一小笸箩，变着口味盛放荤素鸟粮；凭空植起一架葡萄，果子透熟也不采摘，那是留给鸟儿的特供；屋前的花盆做成悬空的吊篮，自然是为了方便鸟儿筑窝。他的一番美意赢得了鸟儿们的芳心。春往冬来，他家庭院俨然成了鸟儿们举行派对的欢场，几乎每天都有白头翁、布谷、鹊鸲、白腰纹鸟和豆雀们翩翩光临，尽情嬉戏。阳春三月，一对红头长尾山雀飞来，果然就选中那只吊篮安了家。此后一段日子，人鸟同一屋檐下，道不尽的欢喜祥和。为了不惊扰那些小精灵，李涛将长焦摄像镜头隐藏在窗户背后，他则每天中午悄无声息地守候在镜头另一端，远远地为鸟儿一家子留下一帧又一帧甜美的"全家福"。

还有一些更为神奇的故事被旌城市民传为佳话。市口腔医院的张逊女士，那年五一劳动节和丈夫外出旅游了几天，回家后正准备生火做饭，无意中听到抽油烟机排烟管道里有"沙沙"声响。正疑惑呢，就看见一对八哥从烟囱口飞了出来。张逊恍然：

灶台烟筒几天未抽风运转，这对八哥竟钻进去安营扎寨了。看着站在雨棚上慌乱鸣叫的八哥，张逊心中顿生怜惜之意。夫妻俩与家人一番紧急会商，达成共识：鸟儿主动上门为邻，这是难得的缘分，为了留住珍贵的客人，即刻停用抽油烟机！从此，张逊上灶炒菜时便把窗户全部打开，并搬来电风扇向外排烟。哪怕有时呛得泪水涟涟，也不肯半分扰客。此后两年多，这对八哥一直以此为安乐窝，先后孵出了五窝雏鸟。邻居被这样的福乐撩拨得意乱情迷，禁不住也效仿着在窗台边牵出一段塑料筒管，眼巴巴盼着能同样引来一房鸟儿认亲，却迟迟未能如愿——世间有些奇缘是可遇不可求的。

　　林莉是一家数码冲印店的店主，向来喜欢小动物。2011年初夏，一天黄昏，打烊后的她在店门口墙角边看见一个掉在地上的鸟巢和三只小麻雀。显然，是先前一阵狂风将它们从树枝上掀落的。小麻雀的父母此刻不知去向，它们徒劳扑扇着稚嫩的翅膀，发出凄惨的叽叽声。见到这番场景，林莉心中那份母性如同被针生生扎了一下。她俯下身，用洁白的绢巾将雏鸟们轻轻搂起来抱回家中，每天像照顾亲生婴孩一样给它们洗澡、铺窝、打理羽毛，捉来小虫子捣碎了一点一点哺喂，还让它们在屋子里扑腾着练习飞翔。经过一段时间的精心照料和训练，小麻雀们恢复了元气，具备了展翅腾飞的本领。林莉和爱人选择了一个风和日丽的日子，把麻雀们带到旌湖边放生。三只麻雀飞上枝头，回头朝他们望了又望，许久才依依不舍地飞离。殊不知夫妻俩刚一跨进院门，就闻一阵鸟啼声。原来，其中一只麻雀竟然抢先回到家里。后来他们又放飞过几次，小麻雀却总是一再返回，还扑扇着翅膀直往林莉身上黏。林莉再也不忍赶它走了，从此，小麻雀成了他们家庭中的一员。林莉天天带着鸟儿去店里上班，小家伙十分灵性，一会儿值守电话机，一会儿在鼠标垫上跳舞，还学会了用喙叼运纸张。面对镜头，它不惊不诧，偏着脑袋摆个 POSE 炫俏。一时间，小麻雀成了网红，许多市民慕名前来赏看，还争相与这位"明星"合影留念。有擅长驯鸟者闻讯上门来，目睹了这样的情景后挠着头百思不解：麻雀天生自由不羁，向来无以家养；是什么魔力独独让这个小家伙变得如此温驯？真是奇怪！

旌城人鸟情未了，许多故事还在源源不断地衍生……

# 姹紫嫣红开遍

谷雨时节，半夜甘露把天地洗濯得格外空灵澄澈。什邡城西一座雅致的农家乐院子，几簇月季、蔷薇开得正热闹，一蓬藤萝凌空泼洒漫漫青绿，樱桃树上缀满晶莹剔透的美果。

大清早，原什邡市委宣传部副部长李元绍和夫人黄代卉已在院子里等我。听说我想追溯了解当年闻名遐迩的什邡川剧团娃娃班的故事，热心的元绍夫妇特意为我邀约了一批四十多年前娃娃班的成员在此相聚。

一壶滚热的红白茶刚刚熬泡好，角儿们便冒着稀疏的春雨接踵而至。一群人围坐下来，话题立即将他们带回那段姹紫嫣红的岁月。

1978年初春，一个令人激动的消息传遍了什邡城关和各乡镇每一所中学：经县文化局和组织人事部门同意，川剧团要开办少年业余艺训班（后来民间俗称"娃娃班"），定向招收有一定文艺表演基础的十二岁至十四岁初中生，培训川剧表演技艺。结业考核合格者正式招入什邡川剧团，解决城镇户口和正式工编制。

其时，国家改革开放的大门刚刚启开，禁锢多年的文艺活动渐渐恢复生机，什邡川剧团这支拥有百年历史的艺术团队也借此机会重新焕发青春活力。川剧团凭借拥有八位中国戏剧家协会会员的雄厚实力，唱红方圆百里。为了川剧事业长远发展，剧团决定由沈德蓉、刁成均两位名师挂帅，创办少年川剧艺训班，培养后继人才。

校园里的少男少女们心旌荡漾，踊跃报名，全县参加海选的学生竟有六千余人。经三轮选拔，当年 9 月，第一批五十多名学员正式入学。校舍是古楼街老二小的旧校园，两间教室分为男女生宿舍，搭设两溜连架上下通铺，学生自带被褥和生活用具。校区没有伙食团，一日三餐走半条街去县委党校食堂搭伙，农村娃娃每月享受三元生活补贴。学员利用早晚时间学艺，白天插班城区学校同步跟读文化课。同时兼顾两头，时间和课程压得相当紧张。每天早上五点半，起床铃铛响起，一个个睡眼蒙眬地爬起来，一刻钟穿衣洗漱，一刻钟跑步，紧接着是一个小时基本功训练。几位老师分别执教，拿顶、压腿、下腰、走台步、习武、吊嗓、眉眼表情，轮番学练。晚上放学后，七点至九点，又是两个小时的专业课。

授课老师对娃娃班管教很紧，沈德蓉老师要求尤为苛严，教学时不苟言笑，呵斥学生的嗓门像高音喇叭；辅导女生学唱旦角苦情戏，她要求徒儿们跪在棕垫上，一遍遍念白唱词，琢磨体悟角色悲情，直至练得棕针扎破皮肉，膝头血迹斑斑；发现有男女生冒出早恋苗头，她逮到当事人劈头盖脸训斥，一口气数落一个多小时。但骨子里，沈老师是真心疼爱学员的。艺训班没有洗浴条件，学员们偶尔去旅社公共澡堂泡澡。一次有位男生不慎感染了皮肤病，生疮化脓，沈老师和刁老师赶紧请中医开了方子熬药为孩子擦洗，还把他弄脏的衣服被褥用开水蒸煮杀菌消毒，及时帮孩子治好了病患，防止了病菌的传染扩散。朝夕相处时间久了，学生们渐渐明白了老师的一片苦心，情感由畏惧转化为敬重。背地里，大家开始称呼沈老师为"沈妈"，一个温暖的称谓，包含了深深的感恩和由衷的爱意。

1980 年夏天，首届川剧艺训班毕业了。经过严格考核，三十多名学员分两批正式入职什邡川剧团。"娃娃班"的旗号堂堂正正亮出来，仍然由沈老师等人带队，单独组队排练节目，尝试商演。同学们憋足劲，短期内赶排出《贵妃醉酒》《五台会兄》《拾玉镯》《打雁》等川剧传统折子戏，赶着春节，前往南泉乡场敲响首秀开场锣鼓。众目睽睽下第一次登台亮相，小演员们难免紧张失常，有穿着高蹬靴子撩衣跨步拧了脚的，有武戏对打失手伤了内伙子的，还有脑袋发蒙忘了戏词的。善良的观众很体恤娃娃班，哄笑过后仍然报以宽容的掌声。这样一场一场历练，娃娃班演艺水平日臻成熟。接下来，他们一口气演遍全县十几个乡镇。不久后参加温江地区青少年文艺会演，娃娃班一举夺得两个集体一等奖和个人表演一等奖，十个个人表演二等奖。

什邡川剧团娃娃班名声一天天响亮起来，周边县区纷纷邀请他们赴演，就连大都市也伸来橄榄枝。1980 年秋天，娃娃班应邀远赴重庆市，在解放碑胜利剧场安营扎寨，刷出海报，四个折子戏作主打，又增加了《别洞观景》《拷红》等戏目，演员在台上亮出艺训班两年苦熬积淀的功夫，唱、做、念、打，有张有弛；一个眼神、一个下腰、一个踢衣，尽显韵味。演出结束时，场内掌声雷动。那些天，娃娃班每日演三场，千余人的堂子场场爆满，就这样连续演出一个月。有痴心戏迷看完上场不过瘾，又接着买票看下一场；角儿们下舞台在幕后对镜卸妆，有人趴在窗户上好奇地探看他们的本色真容；娃娃班的队员们抽空结伴外出逛街，清一色的喇叭裤，统一制式的 T 恤衫，青春活力咄咄逼人，靓丽的流动风景线惹得市民们驻足赏看，赞不绝口。一些年轻戏迷追在后面，大声呼喊他们心仪的演员名字，那些美妙名字和靓丽形象他们从海报上瞄一眼就铭记于心了。此情此景，让每个娃娃班的队员都扬眉吐气、无比自豪，心中像注满蜜一样甜美。不久后，他们又被邀请到成都邮政礼堂，同样也是多日连场，座无虚席。有关什邡川剧团娃娃班的剧照和新闻报道登上了成渝媒体的文化版面，四川电视台还录播了喻海燕等队员演出的折子戏《贵妃醉酒》，并荐送中央电视台播出。

后来，小团队并入了什邡川剧团，队员们的演艺水平得以长足提升。喻海燕、姚绍萍等人与资深演员沈德蓉、徐朝俊、刘昌林、胡慧玲联袂主演了由潘正蓉等人担任鼓乐手的现代川剧《丑公公见俏媳妇》，并在四川省第一届"振兴川剧"调演中荣获一等奖。1983 年金秋，剧组代表四川进京汇报演出，邓小平、杨尚昆、张爱萍等川籍中央领导兴致勃勃地观看了演出，中央办公厅还安排专车以供剧组成员在京期间的出行。刘坚、张新玲、郭应坤、叶启会、曾宪润等娃娃班其他成员，也分别以多个角色、不同戏目参加了后几届省上的"振兴川剧"调演，同样收获了不俗成绩。

娃娃班中，个子高挑的喻海燕凭借俏丽的形象、聪慧的天资，加上刻苦勤奋，迅速从学员中脱颖而出，毕业后被剧团委以重任，担纲多部戏剧的主演。后来她先后调入新都川剧团和绵阳川剧团，在川剧舞台上渐入佳境。她主演的《芙蓉花仙》曾在全国巡演，引起热烈反响；1992 年，她参演的戏剧小品《戒赌》上了央视春晚；两年后，她主演的川剧歌舞《人间好》又参加了央视春节戏剧春晚；主演的《白蛇后传》于 1997 年被央视《九州戏苑》栏目多次播放，剧中高难度的"蛇缠腰""超长水袖"等表演特技成为绝活，令观众和业界行家交口称赞。1994 年，喻海燕当之无愧摘得第十一届中国戏剧"梅花奖"，并被评为国家一级演员，2000 年被破格提拔为绵阳市文化局副局长。谁料想，才华横溢、正值英年的喻海燕却不幸罹患癌症。2017 年初，因癌细胞转移扩散，救治无效，一代名伶香消玉殒。那个凛冽的冬日，上千名粉丝和同事含着悲痛与惋惜为她默默送行。啁啾海燕展翅高飞，从此永不复回……

二十世纪八十年代后期，由于种种原因，传统川剧艺术的市场影响力江河日下。什邡川剧团高峰期一年商演七百五十五场（1980年）的奇迹已成过眼云烟，票房收入日趋惨淡。1987年岁末，剧团不得不解体。在政府帮助下，全团人员分流安置。徐朝俊、刘坚等少数几人被分配到市文化馆继续从事群众文艺辅导，其余人则被分别安置到供销社、商店、土产公司、印刷厂、黄磷厂、农药厂等各个部门。

剧团散了伙，昔日的川剧艺人和娃娃班酷爱文艺的一颗初心没有变。他们组建民间业余剧社，到茶馆唱川剧围鼓，踊跃参加文艺志愿者队伍送文化下乡活动。后来，张新玲、黄代卉等一帮娃娃班的学友还组建了一个特殊的朋友群，但凡天气好，就去户外约聚。小河边、草坪上、花树下，忘情地载歌载舞。一帮人最爱唱的，还是娃娃班走红时的戏曲唱段。

那日访谈结束后，我应邀留下参加了他们的 AA 制聚餐。席上，女生们齐声吆喝，要昔日的帅哥副团长郭应坤先唱一段祝酒戏。年逾花甲的应坤大师兄起身，张口就是高亢一腔："要学那——泰山顶上一青松……"音质已不再雄浑，一招一式却依然可见专业功底。娃娃班队员一齐站起来帮腔，现场气氛一下子达到燃点。

天放晴了，一束阳光斜斜地投进窗口，像是打照在舞台上的聚光灯。

# 听 春

　　人间二三月，正值赏春佳期。除了凭借视觉与嗅觉饱览姹紫嫣红、陶醉氤氲芬芳，倾耳细细聆听，品咂春日绰约天籁，也是挺享受的。

　　一千二百多年前，那个妙不可言的春日，杜甫在成都浣花溪畔吟成传世美篇《春夜喜雨》："好雨知时节，当春乃发生。随风潜入夜，润物细无声……"彼时，诗人心境不错，入蜀投友，漂泊颠沛的日子终于暂告结束，幽静恬适的"草堂"刚刚落成。诗人在竹篱院子里垦一畦地，新种了些花草与瓜菜，一场春雨真是来得及时，丝丝缕缕的，如此怀柔而细腻温润，让人心生欢悦与感动。然而，在诗人耳里，飘洒了一整夜的喜雨却是悄寂无声的，这是怎么回事？也许是少陵野老春夜入眠太酣暂且屏蔽了听觉，或许是门前花溪曲水遮掩了淅沥雨声，要么就是那场喜雨实在是扬洒得太过悱恻幽微。

　　其实，人生坎坷、多愁善感的杜甫常常凭听觉去体悟春天的况味。在他的传世名篇里，"听春"的妙句不少："留连戏蝶时时舞，自在娇莺恰恰啼。""映阶碧草自春色，隔叶黄鹂空好音。""感时花溅泪，恨别鸟惊心。"诗人听觉中的春日意象，一字一句，无不契合着特定时事下内心深处的感怀，寄托着悲喜爱怨的心绪抒达。

兔年早春，连绵几场春雨。白日里看那雨幕，丝缕纤弱无骨，确实难以察觉一些响动，可一俟夜深人静，寝寐前，傍近窗边凝神静气稍待片刻，耳朵里就有游丝之声源源渗入。沙沙沙……轻轻微微，却又韧劲十足，缜密无隙，浩渺茫茫，深邃而空灵。闻悉这样的雨声，突然联想起小时候见过的乡下蚕房。层层叠叠的竹团筛里覆着翠色桑叶，无数蚕虫婀娜着身姿蠕行于叶面，一刻不停地啮噬。转眼间，肥硕的叶片被镂空，仅遗茎脉的抽象轮廓，犹如一幅幅颇具匠心的金石篆刻。那蚕齿与翠叶厮磨而生发的一片隐微之声，与这早春夜雨俨然如出一辙。枕着这样一袭春雨声入眠，人就含了小酌后的三分醉意。

小区楼下蓊郁的常绿丛林里，那些宿鸟入春后醒得比冬天里早了一个时辰。醒了，它们第一桩事就是在枝头上一边跳来跳去，一边引吭啁啾，像是早年剧团里的俏花旦吊嗓子，又像是为没有大红公鸡的城市代行报晓的司职。它们的形影绰约可见，有斑鸠、喜鹊、黄鹂、画眉、麻雀和白头翁，偶尔能还看见几只红嘴鸥。细听这些尤物的嗓音，或短促简约，或婉转悠长，或细腻精致，或粗朴叽喳，有一点却是共同的——每一腔鸟语，音色都明显要比其他季节清亮明媚一筹，质地里透着一份特别的润泽。我有理由相信，这全靠春天的朝露滋润了它们的歌喉。早起凭窗探望，我不止一次目睹这样的画面：有鸟儿正伸长颈喙啜饮枝叶上的清露，像是在那儿一粒一粒地吞珠衔玉。

倒春寒过后，好一个晴暖春日。携了傅菲的散文集子《深山已晚》，去浅水湾茶坊前一片红梅林下晒太阳，喝茶，读书。红梅正当花期，一嘟噜一嘟噜复瓣的花葩嫣然于枝头，更多的花骨朵儿还在次第绽开。开花的过程很是神秘，置身花树下，我愣愣地打望半晌，不见丝毫动静。可是埋头看了一会儿书，再仰面，枝头就有了异变：一些蕾朵刚刚打开，另一些复瓣又丰硕了一轮，简直是不可理喻的奇幻魔术！一朵花，从光秃的枝干上鼓突一粒细芽，芽裂变为苞，苞绽开为蕾，蕾怒放为复瓣的繁花，这是怎样一轮惊心动魄的过程？其一连串的铮然裂响应当是振聋发聩的吧。然而，花树下的我什么也未听到。自然界的某些音频律韵与人类的听觉神经不共振，属于另一维度。它实实在在兀自"响亮"着，可是，我等凡胎俗耳没福分聆听。

另有一些声音隐发于原野大地之下。惊蛰日渐迫近，猫入土壤深处休眠了整整一冬的青蛙、蝈蝈、蚯蚓、蛾蝶、鸣蝉、牵牛子、甲壳虫……它们开始自我唤醒，慵慵地伸个懒腰，然后扭动身躯，挣破茧缚，吐纳气息，哼哼唧唧试嗓，准备择日奋力一跃，重返生天。还有土壤中那数以千万计盘根错节的草梗，芽头倔强地一点一点向上昂举，齐心协力钻拱瓷实板结的地面。这里那里，不断有尖尖的芽苗破土而出，形如锋芒初露的绿色剑锋。这时，如若全身心卧伏大地，贴耳聆听，我们也许会聆听和感知到一种宏大如潮汐的萌动，那是大地发自肺腑的新时令畅想曲，动人心魄的春之声！

# 红光印象

好大一棚玻璃暖房！在早春阳光笼罩下灼灼泛光，水晶宫一样莹澈。

掀开透明门帘走进去，立即被弥漫的温煦气息裹卷，料峭春寒止步于一帘之隔。这是一间多肉植物园，迎面两大盆紫萝多肉，像玉洁的莲花，层层叠叠舒展着覆瓣，别样的葳蕤。细瞅价笺：两盆花售价六千元，不禁咋了一下舌头。棚内朗阔，肉植当仁不让是主角，泥圃间、架台上、盆钵中，形形色色，林林总总，品类竟有数百种之多，枝下都佩有身份牌：晚霞、薄叶蓝鸟、吉娃娃、紫晶、广寒宫、凝脂莲、黑法师、酥皮鸭……读念一个个浪漫而俏皮的名字，赏看一枚枚亦瓣亦花的叶片，甚觉怜爱。

园中一蓬丝绦披纷的藤萝，隆拱成翠色隧道。款款穿过，眼前豁然开朗，简易的木构房廊首尾相连，木屋则被布艺挂帘隔成半通透式雅舍，花间一隙，见缝插针，经营着下午茶、西点简餐，以及暗香氤氲的滋补汤锅。花草簇拥的地面宛若一脉清浅溪水，跨过袖珍曲桥，桥畔卧伏几尊奇石。水中有锦鲤倏忽穿梭，并不兴纹丝波浪。来到一张茶几案边，依了竹椅坐下，向吧台讨一壶普洱，慢慢自斟自饮。溪水那端，一个女孩正专心抚琴，纤指擘抹挑拂，弦音婉转悠然，是《良宵引》的曲子。旁侧书架下围聚着一家四口，年轻的父母沉溺于厚厚的文学读本；两个幼孩头挨着头，津津有味地翻阅一本彩绘连环画。半空里，悬挂着串串精美的纸灯笼和星子形饰灯，料想入夜灯火斑斓，定然是如梦如幻的韵味。

此情此景，就连自己都有些不敢相信，自己正置身于川西平原一个村庄的田园之中。村是红伏村，德阳市旌阳区北郊一隅，半个世纪前叫红光生产大队，赫赫有名的学大寨先进典型，当年在四川率先实现粮食亩产过吨，人均养猪一头半，家家有存款，户户有余粮。外地考察团慕名来取经，媒体连篇作报道。如今，村口赫然筑起大字标称：红光印象。重树"红光"旗帜，寓意很明确：老一代艰苦奋斗的精神要传承，乡村振兴要勇于突破创新！一个传统纯农业村落，在一缕红光引照下，正嬗变为新型农业综合开发项目园区——观光农业主题公园。村里人脑袋很清醒：乡村振兴，绝不仅仅是把房子造漂亮，村道修平整，关键得有产业和人才做长效支撑，振兴之路才能越走越远越宽广。在上级部门支持下，村里立足长远，引进投资人和品牌文创公司，制定科学的战略规划和实施方案，合力打造集艺术美育、田园康养、亲子研学、现代农业等功能于一体的研学教育基地。去年春天，全景国家地理、西坡民宿、好奇心博物馆、博物探索学校等六家国内知名品牌正式入驻红光，一批农业公司在方圆两公里的土地上落地生根。短短时间，园区内优禾上品、勿忘我花海、娜芽植物、缘农科技等主题农园已经成型。农业资源拓展与新兴休闲体验式旅游有机结合，引得各方游客纷至沓来……

几杯热茶入腹，浑身暖热。趁势走出肉植馆，沿村道闲步。一田之距，有一座窗明楼洁的建筑，行近去，见门楣上一组招牌：院士专家工作站、黄土河专业合作社、德阳市农村科技特派员专家工作站……因过年节，门是掩着的，但听说过平时这里是各路专家培训辅导农民的大本营。透过玻璃门，墙上宣传栏清晰可见地记载着：旌阳全区近 6 年培养扶持"爱农业，懂技术，善经营"的新型职业农民 1932 人，已认定颁证初中级 478 人，职业农民创办领办新型经营主体 818 个。门厅正中一面屏风，上书习总书记寄语：一粒种子可以改变一个世界，一项技术能够创造一个奇迹。

放眼眺望，远处青瓦粉墙的村民聚居点和一些兴建中的项目设施是新村画卷的背景。褚红色的标美村道环绕之中，果园、花卉和大棚蔬菜基地连畴成片，传统品种与外来优质新品相结合。每一个基地都挂有农业公司的标牌，实施主体是返乡或外来的新农人，原住村民以土地入股，兼做公司农业工人。田畴间交织着蛛网一样的灌溉渠系，一些田块还装配有自动喷洒莲蓬头，成片的薄膜大棚白雪般覆盖着阵列齐整的厢垄。大多数水果已过收获季，蜜橙和黄金柚却还护在枝头保鲜，错季上市，收益会更好一筹。村子周边，一道老河湾刚刚疏浚过，并没有砌成三面光，有意保持了原生态的蔓草土埂。核桃树、栗子树、椿树、泡桐、槐树、老柳和一丛丛竹林，照旧自然生长，麻雀和斑鸠在摇曳的丛林里唱着古旧的歌谣。沿河漫步，一缕怀旧情愫抑制不住由心底里汩汩泛出。

金色夕阳中，游人们三三两两结伴回归，一个个脸庞被春阳醉得酡红，手里提着大包小包"战利品"：红红绿绿的新鲜甘橙和豌豆尖、冬油菜、紫菜苔之类时蔬，那是他们从田畴上亲手采摘的。还有人捧着价值不菲的盆栽肉植，一边走一边赏看，眉眼里盈满了小欢喜。

# 探幽口袋营

时近春分，去什邡南泉踏青，转老院子，赏彩色油菜花，吃农家乐。不足百户人家的川西平原村落，保留着近四百年的古地名：口袋营。乍一听，觉得非同凡响，料想由来必然蕴有玄机。查阅地方史料，果然有记载：明崇祯十三年（1640），张献忠兵进什邡，途经南泉，见此方毗邻龙门山麓，沃野连畴，竹树丰茂，浓荫蔽天，且农院相连，三弯九拐，错落无序，其形有如口袋，陌生人易入难出，正是筹粮备战、进退自如的屯兵好地，于是下令在此安营扎寨，修建仓库。为防外敌侵扰和水火隐患，故意打乱营房和仓库布局，摆成一团迷魂阵。口袋营由此得名，流传至今。

在村院间信步悠游，倏然遁入不一样的幽境。当年杂沓纷至的兵马和暗藏杀机的刀光剑影早已化作历史云烟，眼前已然岁月静好，一派祥和。座座林盘簇拥的老式四合院，不像别处所见新农村居舍那般规整划一，看似无序，却又自成章法。院子大小各异，门户朝向不同，分别坐落在相宜的一片屋基上，筑成随遇而安的清境。门前小径或宽或窄，腰带般绕院弯来曲去。竹林乔木盘根错节，夹道交织，无心有意扯绊行人衣袂。落叶满径并不清扫，行走其上如履柔棉。一不留神，面前横亘一堵墙垣，正茫然以为误入死角，倏忽转身，旁侧却又闪现一溜新径，斗折蛇行，不知前方所终。院子是老派的四合院，小青瓦房，大红宅门。细品成色，都是精心整饬或重建过的。家家一围粉墙，白净如瓷。墙头盖了镂有图纹的漏檐瓦当，墙体下半腰嵌着黛色条砖，缝隙全用石膏浆细细勾描过。如此的匠心显出富裕农家的讲究与安逸，还多少有一点知足常乐的得意外露。

各家各户，跃跃出墙的哪里只是一树红杏？粉艳的樱花，雪白的梨朵，胭红的夭桃，还有米黄的玉兰，全都挤搡在墙头上花枝招展闹春。一景一景地瞄看，恍若满眼彩色云霞，人就有点把持不住，醉春了。

梦游一般穿越口袋营迷宫，眼前豁然一大片油菜花。第一次亲见，油菜花海除了金黄色，还有这样的斑斓：瑰红、绛紫、铜黄、纯白、淡绿、深橙……细看植株长势，似乎比传统油菜纤柔一些。心中狐疑，如此另类的农作物会不会徒有华丽姿色而缺失优良品质？请教手机"花痴"博士，方知彩色油菜花期更长、花质更优，菜籽产量和含油量也更高。作为这一奇迹的催生人，李孝楠大半辈子泡在泥田里，餐风饮露，不辍钻研，通过嫁接和远缘杂交技术，成功培育出多种色彩的新型油菜，被誉为本土育种专家，并荣获全国劳动模范称号。经国家农业农村部专家赴什邡考察，确认这位七旬老农培育的彩色油菜花兼有观赏和经济双重价值，在我国乃至全世界油菜育种领域都是新创举。如今，依托彩色油菜花，当地已形成一条集旅游观光、新产品加工和销售为主体的产业链，并带动田园农耕体验、乡韵婚礼秀场和农家乐等关联产业蓬勃兴起。丰饶的川西田野上，平添一道传统农业转型升级的亮丽风景。

花田中央，一条小河幽幽淌着，流水极澄澈，河床上荇草拂拂，苔痕斑斑，曲波里有小野鱼如闪电穿梭。田边村民告知，这是一条常年不断流的老河，上游源头是生生不息的沙泉。沿溪看水，就想起儿时川西平原水脉是怎样的旺茂。那时，院子里、林盘边、田畈上，挥锄掘地三五尺，总有青花亮色的水缕汩汩冒出。源自龙门山脉的自然河渠也是四季涟涟不绝。如今地球水资源日渐匮乏，田野上常见干枯的溪沟。偶尔看到 U 型渠有勃勃脉动，近观源头，却是深度钻探的机沉井。抽水机嘶声咆哮，粗大的管道插入地下十几米，狠劲往外吮吸水源。这样的场景让我心理不适，有一种失血般的虚脱感。

随心走入一家院子，门楣匾书：照见等舍。一溜厢房皆中式装潢，有工夫茶舍、宁静禅房、抚琴雅舍，唯独不设麻将包厢。掌柜是城里来的两位贤淑女子，经营打理之余，兀自读书、修禅。

晚餐摆在露台上，就着啤酒啃卤板鸭，喝清炖板栗土鸡汤，涮刚从菜园里采摘回来的菠菜、茼蒿等绿色时蔬。暮色四合，服务员轻悄悄点亮几盏烛灯——其实完全用不着的，半轮月亮爬上来，天地一派空明。置身此景，座中人无不欣然陶乐，品着美食，一搭一搭聊话。话题海阔天空，横无际涯。就那么慢慢咀嚼一寸美妙时光，久久不肯离去。

# 觅春归

立春过来，才多大一阵工夫呢，雨水、惊蛰、春分、清明、谷雨……时令的脚印一个紧蹬着一个，转眼间，已隐约嗅到了夏的气息。

早先的几天里，都还是"姹紫嫣红开遍"的良辰美景啊。满世界花团锦簇，犹如一场盛大的时装秀，沉醉不知归路。忽然间，虚无里如同有只隐形的大手，凌空一挥，舞台上热闹的鼓乐戛然而止，追光灯骤然转暗，满台缤纷争艳的花仙子们随之齐刷刷谢幕，悄然隐形。就这样花事荼靡，无论舍与不舍，送与不送，几场风雨之后，春，终究是要归去了。

情至于此，古往今来，多少人因之惜春叹春，触目伤怀。唐代那位身栖秋风破庐还牵念着"安得广厦千万间，大庇天下寒士俱欢颜"的旷达诗圣杜夫子，面对花败春衰景象，也不禁忧郁地吟哦："一片飞花减却春，风飘万点正愁人。"《红楼梦》潇湘馆里多愁善感的黛玉，竟于暮春里携了花篮与花锄，独含悲凉，去溪畔桃林下掘冢葬花。官至宰相、胸怀社稷的宋代名儒大家王安石，也深为伤春情绪所困，怅然扼腕太息："春去自应无觅处，可怜多少惜花人。"

其实，四时更迭是万象轮回的天道，世人理当坦然接纳。季节转换时，引发几丝涟漪也在情理之中，却没有必要过分凄惶悲恸。花谢春归，不是消亡与灭绝，而是大千世界的勃动嬗变，是纷繁生命的演进蜕生。春，既是归去，必然有迹可寻，就看我们是否能秉持一颗寻常心，拓宽视野去达观地追觅。

譬如，抬起头，仔细端详粉朵褪尽的万千树木：落红之后，枝头不是空了虚了残了败了，而是更迭成另一种风情的繁荣。"红瘦"过后，"绿肥"正好。那些形状各异的大大小小叶片，被明媚的阳光镀成剔透的翡翠，层层叠叠缀满枝条，浓郁得几乎要滴翠了。花影虽然消逝，可是花托还在呢，它们的手心里紧攥着一颗颗珠子，那是花魂修成的灵果。一枚枚滴溜的小圆团，起先是跟叶片同样的青绿，几经雨露与阳光的催熟，便长成各显魅惑的巧样——有点女大十八变的意思。

樱桃总是抢着早熟。一颗颗，一串串，像珍珠，似玛瑙，在枝叶间闪烁。一些鸟儿从云天里翩跹而来，栖上枝头美滋滋地啄珠衔玉。这样的珍馐，"云中君"优先品尝是理所当然的，余下的方才由人们小心翼翼地采摘。捧着一颗颗璀璨的玑珠，爱怜地看了又看，竟有些不忍下口。

桃子坠在枝头，懒懒地生长着，像是不肯轻易长大的孩子，非要磨蹭到入夏好一阵子才下树。这让人疑心这些猴皮的桃儿在青春期里偷着酗酒，如若不然，成年后，它们为何面浮红晕，一副醉意酣然的模样？

还有那么多数不尽、看不完的果子，带着花仙子离别时的殷切希冀，继续着它们生生不息的成长梦想。那些李、枣、梨、柿、葡萄、栗子……在将来的时日里，会源源不断地给人们和别的生灵呈奉上百般风味的甘美与香甜。

再把目光延伸到广袤的田野里看看吧。农家的屋前房后，一片片清溪萦绕的菜畦，季节交替之际，花与果竟然并生着。青的黄瓜、绿的扁豆、紫的茄子、白玉样的苦瓜、灯笼般的西红柿，在厢垄上长着，竹架上挂着，头上一概还顶着一朵花。直到这些瓜们一日日长得英姿勃发了，那些花儿才依依不舍地凋谢。这情景，颇有点像我们平时在都市里常见的一种景象：身边儿女已是风华正茂，做母亲的还是那样呵护有加。母子紧紧依傍在一起，总是企望尽量多共享一段美好的生命旅程。

连畦的大田此刻有些寂寥。油菜花卸去满身黄金甲以后，那些欣羡的踏春赏花人和曾经甜言蜜语嘤嗡于花田的蜜蜂们一并杳然遁去，唯余其貌不扬的油菜秆，枝枝蔓蔓地在田间相互攀扶蓬立。小麦过了扬花期，麦穗们正由青转黄，在惠风里轻轻摇晃着脑袋，不知在说些什么悄悄话。这份清孤本质上却是一种积蓄和酝酿。再过个把月，你来看看吧，每一方田块都将上演丰收的舞蹈。农人们驾着收割机，或者挥舞银镰，刘麦秸割菜秆；同时腾地翻耕，引水打田，赶着芒种时节把嫩绿的稻秧织入泥水中，为下一轮农季开启新生的序幕。这一阵，田野里每个人都是忙碌和辛苦的，但忙碌和辛苦中却充满着欢声笑语。艳阳下，空气里终日流淌着一些浓浓的气息——不再是春暖花开的那一抹旖旎芬芳，而是劳动者们饱绽着勤劳与幸福的灿烂汗花之香。其间，还间杂着油坊榨油时溢出的扑鼻酥心的缕缕异香，以及新麦面发酵后蒸腾出笼的硕大馒头诱人爽口的清香……

——谁道春归无觅处，却是转入此中来！

# 半亩躬耕

连日响晴，催得这一茬稻谷较往常早熟。趁着露水刚刚收尽，日头还不算毒，老人手握弯月镰刀，蹚进谷田赶紧收割。

在一大片井然方正的稻田边角上，老人置身的田块被一围不规则的塍埂隔开着，约有半亩的样子。前两年儿子与媳妇外出打工，孙子也离家上大学了。儿子本来主张将全家承包地一锅端给规模经营的农业公司，让老人留守家院悠闲度日。老爷子坚决不干："一辈子跟泥巴打交道，突然不让沾地气了，那还不憋死人！"于是执拗地留下大田挂角的一绺儿，任由自己操持。儿子犟不过，只得依从。对这好不容易守住的半亩沃土，老人惜疼得心紧，特意扎了一道篱笆画地为牢。

年近七十的人，这样的季令竟然光着膀子在地里施展拳脚。深褐色的肌肤渗出油汗，皮肉没有松弛迹象，腹臂上还有肌腱的隐块在蠕动。活了大半辈子从未住过医院、打过吊针，老人的养生宝典就一条——几十年躬耕垄亩，风雨无阻！偶尔他从电视里看到城里人在马路上赶鸭子一样连走带跑地健身，觉得又好笑又可怜：他们要是有一块庄稼地天天甩开膀子侍弄，浑身筋骨都舒活，哪还用这样折腾？此刻，老人躬身挥臂舞镰，金色谷穗在利索的沙沙声中匍然伏地。一个多时辰之后，田中谷物已寸穗不遗。老人吧燃叶烟，稍息了一口气；复又起身，撑开挡篷，抡起谷把，往斗状的拌桶边壁使劲摔打脱粒。手起手落，叩击出古老的韵声：嘭——嘭——

　　老人曾是全村数一数二的农事好把式，可是眼下，他的"武艺"相形见绌——但见一马平川的田畴之上，几台威猛的大型收割机正列阵由远而近扫荡过来，所经之处，稻谷如风卷残云；谷穗被吞入庞大而精密的机身，一番运转剥离，从漏斗直接倾泻出风净的谷粒。它们的身后则是豁然空洞的大片田畴。面对现代农机收割的四面合围，老人形同一位顽强的沙场斗士，凭弱小之力固守着传统农耕的最后一块领地。镰刈和拌桶的声响与收割机的轰鸣声对峙于同一片原野，迸出几星时光穿越的火花。

　　老人当然明白现代农业的诸多好处，却不肯轻易摒弃千年耕播的弥久传承。他的领地界域太小，"机械化"根本进不去，这恰好为他留下了一隙"循旧"的空间。耕田依然是挥鞭吆着从龙门山村借来的牯牛，拖着犁耙深耕细作；水稻沿用手插秧，分蘖期追的是农家粪肥；坚持不用除草剂，伏天里顶着烈日下田薅秧拔杂草；生了稻苞虫也不喷药，在秧行里细细扒拉，一只只地捉灭。这样一来，地里几乎天天都有活路干，老人对此心安理得。在他看来，种庄稼不能只图快图省事，得精心求好，如若不然，老话"种绣花田"怎么讲？

　　如此近乎原始的劳碌，一茬谷粮收割下来，老人田块的单产总比不过大田。老人并不觉亏欠，同为田间之物，品质有着明显的差异。老人打的新米熬了粥，米汤酽酽的，能品咂出几十年前的谷米那股奇特清香。

　　谷收之后，老人照例会把下一轮小春变成蔬菜季。他要在地里培理出精致的厢垄，同样以传统的方式选育纯良菜种，栽播没有改良的本地蔬菜：豌豆、胡豆、黄瓜、芹菜、蒜苗、青莴笋、莲花白……

待到冬去春来，你若来看老人的小菜园，你会看到一垄垄生机盎然的丛绿叠翠，其间绽放着星星点点的斑斓菜花，有蜜蜂和蝴蝶在翻飞盘桓。园子里嗅不到农药化肥的残留气息，唯有一袭沁鼻的草本芬芳。

# 仙村雨荷

一夜大雨，退去持续多日的暑热。清晨起来，云絮聚散无定，仍有细雨如银丝在天地间密织。

突然想：时令正当，趁着凉爽赏荷去啊！平素懒得出户的妻子经不起诱惑撺掇，立马随我冒雨离家，驱车出城东去。

往中江方向前行二十多公里，路左有招牌赫然在目：龙居荷韵。斜下一道长坡，豁然一湾舒缓起伏的丘峦，村舍俨然，植被葳蕤，田塘里阵阵荷香扑鼻而来。

龙居村是"中国乡村旅游模范村"，闻名遐迩的一方网红热土。这些年，村里抓住国家乡村振兴战略机遇，组织近千户村民把数百亩昔日的烂泥田打造成蔚为壮观的荷花观光产业园。此外，还兴建了农民新村聚居点，修筑了赏荷栈道和标美村路沟渠，引进投资合伙人，规模化开发培植了蓝莓、爱媛红橙、薄壳核桃等名优产品和大棚蔬菜产品，村民们兼为农业公司股东和员工。村上连年举办赏荷月活动，每逢炎夏，四方游客慕名纷至沓来，争相欣赏遍野荷花美景，踊跃融入"夏日荷塘"啤酒狂欢周、"荷塘婚礼秀"、"寻找最美荷花仙子"等多种创意活动。每逢那样的时光，小村都是欢乐的海洋。

今天，一场雨水把平常的热闹暂时屏蔽了，村子里异常安静，路上鲜有人影，连鸡鸣狗吠也噤了声。我与妻子撑着伞，趿着凉拖，沿着洁净如洗的村道徜徉在荷塘边。空气沁着湿漉漉的清爽，有微风轻轻拂掠肌肤。透过淡淡的雨雾，高高低低的荷田显出几分水墨意蕴。放眼看去，嫣然绽放的荷花并不繁茂，可能是低温天气延迟了花期吧。但稍显稀疏的莲朵在接天碧叶的衬托呵护下，更显得娇艳妩媚，万绿丛中，每一朵都分外惹眼。冰清玉洁的是白雪公主，幽微丹红的是小舞妃和粉霞，瓣子由浅晕深、扇翅欲飞的是玉蝶，那开得赤烈如火的，当然是丹凤朝阳了。

荷田之间的田埂也没有闲着，贴地有毛刺刺的青藤恣意牵蔓，一路缀生着枕头模样的冬瓜或磨盘似的南瓜，延伸的枝蔓上还有硕大的花朵正在酝酿新果。鹅鸭们各自在荷下泥水里觅食，其中有几只不知遇上了什么高兴事，兴奋地拍打着翅膀嘎嘎欢叫。另有三两只却像是心有旁骛，兀自游弋到田坎边，蜷缩着脖颈，良久纹丝不动，静默成雕塑。

荷田一侧，崛立着一溜新式两层小楼民居，粉白墙，赭红瓦，样式简洁而清新。二楼居室显然是无须装挂画饰的，开轩面荷塘，满眼荷韵流波，还要什么风景来画蛇添足？每座楼院门口都有一栅花圃，看得出村民打理上的随心所欲。有的栽培了桂花、桃树、李树、黄桷兰、冬青树一类家常果木，有的架一棚葡萄或金银花，还有的撒播了瓜、豆、番薯、葱苗、韭菜，花圃变成了菜园子。

路边有家杨氏茶棚，两姐妹守在棚下边玩手机边悠闲等客。我们择了紧傍荷塘的茶座小憩。姐姐过来推销她家制作的荷叶茶，说是有益于清心润肺、降脂减肥、解热退火，五元钱一杯。冲泡了两杯上来，入口没有红茶与绿茶那般醇厚甘苦，却别有一番清香滋味，耐人回味。一边慢慢啜饮，一边凝神静听雨打荷叶的琤琮之声，赏看清圆的荷掌捧举着雨水，轻轻摇曳成水银一样的珠玑。

时近中午，我们看到旁边有家饭庄专营特色荷叶餐，门楣上菜谱很是诱人：荷叶粉蒸肉、蹄髈炖藕、凉拌荷蕊、莲米清粥……只可惜因为天雨，店家没开张。无奈看看紧锁的店堂，想象那一道道荷味美肴，不觉舌上生津，喉结一阵蠕动，揣着一份遗憾，我们恋恋不舍地离开了仙气氤氲的小村庄。

# 天　浴

　　黄昏，与朋友在旌湖东岸一间酒馆小酌，微醺后握手道别，迈着略微绵软的步子，穿绕湖滨绿茵花圃，拾级而上，登上沱江桥。向西跨越这座石刻长桥，再折岸上行，不远处即是居家楼院。

　　时令正值初夏，此刻，天空有些异象。已过了傍晚八点，橙红的日轮仍然黏在龙门山不肯沉坠，扇状夕光反射过来，天色似乎比早一个时辰更加灼亮，呈现出一种决绝的辉煌。而北面，浓稠的乌云正如巨型蘑菇蓬勃隆起，转瞬就吞噬了多半天空，积雨云团步步紧逼，以所向披靡的态势包抄碾压过来。云层深处隐有光焰倏尔一闪，随后，轰隆一串闷雷。

　　头上有豆一样的东西砸下，脸和脖子点点惊凉，捎带着微微刺痛。落雨了！起先是稀疏的筛漏，转眼密匝起来，干燥的地面迅速洇开斑驳水墨。路上行人显然对突如其来的变天没有防备。"大雨来啦，大雨来啦！"人们惊慌失措，手忙脚乱，纷纷以外衣、挎包或其他随手之物胡乱遮挡，嘴里发出含义不明的嘀嗬声，像一帮仓皇溃散的逃兵，向大桥两端夺路狂奔，急于寻找庇护角落。

　　我用双手护头，条件反射地跟着别人奔突，才跟跑百来步，已是气喘吁吁，心如锤捣，双腿如灌了铅般沉重。狼狈之际，猛然转念：这是何苦！不就是淋一场不期而遇的雨水嘛。衣服浇湿了回家换一套，鞋窝里灌了水倒出来晾干，身体受了凉浴缸里热水泡泡发点汗，有啥大不了的呢。这么一想，人就豁然松弛下来，不再企图逃避，重回优哉游哉的步履节奏，在雨幕中特立独行。

雷电仍然在远处敲着边鼓，一场骤雨却蓄势待发。眯缝眼睑仰面看天，乌黑云絮已连成片，天地一团混沌。起初雨线是清晰的斜织，如密集的箭镞四下弹射，在路面激起千万朵晶亮水花，平静的湖水也被撩出一圈圈涟漪，像有无数留声机唱片在摇曳旋转；继而，劲风平地掠起，雨线随之扭曲、凌乱、相互纠缠，千丝万缕再也厘不清。先前喧嚣的市声陷入喑哑，四面八方唯有风雨的交响訇訇环绕。

我在雨中缓慢穿行，开始还觉着湿衣裹体不自在，但这点烦恼很快就被丰富奇妙的感受所取代。周遭一派烟雨迷蒙，平常咫尺可见可闻的挤搡、嘈杂、艳媚、纷争，一时都遁退消匿。大桥上伶仃的我，浑身上下全被浇透，仿佛成了茫茫世界中的一枚赤子，接受着浩浩天水的洗礼。来自云空的甘霖替我洗濯肌肤上沾染的浮尘，也清涤心灵上附着的污垢。往日郁积的小纠结与小挂碍，那一刻荡然清空，内心溢满欢愉与安宁。身子一点一点失重，整个人感觉有一种身心完全打开的通透，一种濒临融化的奇妙体验。

顿悟如莲花一样悄然绽开：身为凡夫俗子，自己已经好久没有这样纵情于大自然了。一轮又一轮春夏秋冬，我与很多人一样，越来越忌惮与天象和物候相悖，越来越疏远粗朴狂放的生活，越来越不肯承受来自大自然的各种磨砺。我们似乎忘记了人类始祖是赤身裸体从幽暗崎岖的山洞里走来，从莽莽原始森林走来，从蔓草丛生的河谷走来，甚至如著名人类学家阿里斯特·哈代所言，是以"水猿"之身从苍茫大海深处游来……亘古的时间长河里，先祖们依顺天时，遵从四时更迭，毫无芥蒂地沉浸于天地大化的怀抱。随着星移斗转，上苍赋予人类的野逸天性和粗粝坚忍的生存习性，被今人摒弃殆尽。就连我们曾经习以为常的原野垄上赤脚奔走，也随着时间推移，被尘封为不堪回首的灰暗旧事。如今，托现代科技的福，我们业已习惯用自动伞篷和化学胶衣抵御雨滴的亲昵，用涤纶面纱、反光滤镜和化合防晒霜拒绝阳光的抚慰，用固若金汤的新建材屋宇和智能恒温设备阻隔风霜雨雪的一次次拥抱与摩挲。我们不再甘于耗费脚力跋山涉水，一动身，就是汽车、火车、飞机、邮轮。我们甚至懒得费脑筋解答简单的四则运算，而是将最基本的智力劳动转嫁给万能的计算机。我们生活得越来越娇贵、慵懒、轻松、怡然，惯以生物链的顶端智者身份睥睨众生。

然而，与大自然的旷日疏离，过度耽溺于奢华享乐，却让我们越来越经不起自然外力的叩击和丛林法则的挑战，我们的颓废与懦弱一天一天潜滋暗长，适应自然、抵御灾厄的内在能量一点一点萎缩衰减。如今，我们的软肋显而易见：一旦某种病毒突然降临，轻而易举就把亿万人抛入灾难的旋涡。

滂沱大雨来得猛，去得也快。不知不觉间，云开雾散，气势恢宏的暴雨如一场戛然而止的"快闪"表演。拉开厚重的幕帘，天穹空灵而幽深。太阳终于西沉，一抹暗红云霞余韵袅袅，几粒缥缈的星子如萤火闪烁。街道上，形形色色的人影潮水一样，又喧嚣着从隐匿处泛漫而来……

# 山　客

朋友说，别老在城里待着啊，周末请你到杉木村做一回山客。

朋友在蜀地什邡市从政，任着一个部门的领导，知性女士一枚，骨子里透着洒逸干练。于是欣然邀伴驱车赴约。虽已入冬，天气却还温润。沿一条盘山道斗折蛇行，远远见道旁堡坎上耸立着一座宅院，屋顶青烟袅袅，有鸡犬之声隐约可闻。即近，朋友与夫君从堡坎矮墙边探出身子，伸手做虚拟拥抱状：欢迎欢迎！

下车顿觉一缕清凉直钻鼻窦，忍不住仰头向天打出一串响亮的喷嚏。朋友笑道：醉氧了！她指着四面山峦说，绵延十几里，全是杉松和灌木，有野生的，也有近二十年退耕还林人工植造的，一坡裸土也找不到。顺她手势放眼看去，果然满目幽绿，即便时值冬令也不显颓意。

朋友带领我们进入院落。屋舍是寻常山村民宅，堂屋、居室、灶房，一应俱全，一道廊棚延至庭中，四面通透。屋壁和望顶多为杉木板，房顶覆以小青瓦抑或松树皮，但仔细品观，屋舍的布局与设计明显下了功夫。四壁明净亮堂，居室铺了席梦思，有彩电、Wi-Fi、无线高保真音响；厨房垒着老式柴火灶，也备了电器炊具。室内每一洞窗口都衔着一帧户外写意山水画，而且光景不与四时同。院坝里横放一面斑驳的原木桌，桌身保留了树形轮廓；地上苔痕蔓生，却刻意不扫；几个老竹疙瘩被镂空做了盆景，有数枝寒菊和冬梅婀娜地打朵；柴门门楣上悬了一匾：简兮松庐。俗雅浑然，独显一番意趣。

　　朋友告知，这是一份扶贫"作业"。两年前，她和所在机关同事到杉木村结对扶贫。为了长效，没有简单给钱给物，而是立项设计，帮助贫困户和村里开发山居休闲旅游。除了自己捐资，她还募来宏达集团六十万善款，又帮助争取到政府乡村振兴项目扶持。将村里几家贫困户院落就地改造为原生态民宿客舍，并配套拓宽硬化了山路，修筑了林间栈道，点缀了山涧水车等一应小景，使村容村貌得以整体改善。然后，通过网络媒体宣传推介，八方托朋友拉客源。

　　果然就有客人冲着这幽僻一方的"原生态"来了。尤其是暖春盛暑时节，常有文人雅士来这里怡然小住数日。白日里吃柴火焖饭，喝涧水土茶，看书、写作、栈道闲步、弄弦歌吟；或独去涧沟一眼潭泉边，临水而坐，发半天呆，看不知源于何处的泉缕汨汨不息地流淌，水中小鱼临空无依，起一点"逝者如斯"的玄思。夜里庭前纳凉，仰望闪烁繁星，感慨白驹过隙；或静卧床榻，聆听百虫唧唧，松风撩耳，冥冥中不知身在何处，今夕何夕……口碑就这样渐渐传播出去，紧俏时宾客络绎不绝，竟需要预订排队。村邻应邀前来帮工，又借机推销各种山野家禽、土菜水果，乐呵呵赚得一笔笔收益，贫困户也因此有了脱贫致富的活水源……

　　中午桌上的餐菜，除了卤菜从城里打包带来，其余全是山野之物：煨炖跑山鸡、红烧土麻鸭、清蒸红苕苞谷、凉拌竹笋丝，另佐以时蔬几碟，柴锅米饭溢着淡淡的烟熏气。一桌人大快朵颐，嘴巴咂得叭叭响，全不顾斯文体面。

朋友见状很是得意：好吃吧？菜料都是从贫困户和村民那采买的，地道的绿色食品，欢迎各位日后多来——当然是要自己买单了。有福分常来此山修身养性，品享种种自然天物，天长日久，怕是要修成仙家的。听罢朋友此言，我放下刚啃完的鸡腿骨，竖起油渍渍的拇指由衷赞叹：你这份"作业"答得好，理该得高分！

# 秘境冰川湖

　　三伏盛夏，驱车在狭窄的龙门山脉八角峰山道间斗折蛇行。夹道林木葱郁，蝉声悠扬；路面光影斑驳，鲜有人迹；倏然一座青瓦松皮农舍闪过，传出两声鸡鸣犬吠。恍惚中，人像是遁入时空隧道，一点一点往幽深里去……

　　公路尽头，绿色标示牌赫然入目：冰川湖。此行目的地到了。湖区管理站的陈竞站长已在白墙黛瓦的站舍前迎候，下车与他握手寒暄几句，我便迫不及待地冒着烈日步上大坝，放眼眺望这片神奇山水。

　　狭长浩然的碧湖被两岸起伏的重峦叠嶂拥围着，宛若一颗硕大翡翠。深至六十余米的湖泊澄澈蔚蓝，在微风吹拂下水光潋滟。一些峰峦出水很低，只露出植被葳蕤的头颈；还有的没了顶，仅余几丛竹树探出水面，俨然有几分盆景意蕴。水边莘草里，不时有花羽鹳鸟蹿出，贴着湖面飞快滑翔，撩起一道银练。西岸一座峰崖别样奇崛，那是积叠的冰川漂砾——远古地质运动的一笔遗迹。冰河末期，地球气候变暖，青藏高原冰盖融解，导致冰山崩塌，巨大的势能裹挟着冰砾熔岩乃至整座峰峦往低海拔的龙门山一带漂移。一座异域的山竟然呼啸滑行五十多公里，帽子似的扣在八角山地之上。前些年，科考人员在湖畔还发现了十米厚的冰碛泥砾层，又在附近大垭口山洞寻觅到数万年前就已绝迹的东方剑齿象骨骼化石。冰川湖，一湾年轻的水泊，却笼罩着神秘的史前气息，底蕴自当不凡。

这样的灵性秘境必然藏有更多的神奇。前些日子，巡湖保洁的员工偶然发现湖中竟游动着原始水生物种桃花水母的身影！这是被生物学家称为"水中活化石"的世界濒危物种，距今已有近六亿年的繁衍史。听闻别的地方也偶有所见，可冰川湖新近发现的桃花水母竟是成群结队的。但凡天气晴好，时常可见其在湖中悠游嬉戏。

怀着强烈的好奇心，斜阳西下时，趁着风平浪静，我登上管理站的巡逻艇，沿湖细细搜寻，在一片清浅的水域，果然发现了桃花水母的曼妙形影。小艇熄火泊下，我蹲在船头，痴迷品观。一群数不胜数的小精灵，通体莹澈剔透，在水中翩然舞蹈。它们体径不足两厘米，仅有一条十字纹做支撑。不停翕张的薄翼像是精微的降落伞，又像一瓣瓣嫣然绽放的桃花，煞是惹人怜爱。这等尤物自古便受人青睐，明朝《归州志》和清代《古今图书集成》中都有惟妙惟肖的状描赞誉。在秭归还有这样的传说：汉朝王昭君出塞通婚前返回故里辞别，她怀抱琵琶，泛舟叱溪河，深情拨弦抒怀，不禁潸然泪下，晶莹的泪珠滴入河中，顿时化作一枚枚桃花水母……

而此刻临水凝眸，我却生出另一番神思：星移斗转，沧海桑田。时间长河中，耀龙、恐象、帝鳄、胸脊鲨……多少曾经叱咤天下、不可一世的凶猛物种都已灰飞烟灭，偏有这软弱无骨、形无定形的族类生生不息地延续下来。它们在弱肉强食的生命链中位居低端，依靠简单的藻类和芥粒微生物维系生命，凭借一汪偏隅静水聊以安居。也许恰恰是这种清心寡欲、与世无争的生命姿态，使它们避开了物种间的厮杀纷争和种种灭顶灾祸，顽强地将族类的生命星火传承下来。

　　经历一场又一场撼天动地的劫难，桃花水母的祖先们总能逢凶化吉，安然无恙。它们的挪亚方舟，或许是一道幽深的世外山涧，或许是地穴岩缝间一眼秘潭。今天，当冰川湖蓄水成功后，它们的子嗣从隐身的秘境游出，顺着源流，欢快地进入一泓泱泱大泽。一种从未进化的初原生命却深谙因势而为之道，令人油然叹佩。

　　专家说桃花水母有"洁癖"，适合它们生存的水域，一定是水质洁净，环境清幽。桃花水母果然有慧心，冰川湖的确是它们的风水福地。湖区被定位为一级饮用水源，蓄水完成后，将为什邡城区二十多万人提供生活用水。什邡水务局局长告诉我，水库建设施工尽力保全原生植被和古地质风貌，蓄水采用上游山溪引流和就近天然集水。为了屯蓄一千五百万立方米纯净好水，足足花了两年多时间。湖区周边实行一级保护，杜绝开设餐饮旅舍等经营场所，严禁野炊、钓鱼、游泳等户外活动。陈竞和伙伴们昼夜轮值，像珍爱自己的眼睛一样巡逻守护着美丽的湖库，风雨无阻。

　　科学监管是苛严的，每周一次实地取样化验，数据表明：余氯、总磷、氨氮……冰川湖几十项受测指标稳定居优，完全符合国家饮用水水源标准。

　　这是桃花水母的荣幸，更是一方百姓的福音。

# 寻凉钟鼎寺

　　山不算高，海拔两千米，逶迤莹华叠嶂中，独秀一峰。山因寺而名，寺凭钟鼎铭刻五百年悠悠岁月。山寺始建于明朝景泰年间，乃莹华祖师明本禅师道场。钟鼎原为纯黄铜铸制，梵音一响，四谷环鸣。

　　炎夏伏暑，避开周末客流高峰，上什邡瓦窑村钟鼎寺小住寻凉。

　　驱车出雍城，沿北京大道北行三十公里，即拐上景区盘山道。沥青路平整有序，却多急弯陡坡。路侧峭壁深崖连绵不断，初驾者斗折蛇行上去，怕是要冒一背汗的。

　　一小时车程即抵达提前预订的山庄。打开车门，一袭凉意扑面而来，手机显示即时温度：二十四摄氏度。与平坝不过一隙疏离，已然从桑拿蒸笼中遁身幽凉清境。植被满山遍野，葳蕤丰茂，森林覆盖率高达百分之九十以上，空气负氧离子含量竟是城区的三百二十倍！鼻窦张翕之间，甚觉通透清新。

　　虽然阔别多年，但我对这里并不陌生。记得初上钟鼎寺是三十多年前专程采访瓦窑村支部书记廖永寿。这位壮硕干练的山里汉子带我拄着竹杖在黄泥山径上爬坡穿林，一路时不时指点着满目青山，并告诉我：村里的小煤窑要一家家关掉，林木也不能再砍伐，不然大好风水就毁了。我们发动村民在钟鼎寺那片坪地建盖森林客栈，凭借好空气、好风景、好山货和古寺香火招徕游客，一样可以发财致富。其时，改革春风初拂大地，我心中赞佩廖支书的长远眼光和超前发展理念，问他有没有规划蓝图，让我拍个照。他笑答：都装在脑瓜子里的！说的是大实话。钟鼎寺兴建之初，廖支书全凭多年实践经验积累，率领村民在山顶修房筑院，为各处景观命名，还靠目测足勘和肩挑背磨在山谷里艰辛筑出一条不规则的旅游公路。时势造英雄，在那个特定年代，"摸着石头过河"成就了钟鼎寺的旅游业，也谱写了一位村支部书记的传奇。廖永寿多次荣获省市表彰，家中堂屋里勋章奖状熠熠生辉。"5·12"汶川特大地震后，廖支书又带领村人抓住灾后重建机遇，科学规划，使景区从废墟上再度崛起。短短几年，涅槃重生的钟鼎寺更加兴旺。听说年逾八十、任职近半个世纪的廖支书已光荣引退，在家颐养天年，愿老人健康长寿，如山中苍劲青松。

入住的山庄是仿古庭院，前庭右侧临渊筑有黛瓦木栏长廊，廊中格子门楣上悬一扇匾，"洗心"二字走笔放达飘逸。悉知不远有一片梅林，清代梅花诗人李瑶光、龙居山人徐应聘、本土易学家王崇朴兄妹等文人雅士曾在此结庐而居，青梅佐酒，吟诗作画，谈经论道。可惜眼下不是寻梅时节，没有贸然前往，担心面对落寞空林，平添一怀愁绪。

午后小憩，起来独坐长廊一隅，向店家点了一壶红白茶。此茶采自鋬华深山古茶树，叶梗看似粗粝如陈艾，却是千年珍物。茶道也独有讲究，最宜慢火煎熬。若性急用滚开水冲泡，虽也可饮啜，但其味寡淡寻常，就少了一些意思。昔年每逢盛暑时令，吾乡村妇总会以砂鼎锅架柴火烧熬红白茶水，温凉后用水桶挑到田间犒劳挥汗如雨的庄稼汉。彼时，陌上辛劳人以瓜瓢儿作碗盏，一通开怀牛饮，啜得咕噜有声。茶汤贯通五脏六腑，生津止渴，解暑去热，疲困萎靡立马消除，精气神复还于身。再下田垄，便个个虎虎生威。此刻山妹子捧来这壶红白茶，汤色酽浓，茗香醇厚，猜想定然也是袭用古俗慢火煨熬的。捉壶深呷一口，果然是旧时滋味！

信手翻开汪曾祺文集《浮生杂忆》，一组短章娓娓道叙：故乡风土人情，亲友恩爱点滴，西南联大七载云烟……字字句句都是白话，却透溢着别具情致的优美、淡雅、朴实、凝练，读来令人如沐清露。庭院坪地上，阳光明媚而不燥热，曲廊里穿堂风徐徐送爽。体感温度的舒适转化为内心的安宁与愉悦，神思沉湎于隽永的文学意境，一时忘乎所以。

随即天光骤然沉暗，身上突感一丝寒意。抬头张望，晴空艳阳转眼已不知去向，大团乳白色迷雾水浪一样从山谷漫涌上来。雾里裹挟着细密的雨霏，卷到哪里，哪里即刻湿漉漉、冷飕飕的。山庄瞬息幻化为海市蜃楼，一丈开外的人物景致全陷入虚无缥缈中。我不禁打了个寒战，赶紧起身上楼添加备带的御寒衣裤。前后就几分钟光景吧，待得折返长廊，天光却又豁然开朗，漫空水雾如潮汐般倏然消退。苍穹高深，天蓝如洗，绽开几朵白云，莲花一样吉祥。山间的气候异变让人眼花缭乱，一时有点手足无措了。

定定神，拭去椅凳水渍复坐下来，脱掉厚衣，并不拿走，搭在椅靠上，以应气候变化。良久，日色向晚，钟鼎寺庙堂暮钟铮然荡响，周遭松林里的夏蝉也拉长了嘶鸣。一轮山月升起来，凌空无所依，好大，好亮。

# 穿越石砌时代

末伏天，阵雨过后，云霞似锦，应邀去辉山村体验农耕文化。辉山是四川中江县富兴镇一片丘陵村，农耕休闲旅游正发展得风生水起。

驾车从德中公路转入蜿蜒村道，前行不远，路旁闪出一幢石拱楼，竖有醒目标牌：石器时代——农耕文化体验馆。听说来了作家，年轻漂亮的村支书陈小花特意赶来接待。热情的小花侃侃而谈：拱楼是二十世纪七十年代的建筑。那时学大寨自力更生，建楼发展集体经济，没有钢筋水泥，就动员全村石匠和壮劳力满丘坡寻找青麻岩石。耗时整整三年，錾出三千多块石墩，嵌以砖块和砂浆，终于砌成这座一楼一底的大拱楼。三十四间窑屋，分作大队部、夜校、仓库、医疗点、加工坊和猪牛养殖场。石拱楼是那个时代全村的政治、经济、文化中心，人气颇旺。但是，随着时代的变迁、社会的进步，土法筑成的拱楼渐渐显得不合时宜，一天天冷落萧条下去，最终被弃用闲置。

村民周宗恩在外务工致了富，也长了见识，前几年返乡探亲途经拱楼，绕着转了两圈，灵机一动，冒出个奇点子：旧楼新用，凭借这处历史地标的影响力，打造农耕文化体验馆，让人们来此回望昔日乡村的悠悠背影，也领略山村现代特色农业的美妙意趣。

　　小花支书边介绍边引领我们跨入凉爽的拱楼，见证周宗恩的创意是如何照进现实的。移步于一洞又一洞拱窑，人恍若一下子遁入时空隧道。半个世纪前的川西乡村生产、生活场景像老电影镜头似的，一幕幕浮现于眼前：农具陈列间里，木犁枷担、水车戽斗、石臼竹枷、蓑衣箬笠，或横呈，或斜依，或挂在墙壁上。仿佛一场原始的耕作刚刚收工，辛勤的躬耕人并未走远。灶房里，土灶上坐着毛边铁锅，粗釉水缸米坛和盐酱盆钵置放在角落。八仙桌上，豁口的海碗张着饥饿的嘴巴。卧室里，罩着纱帐的老式架子床漆色斑驳，一台脚踏缝纫机和一把缠补过的算盘映照着艰苦年代村人精打细算的持家之道。廊柱上，悬挂着当年牵入千家万户的有线小喇叭，那是昔日农家的报时钟表，也是蜗居一隅的村人联结世界的唯一窗口。墙壁上，裱糊着富有年代感的报纸和宣传画，画面上的人物眉宇间饱含堂堂正正、质朴刚毅的神情。拱楼尽头最宽敞的一间是村史陈列室，在这里，我们看到了为辉山村创立汗马功劳的历届老支书的身影，村人外出参军立功受奖或求学务工卓有成效者的光荣榜，还有一些小招贴，上面写着村民感言，语短情长，抒发了对家乡的热爱、对新生活的感恩和对未来的美好期望……

　　走出拱楼，小花指点着面前一大片田畴，告诉我们：这是石砌时代的延伸产业园。周宗恩领衔承包了两百多亩土地，湿地种稻养鱼，旱坡地搞立体农业，培植优质水果，树下栽种芍药和丹参。到了春夏，这里就是花果山。城里人先是来赏花，随后又来品果。桃李杏梨红心柚，自己去树下采摘，不论斤两，论筐卖。游客们融入自然野趣中，个个乐不可支。

　　小花还以炫耀口吻告诉我们，村里深丘里藏有天珍宝物。每年盛夏，但凡天落雨，茂密的山林里便会冒出一拨一拨野生杂菌，高峰期一天可采摘三次。近年村里将此作为助民增收的特色产业来扶持，并为村民传授识菌采菌技能，联系渠道组织外销。曾有人创下一月卖菌上万元的奇迹。精明的周宗恩当然不会坐失良机，他把石拱楼二层打理成村味餐厅，夏季专供招牌菜时鲜野菌，冬季则改卖柴火红烧芋儿跑山鸡，肉料自饲自供。于是名气渐响，常有食客慕名远道而来。

那天周宗恩因事外出，无缘相见，晚上却有幸在石拱楼上品尝到了他赶早亲自采摘的鲜菌，清红两味，爽口得让人不舍得放筷子。

随后赶来的镇党委吴书记告诉我们，镇里已经规划并启动项目，要进一步提升拓展石砌时代模式，在更大范围内兴办以农耕文化体验为特色的乡村旅游，使乡村振兴取得新成效。

座中人闻之皆受感染，料想这方好山水未来画卷更可期！

# 秋后书

中秋既过，川西平原大春收割终究还是如期煞尾了。

这一季收成时天气不好。白露前后阴雨连绵不绝，其间还夹杂着振聋发聩的秋雷和卷地飞扬的狂风。沉甸甸的稻穗架不住摧折，成片倒伏于泥水之中。情形急迫，时令催人，乡人们不敢再期盼秋阳杲杲，也无法像往常那样借助大型收割机具，只得邀亲约友，相互帮衬，顶风沐雨，踏着泥泞，弓腰抡镰，艰难地一厢一垄人工抢收成熟的稻谷。新谷上了田坎，晒场没法用，赶紧挑到种植大户的烘房去烘焙。生怕稍有延误，湿谷受了潮，捂沤得发霉生芽，那样，到手的收成就打水漂了。除了揪心大田，各家房前屋后少不了几畦菜园。正当成熟的莲白、番茄、蕹菜、茄子之类时令蔬菜连遭水泡，一些株窝眼看着蔫塌下去，再也扶不起来，乡人摇摇头，徒有唉声叹气。余下的熟菜得赶紧抢采下来，除去黄皮烂叶蔫果，挑出有品相的运到集市去叫卖，售价自然比往常高出一些。城里人也知情明理，嘴里嘟囔着"咋恁个贵"，却并不过分讨价还价——不消说，这个收割季，家乡父老乡亲的田间劳作比正常年景要辛勤许多。

紧锣密鼓的秋收一消停，雨也住了，天也晴了。举目四望，苍穹幽深，一碧如洗。广袤的原野上，前些日子如火如荼的恢宏与壮阔：满眼的热烈、丰盈、饱满、沉甸甸、密匝匝、挤挤搡搡，突然都消失得干干净净。漫无际涯的田园像退潮之海，原本淹没于稻禾中的院落村舍，如同一叶叶潜游的帆船，擎举着桅杆——那些修长的翠竹和绿树，齐刷刷地从地平线上浮凸起来。

明媚的秋阳把一道道四合的粉墙映照得白里透红，墙壁上描有色泽明艳的绵竹年画，一帧帧都是粮丰财旺、家和国兴的祈福民俗图。一围矮墙掩不住院中新村民居的楚楚风情：靓丽的两三层小楼镶上了光洁的贴面砖；镂花铝合金门窗在阳光的照射下闪烁着耀眼的光泽；小青瓦屋顶和四角的翘檐执着地传承了川西老民居的古韵雅风。欣然蓊郁的，还有一丛丛高过院墙的林盘果木。几株桃李虽已谢枝萧疏，金桂银桂却正当枝繁叶茂。时值桂子二弄花蕊，芬芳流空，氤氲邈远。

大片的田垄暂且空闲下来，在下一茬小春作物点播前，有一段时光用于晒田、翻耕、培土。这是一年四季中庄稼地唯一的休憩期。我们赖以生存的足下之土犹如生育能力健旺的母性，源源不断地纳种、孕育、滋长、产出，为人类和众多物种的生存繁衍提供生命之源。同时，她本身也需要适时休养恢复和必要的滋润补给，否则，过度的负荷会导致她精血枯竭，乃至贫瘠荒芜。曾经在欧洲平原见到大片的农场与牧场轮年休耕，那儿土地的福利真令人钦羡。奈何我们的家园人口密度太大，想让耕地轮休等同痴人说梦。但秉持一怀真诚感恩土地的情愫，弘扬"物我同体"的博达善爱，对耕地的消耗多一些体恤和疼惜，对地力的保护多一些实实在在的举措，总是天经地义的。我们正在这样做，但是还远远不够。

明媚的阳光在空阔的田野上恣情荡漾。环顾四野，几乎阒无人迹。那些秋收时聚集于田畴的身影，年轻的一拨早已匆匆重返都市，继续忙碌于他们的生计。而留守的多为体弱年长的妇人老者，趁着这一段空闲，放松连日紧绷的腰腿肌骨，洗净一身泥汗，穿戴清爽，或在幺店子闲坐喝茶聊天，或邀约一桌，其乐融融地棋牌怡情；还不乏一些儒雅乡人，兀自静坐清宁的"农家书屋"一角，在书籍中穿梭悠游，独享个中意趣。

一畈畈农田在温润的秋意中酣睡。脱粒后的草把晾晒在田地中央，一束束裙裾蓬蓬，闻风欲动。晾干的草把被垒成硕大的草垛，立在一旁的田埂上。时而有麻雀成群飞来，在田间地头寻觅遗失的谷粒。一个个埋头忙于大快朵颐，都顾不上叽喳碎嘴。从肥硕的体态看，它们时下的生活可比其先辈安泰殷实多了。偶或可见一两只田鼠探头探脑地从一处洞穴中溜出来，在田垄中倏忽蹿动，它们是在为过冬囤积粮草。还有许多虫子，吟罢秋声赋之后便悄然消匿，有的作茧自缚，有的避进深穴，遁入神性的轮回……

田园总体上以黑褐和枯黄为基色，但这陈旧暗淡的色块上却浮动着一层亮眼的新绿。仔细看，那是田垄里残留的稻茬上泛出的再生秧苗，团团簇簇的，仿若薄薄的雾岚，轻盈地贴地舞蹈。溪沟埂陌边，还有些星星点点的野菊在煦风中摇曳，嫣红的、鹅黄的、淡紫的、奶白的……这样的风物，这般的情致，不由得让人想起法国著名印象派画家莫奈笔下的秋日乡野图。一百多年前，凭借对光影的独特感受和手中的神来之笔，莫奈传神地勾描了欧洲大陆原野的绰约秋景。油画中，收割后空旷的平原，田野深处隐约的乡村，一行行静穆的树木，垄间金黄色的草垛，交织成恬谧旷远的唯美意境，流淌着梦境般的迷幻色彩，折射出令人心旌荡漾的空灵光影。眼下，这样的画面正在秋收后的川西平原一幕幕再现。而且画面更为宏阔，线条和板块更显多维和立体。缤纷的色彩中，闪烁着盎然勃发的时尚元素，凸显出独具韵致的川西风情……

# 如果抹去那面墙

　　一弯新月升上来，翘着下颏昂首中天，颇有几分少年意气。虽是冬夜，青春之光依然咄咄逼人，耀得天地清亮汪汪。这样的时辰，信步旌湖水畔很是相宜。长长的堤岸上路人稀疏，秋夏的热闹喧嚣不复存在，周遭静若梦境。平坦的人行道显得宽阔许多，洒然展臂抻腿一路健走，不觉已有微汗沁出，浑身暖热，极是舒爽，脚下自然放缓了节奏。目光散漫地投向被路灯濡得五光十色的一泓湖水；继而，视线又被沿湖一幢幢摩肩接踵的商住高楼牵引上去：枕水、锦樾、佳苑、左岸、天悦湾、凯丽景湖……高悬的霓虹楼标在夜色里分外惹眼；一孔孔窗户里流淌出明明暗暗的灯火，释放着魅惑而朦胧的气息。

　　这情致让人有些迷离，脚下便挪不动步了。临了水，在那儿看得发呆。没来由的，一缕奇想忽然就爬上心头：此刻，若是有一双神奇的大手将这些楼宇临湖的墙面整个儿抹掉——就像高超的魔术师掀开宝奁那样，呈现在我面前的，将会是怎样的景象？一幢幢高楼顷刻间幻化为巨幅多屏电视墙，或者更形象地比喻，变换成先锋实验剧场里那种立体多框层舞台。不同层级的格子表演区内，一幕幕活色生香的情景剧正在同步上演，鲜灵灵的剧情扑面而来，令人眼花缭乱，目不暇接——

楼栋居中那套居室，一个西装革履的男人刚刚跨入家门（加班开会晚回家是他们这些人的常态），妻子立马迎上去，一声柔软的问候。男人放下公文包，卸掉西装外套，给了妻子一个温情的拥抱，尔后利索地系上围裙，去厨房帮妻子张罗迟延的晚餐。灯下细看男人的模样，面部表情轻松而愉悦，完全不像日间场面上那样严肃冷峻。与妻子言语交流，音色温和富有磁性，节奏舒缓张弛自如，也不再像主席台上对着麦克风那样拿腔作调。男人双手捧着滚热的汤盆儿去餐桌，是猫着腰，移着碎步的，俨然一个"煮夫"模样，与运筹帷幄、发号施令时那种叱咤风云的非凡气度相比，完全判若两人。

　　隔壁一家有间阳台封装而成的小小书房。写字桌前端坐着一位十七八岁的少女，落地台灯笼出一团明媚的光晕，勾勒出少女纤尘不染的清纯面庞。女孩显然已进入高考冲刺阶段，回家一身校服都来不及更换便投入到分秒必争的自习中去。图省事，黑而密的秀发简略地扎成马尾，甩在后脑勺。书桌上堆放着山丘一样的功课书籍和复习资料，启开的电脑界面上更是有着汲之不竭的海量模拟题库。少女伏案学习的神情极其专注，但眉宇间却蹙着几丝与年龄不符的愁苦皱纹。这时她身后的门无声地裂开一道缝隙，母亲鱼一样游入，托着一盅营养汤汁，轻轻放在桌上，抚了一下女儿的头，并不曾说半句话，又赶紧悄然游出去。

　　顶层有一套大户型居室。宽敞的客厅里，枝形玉兰顶灯明亮如昼，全家老少济济一堂，其乐融融。顽猴儿一样的小孙子刚学会走路，步履蹒跚，却胸怀一往无前的骁勇，对所有事物都充满了好奇，满屋乱窜，行止不拘。为安全计，客厅桌椅凳柜等家具凡有锐角处皆套了缓冲海绵，鱼缸花瓶一类易碎品纷纷置之高阁，低处每个电源插孔都卡了安全罩。尽管如此，小家伙仍然跌跌撞撞，时有惊险闪现。爷爷奶奶寸步不离地轮番跟踪追击，无限爱怜地提防着，呵护着，不停地咋呼预警。一番过招下来，便累得撑着腰喘气，眼中却盛了满满的柔情蜜意。儿子与儿媳窝在沙发上，双眼痴迷地盯着手机屏幕，云游于玄幻的虚拟世界。职场辛苦打拼一天，下班回家，依赖着老人的帮衬，他们终于可以自在放松一下了。

　　楼下低层的一侧居室住着一对孤独的老人，他们属于城市中的留守族，几个孩子都成家立业了，却没一个在身边。在这寒冷的冬夜里，老两口相互依偎着，膝腿前团着一只扇形电热风扇，赭红的铝箔散热板酷似一轮小太阳，为他们驱赶着时令的凛冽。摆柜上小尺寸老彩电正在播放一部肥皂剧，两位老人却并未专注于剧情，他们已老眼昏花，戴了眼镜也不大看得分明了，任随电视机这么开着，只图给屋子里平添一点儿热闹。老两口有一搭没一搭地嘟囔着他们彼此间才听得明白的含混话语，时不时侧头看一眼门口。孩子们有些日子没照过面了，今天适逢周末，说不定他们中的哪一个会在夜阑人静的时候突然就携了家小赶回来了呢。

　　透着橘色柔光的那一间显然是新房，墙壁上还张贴着大红喜字和新娘靓丽的婚纱照。尽管婚礼上一对新人的山盟海誓言犹在耳，但婚后一旦从浪漫的仪式中脱身出来，遁入家常生计的琐屑，日子就不可能一帆风顺。两个人的磨合难免伴随着一些摩擦碰磕，时不时，会有一点儿龃龉在彼此间滋生。眼下，两人因为一件莫名其妙的琐事正闹得不爽。起先是一方指责，一方辩解；继而是顶牛对吵，声音越来越大，火药味越来越浓。英雄欲逞豪气，巾帼不让须眉，一时间难分高下。两人一扭头，气冲冲地各据房间一角，背向对峙，转入冷战。这样的气氛实在是分秒难熬，过了一会儿，娇妻这边抽动着双肩，开始发出嘤嘤的泣声，由短促而至绵长。男子闻声，偷偷回头瞄了一眼，硬撑了一阵，又瞄了一眼，终于挺不住，转身过去，一把将梨花带雨的伊人揽入怀中，一迭声示软逗哄：对不起，对不起，都是我的错，呵，我的错。橘色的灯光顺势熄灭，场景转暗……

楼梯拐角处有一套小两居室，蜗居着两户人家，他们是来自异乡的谋生者。一间上下铺住着一对兄弟，哥哥在酒吧夜场跑代驾，此刻正在外忙活。弟弟是外卖小哥，下午骑车被逆行者刮伤了手肘，晚上就出不去了。吊着膀子的弟弟用一只手忙乎着，为哥哥备消夜，盥洗堆积的脏衣裤，又细细清扫了一番平时无暇收拾的凌乱房间。他做事情时口中一直哼着小曲，是很潮的嘻哈风那一类。弟弟是天生的开心果，生活再苦再累也不皱眉头的。他把歌声和微笑带到外卖路上，加上勤恳守信，自然就积下好人缘，打工以来，没收到过客户一个差评。另一间屋子住着一对中年夫妻。他们夜间骑着三轮车赶跳蚤市场，烤卖海鲜串串香，这会儿刚收摊回来。夫妻俩忙乎着把剩余的鱼虾串串用食品袋包好存入冰柜，并逐一把装了调味品的瓶瓶罐罐和辅料捂严实了。先前已有业主上门对他们做营生捎带出来的异味表示过不满和斥责，再不小心收敛改进，就没法在这里待下去了。打理归整后他们得抓紧入睡，来日凌晨，还要蹬着三轮赶早市去批发蔬菜瓜果，再运到东桥市场去零售赚差价。两头忙活，日积月累，夫妻俩的收入就能维持老家孩子上学和双亲养老了。这样的光景，他们很知足，很珍惜。

有一些屋子，灯光熄灭得更早一些，居住者多为半夜里要冒着霜冻出门的人，包括二重、东电、东汽那些倒班师傅，市区医院的轮值医生，换岗的交通执勤民警，跑后半夜的出租车驾驶员，开餐饮早堂的小老板……早早灭灯的，还包括那些急于补觉的失眠者和困卧在床的病人。他们借助黑暗的宁谧氛围，努力想让自己坠入沉沉梦境。每一寸的睡眠对于他们都弥足珍贵，能够助力他们肉身疏离病恙的折磨，灵魂得以释然安宁——哪怕这安宁只是暂时的。

另外还有一些房舍，从早到晚都不会亮灯。那是挂牌待售的商品房，那么闲置着已有多日了。这些房子一部分握在开发商和操盘者手中，一部分是市井百姓罄其所有投资押的宝。细心打量揣摩，这些黑魆魆的屋舍并不是真空状态，晦暗的底色上其实涌动着截然不同的欲念波流。一波是企图一锤砸出大金蛋的投机暴富痴想，另一波是只求身家资产能在变幻莫测的市场中保值增值。空房一天不出手，这样的心绪波流便一天也不会停息。

群楼舞台上，更多的剧情还在无限延展、更迭、变幻、反转……其实细细想来，跻身于这座城市的人，谁又不是这些舞台上的一个角儿呢？人生本是一出戏，如果说白日里我们出入于市井中各类交际场所，碍于种种因由，有时不得不打磨一下棱角，掩饰一些本色，扮成某种虚相；那么，夜幕降临后，回到自己的家中，卸掉一切伪装，一个个"本我"总算返璞归真了。彼时，我们以小家为舞台，坦荡入戏，呈现出来的每一个招式、每一场对白、每一幕剧情，都是最质朴本色的生活演绎。我们还能分别承演不同的角色，根据时间的推移和剧情的发展，随时在人物关系定位、主次角色变化、悲欢离合情节转折中互换位置、穿越场景。一切都是自然而然的，没有丝毫的突兀感和穿帮的硬伤。闲暇时去剧院看演出，天鹅绒大幕下那些专业演员的表演常常令我们深深感动。我们时而忍俊不禁，时而泪流满面，剧终时全体起立，报以长时间的热烈掌声。其实细细琢磨，那些剧目的编排和出演都是在临摹本真的生活和鲜活的我们啊。

千家万户的小舞台连缀成一座都市的大舞台，民生与民俗是生生不息的永恒戏本。灯光、舞美、道具、剧情，无不独特而唯美；演员们各有千秋，戏风各有韵味；大构架上古朴与时尚兼容，俚俗与雅致并存，蕴藏着无限丰满而又充分包容的精神内涵。剧中当然会有喜怒哀乐的起伏曲折，但总体的基调是温润宁和的，温润得一如眼前这盈盈的一湖柔波。

# 高槐去染云

那日清晨，冒着淅沥的春雨驱车去高槐。头天已与村中染云山房的掌柜阿榕约好喝茶，聊聊她作为新农人的文化创客故事。

出城往东不远，驶离公路，下一道坡，拐入村道，咫尺外的喧嚣倏然阒寂。起伏的丘地里时蔬葱郁，绿意流淌。民居多为新建的白色小楼，也偶见几盘四合院舍。门前院后皆有竹篱或木栅栏围成的斑斓花圃，一道老河湾无声环绕村墟。霏霏雨幕中，棵棵虬曲的槐树朦胧成水墨剪影。

临河而建的染云山房是阿榕夫妻的文创工作室，兼作居舍、咖啡吧和乡村民宿，但看起来，"染坊"的特色更为明显。隔老远即可见院墙边几幕蓝染的纱幔经幡一样迎风招展。入得厅堂，屋顶上大幅的布染写意山水画和狂草书法取代了望板，咖啡吧的沙发桌凳套面，柜架上陈列的手工布艺、服装饰品、精巧摆件，处处可见植染的走笔和着色。清秀雅逸的阿榕身着的一袭长裙，也是出自她自己的扎染手笔。作坊后面几口大水缸蓄了靛色的植物染料，说是很娇气，得定时勾入醪糟或白酒养着，还得恒温伺候，否则染水是活不成的。

引领我观览了一圈后，阿榕与我在明净的落地窗边对坐，边欣赏窗外淋漓的雨景，边就着氤氲的绿茶聊起来。

"你若专注经营咖啡和民宿，节奏定会舒缓很多，自己也能安享一份慢生活，怎么又做起了植染?"我问话开门见山。

"咳，我们是作为'创客'被村里迎入的，守着一块宝地就做一份单调的营生怎么甘心? 你看这窗外，寸寸都是无限风光啊。住在这里，奇思妙想抑都抑制不住。"

阿榕的话题款款展开。她说自己打小喜欢工艺花活，这么些年一直酷爱文创艺术，先后涉猎过陶艺、插花、咖啡、茶道、糕点烘焙制作，一个偶然的机会，她亲睹了一位工艺美术大师的植物染艺展示，从此便痴迷进去。近十年来，为了贯通领会四大植染工艺，她先后前往台湾、江苏、浙江、贵州、云南等地拜师学艺，往返奔波上万里。

一朵花，一片叶，甚至一枚家常果蔬都是天然染料，经传统手工技法巧点，顷刻间幻化为云彩、山痕、花草鱼虫，在片缕普通的布幔上漫漶流韵。同样的某种植物，因温度、阳光、时令和人为操作的差异，洇染出来的色泽充满了变数，常生意外惊喜。

谈起这方面感受，阿榕目光炯炯："染云，就是要把大自然的山水云霞和万般风情染入世俗生活，染进我们心中，让寻常日子多几分浪漫与丰富。"基于这样的思悟，阿榕将植染嵌入山庄经营中。客人前来小饮或入住，总会被她的"染云"之作吸住眼球，引起一片啧啧赞叹。为了满足更多人的好奇心，阿榕增设了植染体验项目，客人可进入作坊观摩和亲身参与。此外，她还开设了团队讲座和公益云课堂，更惹眼的是在村里表演蓝染时装秀，特邀邻家村姑做模特，引得满座喝彩。

临别时，阿榕为我来了一段拓染秀。她随意在院里摘了一片槐花叶，置于一方素绢下。抹平，手执一枚麻石，舒腕游走敲击。少顷，一片鲜翠欲滴的槐叶便在绢巾上"活"了起来。

雨住了。天空中浮动着游丝样的云絮，淡淡的水墨调子，真像是刚刚染过的。

# 幺妹小卖部

幺妹模样很俊，正是花样年华，说话也很甜，像是嘴里噙着糖丸子。幺妹自有姓氏，但熟络的顾主都这么呼她，她也总是脆生生地应答，于是顺理成章地就成了大家的幺妹。

幺妹小卖部在浅水湾，堂子不大，中间顺着两溜多层货架，四壁见缝插针地嵌了高低柜。经销物品五花八门，但都是寻常人家的生活必需品。一间市井常见的小超市，看起来没啥独到之处。

但幺妹独具慧眼，抢占了先机。铺门两边，是一家接一家的茶坊、酒吧、卡拉 OK 厅、理疗美容院；出门左转不出百步，还有一个挺大的商住楼盘。早几年，小卖部生意火旺得很。幺妹小两口不甘满足，合计再兼做烧烤、串串香。于是买回肉菜原料，晚上幺妹边守着店铺，边往细篾签上套烤串。柜台面前架一部平板电脑，顺眼看看无厘头的肥皂剧，嘻嘻哈哈乐不可支。串完了，打好包，配好麻辣佐料。老公骑个三轮，车板上烤箱炭火旺旺的，沿夜市小吃街叫卖。老公也是帅哥一枚，面相是那种让人一看就生好感与信任那一类。当然，串串香也是好卖的。日子这样滋润，小两口本已有个十多岁的男孩，又心旌摇荡：响应国家号召，再生一个？果然不久又添一个乖巧女孩。他们的老父亲偶尔也会来店中，慈祥地默坐一隅，守看着小店流水生意，独自饮几杯小酒。下酒菜是脆花生、豆腐干一类，很老派的样子。我是小卖部的常客，时不时撞上他们一家子聚在店里安然享受天伦之乐，画面寻常而温馨。

三年前，新冠疫情突然暴发，几度病毒流行高峰，把社会生活运转的正常节奏扰乱了。与许多普通人一样，幺妹风车斗转的生计也受到冲击。因防控管理，走街串巷的烤串生意一时无法做了；周边店家商家也纷纷暂时关张，楼盘里进出的人流大为减少，小店营业额直溜溜往下滑。

有一天去小卖部购物，不经意间看到幺妹正伏在柜台上埋头抽泣，肩膀一耸一耸，老公在一旁轻声哄她。听有客来，幺妹抬起头哽咽着招呼一声，一脸梨花带雨。从小两口对话中，我明白幺妹是因为生意这么"秋"着，忧心一家人坐吃山空，以后咋办。正在上网课的中学生儿子心痛妈妈，起身抱住幺妹的头，咬咬嘴唇，想说什么，没说出来，又咬咬嘴唇。老公轻拍着幺妹："不碍事的，不碍事的，没有过不去的坎，总有办法……"我很想循循善诱开导她：人生在世，顺境逆境都是生命链条上不可或缺的环扣，没有人能暂停或是绕道。所有的顺畅与梗塞、欢乐与忧伤，你都得去面对、去经历、去享受或者承受。该你品味的酸甜苦辣，只能由你去咀嚼吞咽，没有人能代你品尝……但此时，这样空洞的说教对他们有什么实质意义？他们更需要爬坡过坎的办法，柳暗花明的路径，挺度时艰的实实在在对策。那天，我一次买下超过往常几倍的日用品。我能做到的，仅此而已。

过了一段日子，再去小卖部，竟然发现两朵桃红又飞回幺妹脸颊，咯咯的朗笑也重新萦绕在店堂。一番追根究底，我明白了，小两口抹干眼泪，灵机一动，终于找到了讨生活的新招：幺妹拜擅长做"女红"的老母亲为师，操起笸箩针线，精心缝制手工花帽、围脖、布鞋、袜垫、童褂、吉祥荷包。这方面幺妹有天赋，五彩斑斓的经纬线在她手下幻化成一道赏心悦目的风景。通过登录电商平台，幺妹渐渐打开了一条乡土布艺小商品网售渠道；老公则加盟外卖兵团，披挂一身黄金甲，熬更守夜、顶风沐雨，在市井中风驰电掣。生活的沙漏就这样一点一点填补起来……

由衷为幺妹点赞的同时，我的心中涌上更多感慨。细细思量，疫情之下，除了依赖政府宏观决策外，普通民众为了生活的链条得以维系，幸福的希望之光灼灼高照，有多少个"幺妹"这样的自强不息者啊！率领民营企业打拼多年的小弟告诉我，为了保经济、稳民生，政府在严格防疫的前提下，特许他们和一批大厂小厂闭环生产，为疫后恢复元气积蓄力量。我朋友的孩子是做时尚品牌酒类营销的，前一阵缺乏业绩支撑，薪酬下浮一大截，孩子难受，却没有绝望，潜心于"后疫情时代"的营销新方略，正摩拳擦掌，准备东山再起。有一天打出租车外出办事，与驾驶员隔着口罩闲聊几句。驾驶员说："最近跑出租生意都萧条不少，没办法，日子还得过。每天比往常早晚多转两小时街，午餐盒饭调减五元标准。原来收了车喜欢凑几个角子搓一会儿麻将松弛一下，现在也戒了。一是手紧一些，二来疫情防控也不准扎堆……"

基于科学研判，国家新冠疫情防控日渐精准，经济社会逐步恢复常态化运行。时值大雪节令，却接连几个响晴，烘得人心暖暖的。家乡的街市上，自由出行的人越来越多，尽管大多还佩戴着蔚蓝色医疗口罩，但那些生动挑扬的眉宇之间，鲜明律动着生活新希望的勃勃正能量！

幺妹小卖部新添一个专柜，专卖民俗手工制品，那一抹艳丽，已然提前氤氲出新年的喜庆。

# 闲 茶

　　这个秋天，桂花开得很缠绵，精微花粒团簇在青枝绿叶间，不动声色地闹着。从白露到秋分，满世界一直氤氲着醉人的芬芳。霏霏细雨也有一搭没一搭地飘着，漫天云霭一阵晦一阵明。

　　时光有些凝滞，人有点儿绵软。这样的日子，把手边不要紧的事情暂且放一放，得空去浅水湾喝半日闲茶，最是相宜。

　　进茶坊，需要穿过一座阿拉伯式塔楼和一段廊桥。气温凉爽，体感熨帖，再也不必像前一阵燠热天那样躲进空调密室。肆外有露天茶坪，正合心意。茶席七八桌，铺设在一方木质坪台上，清一色藤圈椅，落座下去，人像是被一双温软的手环抱着，紧绷的筋骨就松弛下来。隔栏一汪浅水，坪台因此可雅称为榭。临榭赏水，幽宁如镜，没有假山怪石一类俗物兀立。记得夏日里水面睡着几叶莲，有零星花骨朵儿。此刻，花与叶已然隐遁。绰约三两鱼影，恍兮惚兮，梦游一般。

　　因是熟客，茶娘也不探问，自作主张，笑容可掬地泡上一杯竹叶青。

　　款款啜饮，清香润鼻。信手翻开十一世纪日本才女清少纳言的《枕草子》。

　　"夏天是夜里最好。有月亮的时候，自不必说了，就是在暗夜里，有萤火到处飞着，也是很有趣味的……"

一册由"物尽"手法写成的生活随笔，与同时代另一部日本文学经典《源氏物语》，被誉为日本平安时代的文学双璧。民国文学大家周作人的妙译，更为《枕草子》平添一味中国文化的清新隽永。

良久，从旧时光的异域文字里浮游出来，释卷，闲看眼前人事。

邻桌一帮壮汉，四十啷当，不知姓氏，面孔却读熟了。每次来喝茶，总能见到。听茶坊老板说，都是前些年做建材砂石生意的主，赚得不少，早就住上了旁边的花园别墅。前几年受疫情影响，经济不景气，就捏紧钱袋子，不肯轻易再投资，又心有不甘，天天来喝闲茶。其实是互通信息、碰点子、寻窍门，伺机东山再起。偶尔打几个电话，利用社交关系，帮朋友串些生意，赚点中介费，以免坐吃山空。

另一桌人看上去文质彬彬，也是喝闲茶的常客。他们是本市几家国字号企业退休干部，此刻正捉对唇枪舌剑。听上去话题关乎世界纷争，大厂人，眼界心胸够宽度，茶叙话题多数时候都是高大上的。不过，这样的争论来势猛，也去得快，不大一会儿工夫，个个自然回归理性，重拾人间烟火。各人手边食品袋里还兜着从早市采买的肉菜，到点要返身回家张罗午饭呢。

水池一角单摆一桌，身着制服的年轻女保险推销员正向一位大伯推介某款健康保险套餐。两杯茶已没了热气。他们心不在茶，而在那一沓密密麻麻的保单条款上。姑娘口若悬河，大伯却始终一脸茫然，架上老花镜自己反复琢磨，似乎被那一长串逻辑严密、表述复杂的汉字绕得云里雾里。姑娘脾气很好，耐性很足，寸步不离候着，等待一单业务的艰难生成。

擦鞋师傅一如既往在茶席之间穿梭游弋，一手捏拖鞋，一手拿毛刷，耳语一般揽生意："擦鞋？"憨实的笑意堆挤在满脸褶子里。擦鞋挣的是辛苦钱，却照样竞争火热。廊桥下那方寸地盘，偶尔会被其他"游击"的同行捷足先登。面对一时失守的营盘，老擦鞋匠并不显得过分愠恼。他总是疏离几步，默默打望一会儿同行，叹口气，推着那辆老掉牙的自行车悄然离开。次日赶个早，大不了从头再来。

闲聊的、谈事的、玩扑克牌的、兀自发呆的，形形色色的茶客来来去去。各桌自得其乐，乐而不忘其形，尽量敛抑声响，不扰邻客。唯有一胖哥，独倚卡座，却弄出大响动。人是取了颓坐姿势，脑袋微微后仰，半张嘴巴，喉咙里翻滚出闷雷般的鼾声。邻座蹙眉侧目，有人使劲干咳两声，鼾鼩戛然而止。打盹人惊觉，环顾四周，不好意思地挺直身，挠挠头，喃喃自语："再不熬夜跑滴滴了，吃不消……"

有乡人荷担而至，长声吆吆地叫卖糕点，说是祖传私家作坊手工焙制。掀开盖帘，一筐形形色色的川西乡土甜品。最打眼的，是方正层叠的桂花糕。乡人告知，糯米是自家种的，面粉是石磨推的，夹心是用竹筛接了院中纷扬的鲜桂花，再调和蜂蜜酿成的。细看果然，糕芯里有粒粒桂花，一抹独特馨香，借着花糕还了魂。

云絮渐开，闪出烘烘儿太阳。茶娘笑眯眯前来，换续一壶滚水。一杯闲茶，味道绵长……